当代中国小说榜

唐桥豆腐乳传奇

杨存辉 著

中国文联出版社

图书在版编目（CIP）数据

唐桥豆腐乳传奇 / 杨存辉著 . -- 北京：中国文联
出版社，2019. 6（2023. 3 重印）

ISBN 978 - 7 - 5190 - 3979 - 0

Ⅰ.①唐… Ⅱ.①杨… Ⅲ.①长篇小说—中国—当代
Ⅳ.①I247.5

中国版本图书馆 CIP 数据核字（2019）第 126042 号

著　　者　杨存辉
责任编辑　刘　旭
责任校对　贾文梅
装帧设计　中联华文

出版发行　中国文联出版社有限公司
地　　址　北京市朝阳区农展馆南里 10 号　　邮编　100125
电　　话　010 - 85923025（发行部）　　　85923091（总编室）
经　　销　全国新华书店等
印　　刷　三河市华东印刷有限公司

开　　本　880 毫米×1230 毫米　　1/32
印　　张　9
字　　数　231 千字
版　　次　2023 年 3 月第 1 版第 2 次印刷
定　　价　65. 00 元

目 录
CONTENTS

第 一 章　倾家荡产 ………………………………………… 1

第 二 章　死而复生 ………………………………………… 23

第 三 章　身陷匪巢 ………………………………………… 43

第 四 章　囹圄含冤 ………………………………………… 59

第 五 章　刑场惊魂 ………………………………………… 79

第 六 章　祖传秘方 ………………………………………… 101

第 七 章　失败成谜 ………………………………………… 121

第 八 章　三眼神泉 ………………………………………… 143

第 九 章　建厂风波 ………………………………………… 163

第 十 章　蹊跷送礼 ………………………………………… 183

第十一章　双喜临门 ………………………………………… 205

第十二章　土司官寨 ………………………………………… 225

第十三章　古镇风情 ………………………………………… 245

第十四章　尾　声 …………………………………………… 267

第一章

倾家荡产

1

狂风暴雨，雷鸣电闪。似乎天地都在摇晃，世界会毁灭在转瞬之间。

一座乡间农舍，两间瓦房、两间草房，一切都显得很简陋，但房屋内外都比较干净，一看就知道是一户勤俭人家。这是一位不速之客刚走进门时的第一感觉。

这位不速之客王安清——唐场正街"太平钱庄"的管账先生，是奉庄主钱洪泰之托到这里来收账的。哪知，刚跨进门，还未落座就下起了瓢泼大雨，真是"天有不测风云，人有旦夕祸福"。更巧的是，适逢昨天债户刘二兴刚死，现在还躺在床上，等借到钱后才能处理后事。这账……今天是肯定收不到了，他必须赶紧回去把这些情况如实向庄主禀报，但雷雨交加把他困在这里，他心里十分难受。

这户刘姓人家，地处唐场出南栅子门一百步多点的众家店庙宇，再拐个弯走两条田坎的慈竹林碥处。几年前，当家的刘二兴长期靠推鸡公车给人运货和耕种两亩土地，维持全家人的生活。不料，在给大邑县城一家酒厂推煤炭翻过孙家坡山顶，下坡刚要到山脚时，他深感体力不支，脚弯一闪，连人带车栽下山崖，晕了过去，什么也不知晓，幸好遇到一位坐滑竿的阔人路过相救。之后，他住医馆和在家的医疗费用，几乎全部在这位阔人那里借贷。这位阔人就是"太平钱庄"的庄主钱洪泰。这几年，这个家庭的顶梁柱刘二兴躺在床上，不但没给家庭挣回一分钱，还要花费大量的医药费，使这个家庭欠了一屁股债。由于父亲推鸡公车出了祸事，儿子刘老幺就不敢再步后尘了，全家人见了鸡公车就会想起伤心事，刘老幺干脆就把它劈开当柴烧了。刘老幺决定去抬滑竿，他的母亲刘王氏就将家里自制的豆腐乳摆在众家店的阶沿边上卖。他们就像乡间觅食的鸡儿，慢慢在泥渣里刨食，维持生计。

更可怜的是，刘老幺的母亲自从丈夫出了祸事后，就患了风湿症，经常发作，吃饭时连筷子也拿不稳，就不能干活了。同时，年逾八旬的奶奶也卧床不起。真是祸不单行，一连串的灾难接踵而至，好像非要把这个家庭压垮不成！

如此狂暴的雷雨，对这个家庭来说似乎也是个不祥之兆。紧锁眉头的王安清，无可奈何地摇了摇头，遇到了这个鬼天气，他感到何其失意。

他刚跨进门槛时，见这屋子里没有人，便轻声喊道："有人吗？"

内室走出一位身材娇小、面带愁容的中年女人，答道："有。"

"你是……"王安清问。

"刘二兴是我夫君。"刘王氏有些腼腆地说。

刘王氏瞥了对方一眼，见他眉清目秀，后脑吊着一根长辫，身穿丝绸蓝衫，举止温文尔雅，绝非等闲之辈。当听他说自己是"太平钱庄"派来收账的先生时，便急忙拿烟倒茶，十分尊敬，因为"太平钱庄"庄主钱洪泰是她夫君的救命恩人呀。

在越来越猛烈的雷雨声中，刘王氏哽咽着一五一十地诉说这几年家里发生的一连串不幸。王安清听着听着还连声叹气。

时近中午，雷声没有了，雨还渐渐沥沥地下着，显得有气无力。

王安清刚要起身离开，刘王氏听到墙头外边的脚步声，就知道是刘老幺回来了。

"王先生，请留步。"刘王氏喊道。

"啥事？"王安清一怔，盯着刘王氏问。

刘老幺进门，看到王安清一愣，转面望着母亲，嘴唇翕动两下，没说啥。

"这位是钱庄主派来收账的王先生。"刘王氏说。

"王先生，我们家……"刘老幺十分惭愧地低下了头。

"你们家的情况，我已经完全清楚了，会向庄主据实禀报的。"

"多谢王先生操劳。"刘王氏用手绢轻轻揩了一下眼泪说。

　　王安清见这刘老幺高瘦的身材，肤色白皙，眼神充满睿智，如果调教得当，也有可能是个可塑之才。他似乎在冥冥之中看到刘家必将兴旺发达的曙光。

　　"刘老幺，你还有一个可以拿得上台面的名字吗？"王安清眨了眨眼问。

　　"这……有的，我的正名是刘兴发，兴旺发达的意思。"刘老幺搔了搔头说，"这名字重要吗？"

　　"名字很重要，你今后要干大事的，你这名字将来会叫得响当当的。"王安清说。

　　"谢谢王先生的吉言。"刘王氏抿嘴苦笑。

　　"刘兴发，你读过书吗？"王安清问。

　　"读过一年半，读了四书，家里贫寒就辍学务农了。"

　　"贫不丢书，富不丢猪。闲暇时你一定要温习书本，做个有学问的人才有生存之道。像你这样的家庭，亏就亏在一个'穷'字，'穷'字就把你家'困'死了。不是穷，你父亲就不会死得那么惨。"王安清盯着刘老幺说。

　　刘王氏盯了一眼王安清，又望着刘老幺。

　　刘老幺若有所悟地点了一下头。

　　"你卖豆腐乳的生意如何？"王安清向刘王氏面前走了一步说。

　　"小本生意，赚不了大钱。"刘王氏说。

　　"为何不把生意做大点？"王安清问。

　　"一来没有本钱；二来没有人手。"

　　"我可以尝一下你家的豆腐乳吗？"王安清问。

　　"可以可以，当然可以。"刘王氏连声回答。

　　"你们家这豆腐乳是啥子名字？"王安清问。

　　"你看到的，我们家侧边有条小河叫'泉水河'，河上有座石拱桥叫'唐桥'，所以，方圆几十里的人都叫我母亲卖的豆腐乳是'唐桥豆腐乳'。"刘老幺说，"其实，听幺爸说我祖父当年就在这里建造了作坊，生产 6 唐桥豆腐乳，销路很广的。"

刘老幺说着说着，连忙在碗柜里拿出一个小青花碗，用一个青花调羹儿，从一个大肚陶瓷罐里舀了五块泥豆腐出来装在青花碗里。哟呵，王安清一看就愣住了，多么鲜色；一闻，清香绕鼻，惹人垂涎欲滴；一尝，其香只可意会，不可言传，舍不得吞下，却又想吞下。吞下后，又急忙用筷子夹了第二箸，爽快地放进嘴里，也舍不得急于吞下肚子里。

"美哉，唐桥豆腐乳！"王安清情不自禁地赞叹，"这么好的食品，是应该让更多人享受的。"

"哦！"刘老幺若有所悟地拍了一下脑袋。

"哦，以后有条件时，你就把豆腐乳生意做大，那是一桩不得了的生意！"王安清语重心长地对刘老幺说，"我们还是实际点，只说眼前：你抬滑竿的生意好吗？"

"坐滑竿的人不多，抬滑竿的人多，生意不好。"

"你为何不到成都去抬滑竿？那里的阔人多，坐滑竿的人当然就多。"

刘老幺频频点头。

"告辞了，"王安清双手抱拳，"回去后向钱庄主禀报你家的困难，我明天还会来的。你们且放宽心，应当相信：天无绝人之路。"

刘老幺母子感激得热泪盈眶，接连作揖，不知说啥才好。王安清走了。

望着王安清走远的背影，刘老幺对母亲说："他刚才说的一些话，使我开窍了好多。"

刘王氏由衷赞叹道："人家毕竟是吃笔墨饭的人，知道的事情不少。"

刘老幺说："他说得很有道理，我应当到成都去抬滑竿。"

连亲人的遗体也无钱安葬，刘王氏母子俩就等王安清见了钱庄主后的回音。刘王氏走进卧室，打了个寒噤，觉得从窗口吹进的风更增添了一股阴气与惊悚气氛。她可怜巴巴地坐在床沿上，陪伴与她相濡以沫二十多个春秋的灵魂。

她眼泪汪汪地望着他。他静静地躺在床上，紧闭双眼，那么安详，那么沉稳，那么无忧无虑。

她眼前老是晃动着他推着鸡公车的身影。鸡公车上堆垒着高高的煤炭，他手握车把，弓背驼腰，蹬着八字脚，非常吃力地上坡下坎，在风雨飘摇中艰难地行进，那颤巍巍的身躯随时都有倒下的可能。

默默地望着他那瘦骨嶙峋的身体，轻轻抚摸他那满是厚茧的手掌，好像触动了心尖的痛处，她连忙放开，情不自禁地喃喃自语："你太累了，你走了好。"

她也默默地闭上了眼睛。

根本就不能离开他，她这样想道。今后怎么样？她也不知道。

刘老幺坐在刚才王安清坐过的竹圈椅上，屁股上还隐隐觉得有点暖和的热气。脑子里老是浮想联翩的，有时还掠过一些幻影，仔细分辨一下究竟想了些啥，自己也理不出个清晰的头绪来。唉，真是的，他遇到难题时往往就是这样莫名其妙地胡思乱想。也许是年轻、涉世未深，没有人生经验和社会知识的缘故，他这样想道。

2

古色古香的雕花大门上楣嵌着四个篆体金字：太平钱庄。管账先生王安清，右手提着蓝衫前幅下摆，左脚后跟踢起蓝衫后幅下摆，气喘吁吁地抬腿跨进了这道两尺多高的门槛，走进一个姹紫嫣红、鸟语花香的天井，穿过肃穆高阔的厅房，在宽阔的厅坝里驻足少顷，踮脚往右边的东厢房走去。

豪华的客厅金碧辉煌，四壁皆挂着多幅名贵字画，三个光可鉴人的木凳上都摆满了珠宝玉器。

6

一位圆脸、留着八字胡的中年胖子斜躺在太师睡椅上，闭着双眼享受着一位少女给他捏肩、揉颈。他就是这个"太平钱庄"的庄主钱洪泰。

少女美艳可人、乖巧伶俐。她不转身段，只睨视一瞬来人，若鸟娇声："庄主，有贵客求见。"说着便进屋去了。

庄主这才慢慢睁开了半眼，眯着眼睛看了一下王安清，很不情愿地慢慢坐正了身子。

"刘二兴的账款收到了多少？王先生。"钱洪泰的话音里带着几分期许。

"庄主，刘家的情况是这样的……"王安清的心情十分沉重地说。

"你别说是何情况，不管有何情况，他欠了我那么多年的那么多账，总不能说连一个铜板也不还嘛，哎？王先生，你说是不是？"钱洪泰收敛了笑容，很不高兴地说。

"暂时还没有收到欠账。"王安清十分沮丧地说。

"一分也没有收到？"钱洪泰提高了嗓门问。

"嗯，是的。"王安清说。

"他敢不还账？"钱洪泰有些愠怒地站起身来。

"他死了。"王安清慢吞吞地说。

"哎？他死了？是刘二兴本人死了，还是他家里的人死了？"钱洪泰有些丧气地追问。

"庄主，但放宽心，你慢慢听我把话说清楚，会有办法收回这笔烂账的。"王安清心平气和地说。

王安清放缓了声调，将刘二兴死了、老母年高体弱病卧牙床、妻子患风湿症行动不便、儿子抬滑竿所得毛毛小钱难以维持全家生计，而况刘二兴已死三日无钱安葬等情况，向钱庄主禀报得一清二楚明明白白。

钱庄主越听越不是滋味，如坐针毡，躁动不安。他在厅里走来走去，心乱如麻，忍耐着等对方把话说完后，一反刚才享受捏肩、揉颈的平静姿态，虽然克制着也免不了粗声大气地发脾气："难道你就这样走了，他的妻子和儿子就没有说这账怎么办？总得要说个归还日期嘛！"

王安清几次张口要插话也插不上。

"王先生，你是我的管账先生，说白了，就是我的内当家嘛，你应该替我想点办法嘛，咹？是不是？"

王安清这才接上了话头："理所当然，我是要为你想办法嘛……"

钱洪泰又抢过了话头："我相信你的手拐子不会往外边弯嘛，你应该知道我有你就有嘛！"

王安清说："庄主，他的儿子长得还抻抻展展，将来会有出头之日的。眼下这刘家遇到了一连串的灾难，你扶他们一把，往后必定有好报的。"

钱洪泰的火气慢慢降了下来，放低了嗓音说："那你说喇个办？"

王安清说："我说嘛，就再放他一马，再借一笔钱给他们把死人安葬好，等刘老幺出去挣了钱回来，慢慢还。有一天他翻稍发迹了，抱着元宝来感恩，那也是有可能的哟！"

钱洪泰又急了："王先生，你怎么越说越玄乎？你说的东西挂在树巅上咧，如果他一辈子都没有挣到钱，就一辈子不还我的钱吗？"

王安清说："那当初你为啥要借那么多次钱给他们？"

钱洪泰露出了难得的微笑："我是看在他家有两亩良田的份上呀！"

王安清身子一颤，十分诧异地盯着对方，好像要从他身上破解人类的什么密码："你的意思是……"

钱洪泰胸有成竹地说："我怕啥？到头来，就把那笔总的借款折算成两亩田的卖价，田就归我了。"

王安清若有所悟地说："你当初借钱给他时就是这么想的吗？"

钱洪泰说："嗯，是这样的。"

王安清暗里思忖：原来你借钱给人家，表面上是做好事，内心里却在打鬼算盘哟。他只说了一句："哦。"

钱洪泰斩钉截铁地说："这件事就这样吧：你明天抱着账簿子和算盘到刘家，三下五除二地给他仔细算清楚，他家的两亩田照市价该值多少钱，一共给我借多少钱，如果欠款不足以买田的价钱，我就补他的现钱。你代表我去办这件事，找个中间证人，你写个纸约文书，三方画押为凭，他家的两亩田就永远属于我了。"

王安清非常为难地说："庄主，刘二兴尸骨未寒，就要其以田抵债，可能欠妥哟！"

钱洪泰皱着眉，有些苦涩地说："王先生，你也替我想一想吧，经商不图赚钱，我图个球呀！你是知道我的根根底底的，当初我也是个跑烂滩的小混蛋呀！"

对于钱洪泰的发迹，王安清还真弄不清楚其来龙去脉。只知道当初他的父亲吃鸦片烟，是唐场街上出了名的"烂滚龙"，他的确算个小混蛋，在街上伙同一批流氓阿飞鬼混，但是，十年前突然就没在唐场街上见到他的影子了，之后就再也听不到关于他的一点声息。哪知，三年前他突然还乡，声势浩大咧，率领近百人，据说就只是金银财宝已用几十匹高头大马驮运。接下来，他就开钱庄、买良田、修庄园，成为一方富豪。

王安清还想奉劝钱洪泰心慈手软，别把事情做得太绝，但又不便明言，只好非常委婉地说："庄主，你已经家财万贯，富甲一方，对于一贫如洗的刘家……就……这以田抵债的事……可不可以暂时放他一马？"

钱洪泰白了对方一眼说："俗话说'挣钱犹如针挑土，败家好比水冲沙'，你要知道，别看我的家产那么庞大，全靠这样一点一滴积累起来的呀！这也心慈手软，那也心慈手软，那我到今天必然还是当初的穷光蛋！"

再说下去就没有必要了，王安清深深地叹了一口气。

钱洪泰用拇指和食指撩拨几下上唇的八字胡后说："王先生，你如果觉得很为难的话……我就找另外的人去办吧。唉？"

去办理刘家以田抵债的事，从良心上说，王安清根本无法迈过这道坎。但是，如果自己不去办，钱洪泰也可找其他人办呀。要是自己去了，还可相机行事，说不定事情还会出现转机。因此，他将此事答应下来。

钱洪泰要他后天才到刘家去办理以田抵债的事，但他考虑到刘家正等着他借钱安葬遗体的事呀，应该及时将钱洪泰不再借钱的消息告诉刘家，让刘家另想办法，以免耽误安葬。

王安清心里非常着急，但也只好顺从庄主的安排。

隔两天，王安清正要到刘家，钱洪泰从城北"惠山锦绣"庄园派人来催促他不要延宕。

王安清来到刘家时，屋里十分冷清，只见刘老幺的奶奶躺在床上轻声呻吟，堂屋前的阶沿上有一堆纸灰被微风吹着，轻轻地飞散。

他放轻脚步走到老太婆的床前，轻声问："老人家，家里的人到哪里去了？"

老太婆停止了呻吟，却一阵咳嗽，面红筋涨，唾液和着鼻涕混合而流，急得说不出一句话来。

刘老幺回来了，王安清见他的短袖旧衣上沾满了土渣和泥浆，问道："你在外边干什么？"

刘老幺还来不及与王先生打招呼，就回答道："昨天安葬了父亲，今天与母亲在垒坟墓，再把它捶打得更加牢固一点。"

王安清觉得自己心里悬吊着的石头好像轻了一半。为什么刘家那些事一直在他心里挥之不去呢？连他自己也说不清。他半露微笑地说："哦，安葬了就好，太好了。"

接着，刘老幺就将街坊邻舍、亲戚朋友凑合钱粮，安葬父亲的事说了一遍，还如释重负地叹了一口气说："多谢王先生，亲临寒舍，关怀备至，永志不忘。"

刘老幺越是说出如此感激的话，王安清越是难过，实难启齿以田抵债的事来。但受了主人之托，就是舍了性命也得冒死前行哟。

"小兄弟，那个欠债……"王安清欲言又止，将说了半句的话又吞了下去。

"王先生，你的意思是……你尽管说吧。"刘老幺说。

"钱庄主说，你家的债务就不用愁还不起了……"王安清吞吞吐吐，总是回避要害。

"王先生，请你把话挑明吧。"刘老幺听出对方话里有话。

"钱庄主的意思是：你要出去谋生，家里的土地无人耕种，倒不如折算给钱庄主还更好。"王安清终于变换这种说法来缓解随之而来的紧张气氛。

"那钱庄主的意思是，要我家以田抵债，是吗？"刘老幺的脑子也很灵活，一句话就把一层薄纸捅穿了。

"嗯，是的，也就是这层意思吧。"王安清有些迟钝地说。

刘老幺沉闷了片刻，走到前门望一下外边，只听得母亲还在父亲坟前调声悠悠地哭丧，那么凄惨，那么悲痛欲绝……

刘老幺强忍泪水，回到屋内对王安清说："王先生，现在暂时不说这件事好吗？"刘老幺近乎哭丧着脸哀求。

王安清十分为难地面带一副苦相，有气无力地说："请你原谅，不是我不通情，是庄主逼得紧呀！"

刘老幺心如刀绞地说："王先生，这也不怪你，只怪我刘老幺身为七尺男儿，太无能了！你端着人家的碗就要服人家的管嘛，我知道你的难处。"

王安清的双手撑着下颏，非常痛苦。

刘老幺无可奈何地说："土地是祖上留下的遗产，是我们农民的命根子，失了这东西，我们就难以生存了。钱庄主在这节骨眼上也不放我们一马，就只好认命了！"

王安清好言相劝："小兄弟，看远点，你的前程还远大哟！"

刘老幺突然"叭"的一声在桌面上狠狠地拍了一巴掌，说："钱呀钱，没有你就好惨然！王先生，这以田抵债的契约……今天我刘老幺就签了，只要不杀我的头，按手印也好，画押也好，无论哪套我都应承！只是千万别让我那可怜的老娘知道这件事哟，如果她知道了就会没命的！"

王安清也感动得流出了眼泪，说："那还要请个中间人作证吗？"

刘老幺非常激昂地说："不要中间人，我刘老幺说话算话，该杀该剐我承担！"

接着，这张以田抵债的契约就在如此情况下签订了！

3

刘老幺就要到外边去谋生了，也就是到成都去闯荡。

成都对于他来说真是个十分陌生的世界，听人说那里的人多、卖劳力门路多、好挣钱。只要能挣到钱养家糊口，就是扫厕所、掏马粪也不怕丢脸。为挣钱，当牛做马也心甘。刘老幺就是这么想的。

街坊邻舍和亲戚朋友都很关心刘家母子二人，前天帮他们安葬了当家的，今天听说刘老幺要到成都卖工，都来看望他。

刘家宗是他父亲叔伯的弟弟，也就是刘老幺的幺爸，这两年在河坝街开个豆花饭店，生意不是很好。妻子是个哑巴，往年遭过棒客抢，钱财被抢光了，至今也未恢复元气。这人的身材比较瘦小，小眼睛，很厚道。他到刘老幺家时，看到几个人正在帮刘老幺把一罐豆腐乳装进篾背篼。他很仔细地拿起篾背篼上的草绳拉了拉，扯了扯，试一下能不能承受一罐豆腐乳的压力。他说："做事一定要小心点，出远门不比在家，你这么远地到成都，如果背篼绳子在路上断了，罐子掉在地上就会绊得稀烂，这一罐豆腐乳绊坏了，你还能吃个屁呀。"大家都说刘幺爸说得好，很重要。

刘幺爸继续说："刘老幺，幺爸这几年不走运，手长衣袖短，在你家遭到劫难时，没有接济你们，感到很没有脸面。你一定要原谅我这不中用的老辈子哟。”

刘老幺说：“幺爸，要不是你牵头带动大家把我父亲安葬，我们真的还不知道咋个办。太感谢你和乡亲们了。”

刘老幺先向幺爸作了三个揖，磕了三个响头，然后又转身向周围的人们作揖磕头。

在场的人们无不感动，多数人在偷偷地揩眼泪。

有个叫王三张的中年人，前几年在成都抬滑竿，因为下雨路滑绊了跤，坐骨神经痛至今没有治好。这人能说会道，很懂江湖上那一套。他向刘老幺走去，大家都给他让开。他对刘老幺说：“小伙子，你胆敢到成都混？成都不是个好混的地方哟！”

有个外号“逗嘴猪”的小青年很俏皮，也来凑热闹：“你说清楚点咋个不好混嘛。”

王三张说：“首先是骗子多。”

“逗嘴猪”说：“那咋没把你骗到？”

王三张笑着说：“哼，骗到我，除非他的脑袋比我灵光！”惹得大家一阵哄笑。

“逗嘴猪”又问：“王三张，你说还有啥子多？”

王三张做起非常精通的模样说：“哼，还有啥子多？说出来你又不球懂，我懒得给你说。”

“逗嘴猪”笑着说：“你说嘛，你说出来我肯定懂得起。”王三张也笑了说：“窑子，你懂吗？”

“逗嘴猪”随口说：“窑子？咋不懂，灰窑嘛，昨天我还到过河边上烧石灰的灰窑玩耍哩。”

大家都哈哈大笑。

王三张非常得意地说：“我说你不懂，你就是不懂。连妓院都不晓得。”

大家更加起哄了。

“逗嘴猪”这可抓住了把柄，接连问王三张：“那你逛过窑子没有呢？"

王三张说："没有。"

大家七嘴八舌地追问王三张："你没有逛过窑子，又咋个知道有窑子？"

王三张只好红着脸溜走了。

刘幺爸说："那逛窑子的事，岂是一般人玩得起的吗？"

"逗嘴猪"好奇地问："啷个的？"

刘幺爸说："要钱呀，价钱昂贵咧。"

正在大家说笑逗趣的时候，有几个婶娘嫂子已经帮刘老幺收拾好出门的行囊了。其实行囊也很简单，就是那条打了几个补丁的旧麻袋，塞进里面的东西就那么几样：五双麻窝子草鞋，这种鞋全是大麻搓弄编织成的；三件打了补丁的蓝色汗衫，其中有两件是父亲死后遗留下来的；四双布袜子，其中两双的后跟已经烂成了窟窿，是那个哑巴婶娘戴着老花眼镜给他补缀巴适的。

还是刘幺爸做事很牢靠、很仔细。他小心翼翼地把装满豆腐乳的大肚陶罐放进篾背篼，再把麻布行囊提进去塞在侧边。他再次告诫刘老幺："你千万要把这罐豆腐乳保管好哟，不然你没有钱买菜吃时就造孽噢。"刘老幺连忙回应："嗯嗯嗯，多谢关照，多谢多谢。"刘老幺在乡亲们的千叮咛万嘱咐中，背着篾背篼出门了。

乡亲们恋恋不舍地跟着他走到唐场古渡的码头，等待已经撑到江中的乌篷船转回来接人。江水茫茫，激浪翻滚。站在岸上的刘老幺心潮起伏，想了很多很多。

第一次出远门求财，即将走进非常陌生的大都市成都，给他的是阳光普照，还是黑夜茫茫？是时来运转，还是饥寒交迫？刘老幺十分迷惘，可以说是下了一场十分冒险的命运的赌注。

刘老幺终于上了乌篷船，船已到了江心，他还在与岸上的乡亲们频频挥手告别。

白发苍苍的幺奶望着远去的船影，抿着没牙齿的嘴感叹道："刘老幺哟，多么可怜的孩子。"

他上了岸，步行到40多里外新津三渡水的河岸时，已是夕阳西下。站在岸上等船的人特别多，好在拥挤上船时，戴着烂草帽圈的艄公用篙竿向他一指吼道："大家让开点，大家让开点，让这位背重东西的伙计先上船。"

下了船时，他已感到饥肠辘辘，在五津镇那棵树冠如盖的老黄桷树下的小菜饭店吃饭。

堂倌问买哪种菜，他说不买菜。堂倌很奇怪，说不买菜怎么吃得下饭？他从罐里舀出两块豆腐乳放在土碟子里。堂倌瞥了一眼碟中的豆腐乳，只说了一句："老牛筋，进馆子舍不得花钱。"就去给他添饭了。

一位长发乞丐拄着竹棍一瘸一拐地走过来，刘老幺从内衣里掏出小布囊摸出一个光绪通宝的小钱递给他。他接过小钱，连忙给刘老幺作揖，说："谢谢官人。"刘老幺面带难色，非常惭愧地埋头吃了一大口饭。堂倌盯了他一眼说："神经病！"

当晚，刘老幺在双流城外的一家鸡毛小店住宿。店主是一个瘦骨嶙峋的光头老汉。洗脚时，他只舀一碗水在木盆里，水太少了，连脚背都没淹着，刘老幺要他再加点水，他说："水太多了，我们开店子岂不饿死？"刘老幺不再说啥了。

刘老幺还来不及脱衣睡觉，瘦老头就来把清油灯吹熄了。

本来那清油灯闪着微弱的小火苗，一灯如豆，房间里比较昏暗，瘦老头也舍不得费点清油。刘老幺不再多说什么，只好闷头睡觉了。

当晚，他辗转反侧，心事重重，很久也睡不落觉。

天刚拂晓，瘦老头就在外边敲门，吼叫："还在睡懒觉？快起床！快起床！"

刘老幺感到很窝火，实在难以忍受了，说："还没大天白亮嘛，你那么急个球？"

瘦老头大声吼起来："混蛋，你没看见店门外的长灯笼上面写得明明白白'鸡鸣早看天，未晚先投宿'吗？"

刘老幺由这个店主联想到了钱庄主，也想到了自己的父亲和幺爸，这才开始领悟到，人们被一个"钱"字困扰得多么煞费苦心、多么劳累、多么痛苦、多么可怜，有时甚至多么可恶。

他在武侯祠大门外遇到两位抬滑竿的男子，他们是簇桥乡间的农民，也才到成都抬滑竿不满两个月。瘦子名叫赵二蛮，三十多岁，细眉小眼，很聪明机警的样子。王大力很壮实，腰粗背圆，看样子就很憨厚诚实。他俩正在那里等客人，刘老幺想了解一下有关抬滑竿的行情，便走近他们套近乎，与他们攀谈起来。

刘老幺双手抱拳，说："二位兄长好。"他牢记幺爸的教诲：出门在外，要讲究礼节，尊重别人。

瘦子赵二蛮也抱拳回应："这位仁兄如此多礼，有何见教？"

王大力轻轻摆手，微笑着说："兄长，免礼了，有话请直说。"

二位兄弟见刘老幺的背上背个大陶罐，十分诧异，问是何物，并要他放下再说，免得重压在身。

刘老幺看这两位兄弟不是歹人，便将自己家里发生的一连串不幸灾难和盘托出，及自己此番孤身闯成都，准备凭劳力挣点血汗钱养家糊口的意图说出来，以求指点迷津。

二位兄弟非常同情他的遭遇。他们同是天涯沦落人，一见如故，分外投缘，说话当然就无所顾忌。

他们聊了一会儿，就有一位客人走过来请滑竿。这是一位白面书生，举止温文尔雅，衣饰打扮入时，他要到总督府办事。

那二人抬着客人走了，留下刘老幺孤孤单单，不知将走向何处，又在何处栖身。

只见庙门外的大坝子上的人围了里三层、外三层，人声嘈杂听不分明。刘老幺索性走了过去，想看个究竟。他费了很大的劲才挤进了人堆。

原来是两位抬滑竿的老头抬着一位青年男子，闪悠闪悠，走着走着，脚步很合节拍。哪知，刚走到坝子中央时，抬前杠的那位老头脚弯一闪，打了个趔趄，滑竿一仄，那位青年人从滑竿上栽了下来。

青年人扭着老头就是一阵拳打脚踢，老头双手抱头，痛不欲生，喊爹叫娘，在地上乱滚。

刘老幺十分气愤，要身边的大伯帮他把背上的背篼放下。大伯看出他的动机，扯住他的衣角小声说："小伙子，你惹不起，千万别惹火烧身。"他一下清醒过来，自己势单力薄，而况家有老母、奶奶和乡亲们还等着自己回家的好消息。

当晚，他在南门外一座无人居住的破房里睡了一夜，一个蓬头垢面的老乞丐就睡在隔壁的一堆乱茅草里，可能有何处疼痛，通宵都不断地呻吟。

刘老幺无力解除乞丐的丝毫痛苦，也不可能给他带来实质性的安慰，这种无奈对自己也是一种莫名的折磨和心灵的刺激。

天亮后，他又背着背篼和行囊踏上这条永无尽头的茫茫人生路。

此刻，他还在城市的外围，像幽灵似的飘零……

城市像一块法力无边的磁铁，对他的诱惑胜于一切。受好奇心驱使，他要深入城市的心脏去看个究竟。

他能看到什么？他像大海中漂浮的一叶浮萍，在万顷波涛中哪还有什么挣扎能力？

4

刘老幺背着篾背篼在城里转了两天，看了武侯祠里的刘关张泥塑菩萨，游了杜工部草堂，走进了皇城，在青羊宫里跪在太上老君菩萨面前许了愿。然后，走进城里，在皇城坝看到五花八门的杂耍和非常热闹的场景，大开了眼界，知道世间上还有这么一些从来没见过的东西。他似乎有些迷迷糊糊的，这不是做梦吧？他竟然这样问自己。

这虽然是一些走马观花、蜻蜓点水似的浏览，却在他的脑海里留下非常深刻的印象，他相信这初次进城的感受肯定是足以回味一辈子的。

这时，他逐渐从对大城市的陶醉中清醒过来，给自己安排那抬滑竿的大事情。

当他在水浪悠悠、风光绮丽的锦江河畔低头沉思、慢慢走着的时候，迎面走来一位端着簸簸卖油糕的汉子。

"油糕，油糕，老南门外王花龙门子的老招牌油糕，可口价廉，又香又脆。"

他很想买来尝味道，但又怕花钱，只好忍了，无心理睬，埋头继续往前走。

卖油糕的却停下了脚步，打量着刘老幺问："嗨，刘小弟，又见到了你咧。"

刘老幺一怔，细辨此声后喜出望外，非常亲热地迎上去说："王大哥，是你呀，咋个又搞起这个来了？"

王大力无可奈何地说："哎哟，说来话长。"

刘老幺说："不耽搁你卖油糕的生意，那就长话短说吧。"

王大力说："就在你与我俩在武侯祠见面分别的第二天，我的那位搭手赵二蛮就干另外的事去了。"

刘老幺忙问："哦，他干啥去了？"

王大力说："他的父母要他到华阳镇跟他的姑爷学铁匠去了。"

刘老幺说："哦，难怪你就来卖油糕了。你还想不想抬滑竿？"

王大力说："抬滑竿比卖油糕挣钱多，当然想抬滑竿哟，但是没有搭手呀。"

刘老幺禁不住大声笑起来："咋个没有？有呀，你眼前不是站着一个人吗？"

王大力使劲拍了对方的肩膀一下说："你呀，你也想抬滑竿吗？"
刘老幺哈哈大笑说："是的，也正愁找不到搭手呀！"

他俩一拍即合,第二天就开始合作了。

抬着那架与赵二蛮一起用过的崭新的滑竿,王大力与刘老幺一起抬滑竿同样很有劲、脚步同样很合拍。

第一天合作客源就不错,上午抬了五位客伙,下午抬了三位,晚上在灯下一清点,这天就挣了15个铜板。刘老幺笑得合不拢嘴,好家伙,我刘家有救了。平生没有在一天之内就挣了这么一大把钱,真有乞丐捡银子一睡梦中也笑醒几回的感觉。

这几天,刘老幺的心情也好多了,有了钱嘛,心里就自然有了底气。

更令刘老幺兴奋不已的是晚上有地方睡觉了。那就是每天晚上与王大力抵足而眠。可能是同病相怜的缘故吧,他俩刚粘上几天就成为无话不说的知心朋友了。王大力的处境也很凄苦。他4岁丧母,8岁丧父,后来被本族一位孤老头收养。就在王大力刚满12岁那年的5月,孤老头也生病死了。现在他住的房子就是那位孤老头留下的遗产。这些年,王大力到处帮人做事,混点饭钱。前几天才请工匠做了一架滑竿,但刚抬两天,人家又去另谋生路了,真是运气很不顺噢。

王大力今年正月就满20岁了,还是个穷光蛋,可能这辈子就只有打光棍了。他俩挣了钱也舍不得花,每天早上煮菜稀饭、吃刘老幺带去的豆腐乳,中午在小饭店吃豆花饭,晚上也是吃菜稀饭、豆腐乳。王大力积蓄点钱,想把破房再修补一下。刘老幺想挣点钱带回家供养母亲和奶奶。因此,他俩受苦受累也心甘。

有一天,他俩在老南门城门洞那里等候客人。一位手提黑色皮包的高个子男子从城门内慢慢走过来,向他俩招了一下手。这人戴着黑色瓜皮帽,一绺短辫吊在背后像一根羊子尾巴,惹得刘老幺暗自发笑。王大力只盯了一眼他颏下的那颗痣胡子就问:

"请问官人,你要到哪里?"

"到三洞桥下首的四川机器厂。"

这位痣胡子不问价钱，没说一句话，就上了滑竿。

这肯定是个大人物，他俩都很小心谨慎，不敢吱声，只好抬着他往前走。

他俩不识路，由滑竿上的痣胡子指点。走了一些宽道，也走了一些窄路，有时七弯八拐，过了约莫一个时辰，终于来到了一道大门前。刘老幺抬头一望，大门上楣写着一排黑漆大字："四川省机器厂"。

只听得大门内传来不断的金属打击的碰撞声和轰隆轰隆的机器旋转声。

痣胡子慢条斯理地下了滑竿后，也没说一句话，递给抬前杠的刘老幺五个铜板就走了。

王大力对刘老幺说："嗨，今天遇到财神菩萨了，我与赵二蛮抬滑竿那么几天，从来没遇到出手这么大方的，既不讲价钱，又多给钱。"

刘老幺说："可能他是个当官的，很有钱。但是当官的有权有势，还很有可能不给钱呢。"

王大力摆手说："当官的坐轿车，不坐滑竿。他肯定不是当官的。"

刘老幺问："轿车啥样儿？我没看到过。"

恰逢这时一辆轿车过来了。一匹高大漂亮的红鬃宝马，上面坐着一位神态端庄、仪表威严的驾驶员，后面拉着一个架车，车上是一乘精致雕花的大轿，轿门挂着彩绸帘子。

只听得"嘀嗒嘀嗒"的马蹄声响过，人们急忙让路。王大力说："这就是轿车。"

刘老幺说："好威风啊，真是大开眼界了。"

王大力说："当官真好。"

刘老幺说："当官不害老百姓才好。"

王大力说："当官为老百姓办事才是好官。"

刘老幺说："可能刚才那个痣胡子是个商人，很有钱，难怪他出手那么大方。"

王大力说："不，有很多钱的人也会坐轿车的，不会坐滑竿。"

刘老幺笑了说："这下我知道了，钱多的人或者当官的人坐轿车，有钱不多的人才坐滑竿或鸡公车，没有钱的人就只能甩两腿啰。"

王大力说："真是人们常说的6人有人不同，花有几样红，。"

刘老幺说："王哥，我们不能穷一辈子噢，要想办法翻稍发迹才不枉在人间走一遭哟！"

王大力苦笑着，摇了摇头说："翻稍发迹？我这辈子甭想做这个美梦了！"

刘老幺说："不怕做不到，只怕想不到！"

第一章　倾家荡产

第二章

死而复生

1

秋风送爽，稻谷飘香。这天下午，刘老幺和王大力用滑竿抬着一位瘦精精的老者，闪悠闪悠地走在乡间小路上，觉得轻飘飘的很不压肩。

刘老幺觉得很有精神，好像浑身还剩余一些使不完的劲，也就与王大力攀谈起来。

"王哥，你说这世间上啥子最值钱？"刘老幺说。

"啥子最值钱？还用问吗？"王大说。

"咋个不用问？各人的看法不一样呀！"刘老幺说。

"一样的，我说出来，你肯定同意我的看法。"王大力说。那你说嘛！"刘老幺说。

"啥子最值钱？那就只有一个字。"王大力说。

"啥子字？"刘老幺问。

"一个'钱'字，就它最值钱。"王大力说。

"不，'义'字才最值钱。"坐在滑竿上的老头说话了。

"不，'义'者仁义也，讲仁义道德者就是有高尚品德的人。仁义是无价宝，这价值不是以金钱能换得来的。"刘老幺说。

这位先生说得好，我赞同你的看法。"瘦老头说。

我是一个抬滑竿的下贱人，你千万别喊我先生啊，不然会被人笑话的。"刘老幺说。

听了你说的这些话，就知道你是个真正的读书人。你为何要抬滑竿呢？"瘦老头好奇地问。

惭愧得很，晚辈只读过一年半私塾，粗识文字，因家庭贫困，辍学回家。抬滑竿只图混碗饭吃。请老人家别见笑啊。"刘老幺说。

我非常理解你的。我冒昧相问：你有意另谋高就否？"瘦老头说。

"深谢老人家开恩提携，小辈求之不得。"刘老幺十分感激。

"我开的豆腐乳作坊，需请一个管账先生，如果你同意就职，请你于三日后上任，薪水从优。"瘦老头说。

还没等刘老幺发问，瘦老头便做解释："原来的管账先生因年老退职，要三天后才能移交账本。"

"好的，多谢老人家，我同意应聘给你当管账人员。"

当他们将这位瘦老头抬到红牌楼一家豆腐乳作坊门前时，瘦老头下了滑竿，邀请他俩到铺里去坐。

大门上楣写着六个红漆大字"锦江泥豆腐厂"。两间铺面，进去一个天井，后面豆腐乳作坊很宽绰。有牛拉磨、人推磨，大锅里在熬豆浆。工人们各做各的事，跑上跑下忙碌着。

他们随便看一下，就与瘦老头告辞了。瘦老头再次叮嘱刘老幺三日后一定上任。刘老幺说他一定守信的。

当天晚上，刘老幺煮好白菜稀饭后，又从陶罐里舀了两块豆腐乳在土碟里。但王大力愁眉苦脸地躺在床边，刘老幺催促他几次，他也不肯出来吃饭。

"王哥，快出来吃饭。"刘老幺说。

"我肚子不饿。"王大力没精打采地说。

"你哪儿不舒服？"刘老幺问。

"没有哪儿不舒服。"王大力说。

"如果生了病，你一定要告诉我，我立即给你去买药。不及时医好，严重了就不能干活挣饭钱了哟。"刘老幺说。

王大力不说话了，但是仍然不出来吃饭。

这举动引起了刘老幺的警觉："是不是我要到今天那个锦江泥豆腐作坊，他不高兴？"

"王哥，我也舍不得离开你，但是，我要养家糊口，身上的担子压得我喘不过气来。"

王大力还是没有说话。

"刘老幺的脑子突然开了窍王哥，你放心，我一定不会离开你的。"

"小弟，不，你要供母亲和奶奶，不像我是光棍一条无牵无挂，你还是去当管账先生吧。"

"我的意思是你也到那个泥豆腐厂当工人，我俩不是就不分开了吗？"刘老幺说。

"小弟，我不识字，人家要我吗？"王大力有些担心地问。

"你不是见了吗？那个作坊里有那么多人在做活路，做那些活路是不需要文化的。我看你就行。"刘老幺说。

"你这一说，我的劲儿马上就来了，嘻嘻。"王大力傻笑着，就过来吃饭了。

这一晚，他俩很开心，睡得很香。

还要等三天，他俩才去锦江泥豆腐厂上班。因此，第二天还是去抬滑竿。

这一天，细雨霏霏，天色溟蒙。他俩绷好顶篷，各自在身上加了一件坎肩，就上路了。

一路上行人稀少，他俩走到南门一家幺店子，想站在墙边等客人。但见一堆人在围着观看墙上的一幅什么告示。刘老幺索性挤进去看，是一则招工通告：

招工通告

四川机器厂因生产需要，扩招工人 500 名。企望 18 岁至 25 岁男性青年踊跃报名应招，从 8 月 10 日开始，为期五天，逾期不予办理。

特此通告。

四川机器厂招工行政处

大清光绪三年八月十四日

王大力不识字，紧紧盯着刘老幺看告示。他觉得有点奇怪为啥刘老幺越往下看脸色越来越不好，神情越来越紧张？他急忙问"咋啦，出了啥事？"

刘老幺有些紧张地说："今天不抬滑竿了，我们马上回去。"

王大力不知出了什么大事，非常慌张地问："啥事？你快说快说。"

刘老幺说："时间紧迫，我们马上走，边走边说。"

王大力不再多问，跟着刘老幺加快脚步往回走。

刘老幺边走边说："王哥，我们的运气来了。"

王大力说："有好事？"

刘老幺说："有好事。"

王大力说："有好事你那么慌张干啥？"

刘老幺就把四川机器厂招工的告示内容详细告诉了王大力。还说只剩下明天一天的时间，后天就截止了。因此，今天必须要去报名，并且，要首先去锦江泥豆腐厂把应聘当管账人员的事辞去，人家好另外招聘。

王大力说："小弟，这我就不懂了，管账先生是吃笔墨饭，而到机器厂当工人是做苦工，吃铁沫子灰灰呀，你啷个高人不做而要去做短人嘞？"

刘老幺说："在一个豆腐坊当管账人员不会有发展机会，而四川机器厂是个大舞台，我只要进去了，不会一辈子只当工人的。"

王大力说："你说的我懂了，你们读书人想的就是不一样。"

"王哥，你放心，我们兄弟一场，今后不管我到哪里，都会把你带上的。有福同享，有难同当。"

"小弟，你到了四川机器厂，如果厂里接收我就好，如果不接收我就算了，因为我不识字，别把你拖累了。"王大力说。

"没有文化有不需要文化的工作，他们会给你安排适合你干的工作。"

他俩说着说着就到家了。

两人连忙放下滑竿，胡乱洗了一下脸，换了一件褪了色的黑长衫，刘老幺告别了王大力，大步向锦江泥豆腐厂走去。他的脑子里突然冒出一个念头：假如那个瘦老头找各种借口硬要把他留下呢？

他不由得皱紧了眉头。

2

这位瘦老头姓申名仲理，前些年设私馆教书，因为得了肺痨，学生唯恐被传染，都先后退学，私馆就关闭了。后来，妻子病故，儿媳分家，他就只好独居生活了。之后，他自己推磨，每天喝熬豆浆一碗，不到三年，他的肺痨居然痊愈了，只是身体还羸弱，但人还蛮有精神的。他才65岁，身上没有病了，总感到闲不住，就开了个泥豆腐作坊，一晃已经三年了。他请的管账先生也已三年，因年老体衰，最近申请退职。老板申仲理也先后找过几个管账先生，却很不顺，不是人家不愿来，就是他觉得不如意。这次他偶然与刘老幺相遇，一下就选定了，他相信这是个缘分。

这一天，他正安排两个女工为即将上任的管账先生打扫屋子、床铺、书桌和安排好一切用具。

他正在跟一位中年胖男谈生意。

刘老幺慌慌忙忙来找他，完全出乎他的意料。

还没等刘老幺开口，他就十分诧异地盯着对方问："你，你来干啥耶？昨天我跟你说好的嘛，再等几天才来接手，你那么着急干啥耶？"

听他这说话时的神情和口气，刘老幺真的有些急，只好灵机一动，就这么说出口了："老先生，真是不凑巧，我家里来人说我母亲昨晚得了急病。因此，我今天必须赶紧回家照料她，请医生给她治病。"

这一听，瘦老头也急了，但是人家是母亲生病，就很难推阻了："那，你啥时候能来上任呢？"

刘老幺说："不知母亲的病何时才痊愈，根本就说不准。"

他无可奈何地说："如果你母亲的病在几天之内好了，你就赶快回来吧。"

刘老幺说："我母亲每次生病都要缠绵几个月，您老最好另外请人吧。"

申仲理长长地叹了一口气。

刘老幺告别了申仲理，几步就跨出了大门，像生怕被人拉住似的放小跑。大约跑了半里路远，胆怯怯地回头一望，见无人追赶，才放缓了脚步，也叹了一口长气。

刘老幺气喘吁吁地赶到四川机器厂时，已是夕阳西下，接近下班时刻。门倌不准他进去。

门倌是个高大汉子，鼓眼睛，络腮胡，拦住他问："干啥的？"

刘老幺说："应征招工报名的。"

门倌说："何人举荐的？"

刘老幺心里有点慌张地说："要人举荐？我没人举荐。"

门倌说："没人举荐不行。"

刘老幺说："我是唐场的一个穷小子，找不到人举荐，求求你开恩放我进去吧，官人。"

门倌说："不是我不开恩，是总督有规定的，没有推荐人就不能进去报名。"

刘老幺惊奇地伸了一下舌头说："总督？我能见到他吗？"

门倌笑了："总督平时在总督府，但他有时也会来视察的。"

刘老幺说："我要是能在这里当工人多好呀，有时还能见到总督。为啥总督会到这个厂来，这里很重要吗？"

门倌说："哼，不重要？你知道这里是干什么的吗？"刘老幺说："怎么不知道？机器厂就是造机器的嘛。"

门倌说："但是，并非一般的机器，是造枪弹和大炮。这么重要，就怕混进坏人来捣乱破坏，所以，要有人推荐才能在这里当工人。"

一腔热血顿时就冰凉了，美好的梦想瞬间就变成了泡影，刘老幺只好离开这个非常值得留恋的地方，但是，脚上犹如吊着千斤巨石，很难挪动步履。

还得回去呀！他慢慢回转身子，以十分沉重的心情，拖着沉重的步子往前迈着。走不多远又深感绝望地回头望了好一阵。

厂门口断断续续地出来了一些人。刘老幺知道，这是厂里的工人下班了。他站在路边满眼羡慕地看着这一道下班人流的独特风景。他盯着每个人，好像要从他们的脸上、身上找出一点点与自己不同的什么秘密。

他的眼前怎么会出现一个痣胡子的熟悉的身影？这是真的还是幻觉？更可喜的是，那位痣胡子也似乎认出了他，并且微笑着向他走来了。

刘老幺苦于回忆不起在何时何地见过此人，来不及思索，痣胡子便开腔了："你到这里有何事？"

他说："我来报名，没有推荐人，门倌不让我进去。"

痣胡子说："那好，我做你的推荐人。"

刘老幺似乎不相信自己的耳朵："你？你做我的推荐人？"

痣胡子轻轻点了一下头说："是的，我做你的推荐人。"

这突如其来的好运气，使他不知说什么才好，耳里有一阵细微的"嗡嗡嗡"声音，好像是有人在问他："你叫什么名字？"

刘老幺偏着头说："你在问我吗？"

痣胡子说："这样吧，你明天来找我，我是政务办公室主任赵文生。我明天就给你办好手续。"

刘老幺一连在心里默念了好多遍："赵文生，赵文生……"赵文生在他的肩上轻轻拍了两下就走了。

刘老幺站着没动，好久都回不过神：难道好运就这样开始降临到自己的头上吗？他半信半疑地在内心里问自己。

当天晚上，他与王大力躺在破门板铺成的床上，辗转难眠，都合不上眼，兴奋得总想把心里的话说出来，但就是说不完，一直说到大天亮。

王大力压在心里的一句话，很想说出来，但老是说不出口，直到吃了早餐后刘老幺马上就要到机器厂去报名了，试了几次张口要说，也没说出口。可是，刘老幺却说出来了："王哥，你也与我一起去吧。"

王大力做梦都想到机器厂去当工人，但当刘老幺要他去时，他反而觉得不可能了："小弟，你一个人去吧，我不识字，人家不会要我的。"

刘老幺说："你的力气大，厂里用得上的，你首先一定要有信心。"

就这样，他俩就一起到四川机器厂去报名。

他俩到了厂里，感到一切都很陌生而新鲜。宽敞的厂房内，到处都是机器，只听得不停的轰隆轰隆的机器旋转声和切削声。

刘老幺带着王大力在厂区里四处穿行，转了好一阵，才在一个拐角口找到了报名处。

赵文生见了他俩就很热情地招手。

王大力问刘老幺："他认识我们吗？"

刘老幺说："你忘了吗？上次我们用滑竿把一个痣胡子抬到这厂门口。"

王大力忍不住笑了说："遇到了这么好的熟人，看来我们的运气来了。"

在办公室里，赵文生主任就一边询问刘老幺，一边用毛笔在报名册上工工整整地填上刘老幺的姓名、籍贯、年龄、文化程度等字样。刘老幺的真实姓名叫刘兴发，赵文生叮嘱他从今天进厂开始，就不能再喊"刘老幺"了。

接着，赵文生就填写王大力的有关情况。

赵文生将刘老幺分配在造枪车间，将王大力分配在冶炼车间。

"刘老幺"这个名字，自从踏进造枪车间的第一步便消失了，"刘兴发"就成为他今后的正式名字了。他在车间里干的是车工，师傅名叫杨怀德，是个非常机敏干练的小伙子，只比他大三岁，但他非常虚心，一来二去师傅很喜欢他。他喜欢这工种，几下就上了手。

王大力在冶炼车间掌大锤，将烧红的铁块或铁板，锤成所需要的零件。他觉得自己与刘兴发交朋友就走了好运，进了这个厂，从今以后有地方领薪水，想到这儿，就浑身都有用不完的劲。

这个工厂有2000多人，附近的工人每天都回家，离家远的工人就在工厂里住宿。工厂里有专门的住宿区，房舍和设备虽然简陋，但是还比较干净卫生。

刘兴发和王大力就住在宿舍区的大铺一号间里。这间屋子里住了25人。

刘兴发将换洗衣服和盛着豆腐乳的陶罐仍然装进篾背篼，放在宿舍的角落里。

3

这个厂有三个饭堂，每个饭堂都很宽敞。刘兴发和王大力就被安排在1号饭堂。这个饭堂是全厂最大的饭堂，摆着40多张方桌还不够坐，剩下的人就只好把饭菜都摆在坝子里的地上蹲着吃。坝子也很宽阔，挨着厨房的屋檐下有一棵硕大的桢楠树，树冠如盖，遮住好大一片地。

这一天吃午餐，刘兴发和王大力迟到了，没有座位，就只好到树荫下的地上蹲着就餐。

文质彬彬的赵文生走过来了。

刘兴发连忙站起来说："主任好。"

王大力也站了起来，虽然没说什么，但微笑着，流露出一种对人由衷的敬意。

赵文生说："别客气，你们生活得习惯吗？"

刘兴发高兴地说："很好很好，谢谢主任关心。"

赵文生说："你们不管遇到什么问题，就到办公室来找我吧。"

刘兴发连声说："谢谢，谢谢。"

王大力频频点头。

赵文生刚走两步，又趑转过来，盯着地上的菜碗说："你们吃的啥子菜？"

刘兴发说："豆腐乳。"

赵文生躬身蹲下看着土碗里的豆腐乳，说："颜色倒是很鲜艳的。"

一股独特的幽香，诱使赵文生接过刘兴发递给的竹筷，轻轻夹开一块豆腐乳，然后，拈一小块放进嘴里，品尝味道，眼里流露出一种专注、舒心、享受和赞美的神情。

刘老幺说："主任，你觉得味道如何？"

赵文生情不自禁地竖起大拇指说："太绝了，既香又辣，肯定很送饭的。"

在坝子里吃饭的人们以为发生了什么事，都纷纷围过来问："啥事？出了啥事？"

赵文生打着手势说："大家不要躁动不安，这里没有发生任何事情。"

赵文生说着就走了，但大家不相信没发生什么事，都七嘴八舌地向刘兴发问个不停。

赵文生怕影响大家的情绪，耽搁工人们的吃饭时间，便回过来给大家解释："没有发生什么事情，只是我尝了一下刘兴发从家里带来的豆腐乳，真是一道非常难得的美味啊，可口、送饭。就是这么回事，大家不要耽搁时间了，赶快吃了午饭就去上班吧。"

大家听这一说，更觉得好奇而高兴，这个想要尝一下豆腐乳，那个也要尝。刘兴发和王大力的筷子，都被大家你抢我夺得不停顿，弄得刘兴发和王大力都吃不成饭了。

不一会儿，碟中的几块豆腐乳就没有了。刘兴发和王大力哈哈大笑，觉得人多，好耍，很开心。

第二天中午，刘兴发舀了一碗豆腐乳到饭厅端到桌上供大家品尝。但是，不少人看一下就走了，都没有谁来动一下筷子夹一点来尝。

刘兴发奇怪了，难道是自己言语失误得罪了大家，还是豆腐乳味道不好引不起大家的兴趣，抑或是由于意外的自己无从知晓的原因，使大家对豆腐乳不再感兴趣？

王大力更像丈二的金刚，摸不着头脑。

过了几天，赵文生到各个车间给大家打招呼："各位工友注意一下，明天丁总督要来厂里视察，大家一定要振作精神，认真劳作，不得高声喧哗，不得吵架斗殴。"

当赵文生一边说一边走过刘兴发的面前时，刘兴发问他："主任，请问这机器厂与丁总督是啥子关系？"

赵文生只说了一句："这个厂是他到四川当总督才新办的。"就走了。

第二天吃午饭时，一群官员模样的人前呼后拥地走进了饭堂。走在前面的是政务部主任赵文生，他颏下的那颗痣胡子很惹眼，大家一眼就认出了他。第二位就是总督丁宝桢，头戴官帽，顶上有颗光亮的珠子，身穿官服，胸前和后背都绣着图案。他目光如炬，神态严肃。因为他已来过厂里几次，大家都能认出他。刘兴发是新工人，当然不认识，但是他心里知道这可能就是丁总督。丁总督右边的那个胖子是这个厂的王兆伦厂长，他不时在丁总督耳边低语些什么，只见丁总督隔一会儿又点一下头。跟在最后的那位提着黑包的白面书生是总督府的文书。还有两个背上背着马刀的彪形大汉是随从马弁，无论总督到何处他们都会如影随形。

刘兴发和王大力今天午餐仍然是蹲在桢楠树的浓荫下吃的。

这时，赵文生带着丁总督等人走过来了。

赵文生指着刘兴发面前的碟子说："总督，我昨天告诉你有一位唐场的工友带来的豆腐乳味道很好，就是这个，你尝一尝吧。"

这时，丁总督一脸和蔼可亲的样子，完全没有平素的官相，说："可以尝尝。"

赵文生将随身所带的象牙筷子双手递给丁总督后说："请总督

品尝。"

丁总督很斯文地接过筷子，蹲下，用筷子在地上的青花碟里夹了胡豆那么大的一点豆腐乳，放进嘴里品味。

他不仅是一位学问很渊博的学者型高官，而且是个名副其实的美食家，"宫保鸡丁"的发明者就是他。

昨天，赵文生就把唐场工友带来的这道美食佳肴的事告诉了他。今天，他到厂里来，一则是视察厂里的生产和运转情况，一则是来品尝这道唐场特产的味道。

这时，丁总督又夹了第二箸豆腐乳放进嘴里。顿一会儿，他说："美哉，唐桥豆腐乳，其色鲜艳，香辣可口，佐餐上品。本厂可仿其技制作，供饭堂餐用。"

胖子厂长王兆伦对赵文生说："总督非常关心职工生活，无微不至，已经下达指令要本厂制作豆腐乳供职工饭堂餐用，这是非常好的主意。赵先生，有关这项事务的落实和办理，就有劳大驾了。"

赵文生频频颔首默认。

"喤咣——喤咣——喤咣—"下班钟声响起。

办公室的一位青年职工到造枪车间来通知刘兴发到赵文生主任的办公室，有重要事情。

刘兴发在饭堂很快吃了晚餐后，就赶紧到了赵文生的办公室。

这哪是办公室，准确地说就是一个很大的书房。除了窗口下摆放着一张紫红色书桌，三面贴壁都安放着三层书架，书架里堆满了书籍。书籍大多是线装的，也有少部分是新样式的书籍。

刘兴发刚走进书房就傻眼了，他从来没有看到过这么多书籍。他屏息静气地放轻脚步走到办公桌前站着，心里忐忑不安，不知这位大学问家找自己这个小工人到这个地方来干啥，一时感到手脚无措，不敢轻易坐下。

赵文生坐在办公桌前阅读《史记》，似乎没有看到他。他也不敢吱声。

过了一会儿，赵文生揉了揉眼，站起来，伸腰，打了个呵欠，坐下，说："你从家里带来的豆腐乳还有吗？"

刘兴发说："还有。"

赵文生问："自从那天以后，工友们还来围着你抢吃豆腐乳吗？"

刘兴发说："我第二天舀了一大碗，想大家会来吃，结果大家都不来动一筷子头了，我与王大力都感到很奇怪的。"

赵文生笑着说："这就好了。"

刘兴发说："我不知道他们为啥会这样了。"

赵文生说："是我批评了他们，大家在厂里工作和生活都应该讲点规矩嘛，怎么能一窝蜂抢别人的东西吃？"

刘兴发这才解开了这几天来结在心里的谜团。

赵文生说："今后，你有空时就多读书，要读啥书，随时都可以到我这里来拿。从每个人来说，工作是为了生存，也就是解决吃饭问题。而读书是为了提高自己的修养，使自己活得更有知识、更有价值。现在，你进了厂，解决了吃饭问题，就应该好好读书，你还年轻，一旦有机会就要谋求更大的发展。"

刘兴发说："是的，当初家里穷，读了一年半书就辍学务农了，很想继续读书而没有条件。现在有条件了，更想不到的是与你这位学问渊博的好老师结了缘，我应当珍惜这段美好时光。谢谢恩师的栽培。"

刘兴发暗喜："居然又有了继续读书的机会。是赵先生点燃了心中的梦想，但他今天找我来，肯定不只是为这个吧，莫不是有急着要解决的事情？"

赵文生说："我为何要向你谈读书的事情呢？因为我已看出你是个可塑之才，今后在人生道路上还有更大的发展。"

刘兴发说："谢谢先生的勉励，学生会发愤图强，自强不息。"

赵文生说："读书学习，那是长远的、终生的事。不过，我今天找你来是要说另外一件眼前要做的事情。"

他要谈些什么呢，刘兴发一怔，没说什么。

赵文生说："昨天在饭堂时，丁总督不是说要厂里自制豆腐乳的事吗？"

刘兴发说："嗯，我也听到了的。"

赵文生说："厂长就安排我负责这项工作，把你找来就是与你谈此事的。"

刘兴发说："一切听从先生的安排。"

赵文生说："你家里的豆腐乳是谁做的？"

刘兴发说："是我母亲做的。"

赵文生说："我与你商量一下，请你母亲来厂里做豆腐乳行吗？"

刘兴发说："我祖母已经70多岁，长期患喘咳病，睡在床上需要我母亲护理。而我母亲又经常风湿病复发，行动也不方便。所以，我母亲不能来厂里。"

赵文生叹了一口气说："那你回去在唐场请一位能做豆腐乳的师傅，来厂里做豆腐乳行吗？"

刘兴发说："何必要在厂里自制豆腐乳呢？就在成都的豆腐乳作坊长期订购豆腐乳，不是更方便吗？"

赵文生说："你说到哪家作坊去订购好呢？"

刘兴发说："老南门外就有一家锦江泥豆腐厂嘛。"

赵文生摆着手说："不行，我们买过那里的泥豆腐，味道不好，与你带来的味道差远了。还有一个我们要自制豆腐乳的原因是，我们这是兵工厂，是非常重要的地方。如果有坏人在饮食里加了毒品就犯大事了，所以，我们在食品安全上的每一个环节都要把好关口。"

刘兴发非常爽快地答应下来，一定要把赵先生托付的这件重要事情办好。

临别时，赵文生还把一本《菜根谭》递给他，要他一定好好细读，说书里有很重要的人生经验和社会知识。

第二天，天刚蒙蒙亮，他就告别王大力上了路。

一路上，他的脑子里老是盘旋着一些问题，想来想去也没有找到答案：赵文生坐滑竿时，为什么不讲价钱，而又给出高于一般几倍的价钱？为什么赵文生对我那么关心、那么谆谆教诲、那么寄予厚望、那么看重？

4

太阳悬挂当空，晒得地皮都发烫。

刘兴发头戴草帽，脚穿麻窝子草鞋，虽然不断扇动手中的篾扇，但仍然没有带来一丝凉意，全身的汗水早已浸透了衣裤。

他走到新津县五津镇时，日已偏西，在一棵树冠如盖的老黄桷树裸根上稍坐片刻，算是歇了一会儿气，在侧面的小饭店里吃了点小菜饭，便急匆匆地赶到渡口等船。

新津三渡水是由西河、金马河、羊马河在新津古城西侧汇入岷江而成。刘兴发现在所在的这个渡口是新津三渡水的金马河码头。看到这里站着那么多等待上船的人，刘兴发心里非常着急。

赤日炎炎，江水茫茫。只见江中的乌篷船在波峰浪尖上颠簸和荡漾，头戴草帽的艄公正撑着篙竿，弓身用力，还调声悠悠地吆喝着船夫小调："谁家幺姑这么俏吔，没有人要我就要，白天陪我在江中耍噢，晚上陪我睡觉觉。"

大家盯着江中的乌篷船由远而近，缓缓向江边靠拢，就一哄而上挤了过去。有的扑爬跟斗，有的用肩膀撞闯，有的用双手劈开人群，只管往前冲，不管别人会受到何种伤害。

刘兴发尽管归心似箭，但不愿与人争执。谦让，再谦让，眼睁睁看到一拨又一拨的人们先先后后上船走了，岸上还有那么多等候上船的人们，这时，终于轮到自己有机会上船了，他慢慢向前移步。

当他一脚踏上船舱时，一个满脸长着络腮胡子的莽夫冲撞过来，将身边的小孩撞下河里。只见一个猛浪打过来，一下就将小孩冲走了。一位妇人嘶声号叫："小陶，儿呀！救我娃儿哟，善人老爷……"

刘兴发来不及脱衣服，一下跳进水中。

刘兴发在水中摸索、挣扎，他瞪着双眼，那敏锐的目光在茫茫江面扫视，在起伏波澜中辨别，在细枝末节中寻找希望。他在江涛中翻滚，在激浪中搏击，嗬，他摸到了……摸到了一个小娃儿的身躯。宝贝，你就是我要找的宝贝，他在心里默默地庆幸，但他已经精疲力竭。

"我能把你托上岸去吗？"他在心底忧心地问自己。他咬紧牙关，十分坚定地鼓励自己：一定要把这个小小的生命交给他的母亲！

他紧紧地抱着这个已经停止了动弹的软绵绵的身躯，蹬着极不驯服的江浪，十分艰难地向江岸游去。

看到离江岸已经很近了，一个浪头猛扎过来，将他打退。无情的江水似乎在故意与他作对，他连冲几次，都被激浪击退下去。

他感到头晕眼花、脑涨胸闷、四肢乏力。千万不能丢弃这条幼小生命哟，他在内心对自己再次鼓励。做最后拼搏吧！他用尽全身力气，紧紧抱住小娃儿，搏击浪涛，向江岸冲去。

江岸上站着很多人，观看着江中他与浪涛惊险的搏击，等待着救人的信息。

一位妇人盯着江水嘶叫着："陶儿，你回来吧，我的心肝宝贝！"刘兴发冲破激浪，到了江边，喘着粗气，用尽全身之力，将小孩的躯体托起。早就在岸上等待的一位壮汉，双手接过小孩，抱住。

那位已经哭成泪人的妇人，扑了上来将小孩抱了过去。

又是一个浪涛，将刘兴发打退下去，几个漩涡，波澜起伏，再不见他的踪影。

一叶小舟横漂过来，急向江中追去，转了几个圈子，又向下游漂去，但能否从滚滚江涛中救出刘兴发，还未可知。大家都束手无策，心急火燎地等待着这位救人者生命安危的音讯。

翌日上午，岷江新津段下游的沙滩上摆着一具男尸，全身赤裸，一丝不挂。

有一位妇女走过来扑在他的身上就哭得死去活来。从她的哭声夹带着的述说中知道，她的丈夫已出门三天还未归家，她到处找了他两天两夜都不见人影。刚才听人家说沙滩上有一具死尸，因此，她慌慌忙忙赶来，还未看个明白，就耐不住悲哀，一边号啕大哭，一边接连用两个拳头在死者胸口上捶打。

一位男子从她身后慢慢走过来，在她的肩上轻轻拍了一下。

她的身子抖动了一下，停止了哭泣，慢慢转过头来瞥一眼，惊讶地瞪大了眼，用手捂住嘴，"哇"地尖叫了一声，就站起来了。

她沉默了一会儿，然后举起右手狠狠地在男子胸前捶了两下，破涕为笑说："死鬼，还不回家。"说着，挽着男子的手臂就走了。

这时，两位男子抬了一副用两根竹杠绑成的担架将这具尸体抬走了。

他们将尸体抬到了老君山岭的寺庙里，放在庙堂后房一张木板床上，头顶绾着发髻的王道姑热忱地接待了他俩。

王道姑双手给他俩献了茶后说："二位辛苦了。"

二人道谢，喝了两口茶后就告辞了。

这位王道姑50多岁，身材短小，脸庞瘦削，长得很秀气，言语行动都蕴含着一种独特的道家气息。她在25年前从鹤鸣山寺到这老君山寺以来，就以专治疯癫病和溺水死亡者而远近闻名。对于溺水死亡三日内者，她都能起死回生。

由于新津三渡水经常都有人被江水淹死，那里的人们就会赶快抬去抢救。多次事实证明，凡是不出三日内淹死者，果然全部都是很效验的。

王道姑救溺水死者，完全是闭门治疗，据说她是在鹤鸣山得了仙方，究竟是何种仙方，人们无从知晓。

就在那两位男子将这位死者抬来，经王道姑封闭治疗后的当晚，死者就慢慢恢复了生命气息，他呻吟了两声，微微睁开了双眼，四肢伸展，闷了一阵，双手撑住床板，坐了起来。

他问王道姑："这是啥地方？我是咋个到这里来的？"

王道姑说："你是在三渡水被江水淹死后，有两个好心人把你抬到这里，我抢救了你的生命。"

他闷着头回想了一阵，急忙下床，但觉得四肢乏力，腹中饥饿，动弹几下就气喘吁吁，力不从心，无可奈何地叹了一口气后，说："我还忙着去办一件很重要的急事，我不能在这里久留。"

王道姑说："实话对你说吧，你被江水淹死已有两日，你应当知道，在我这里起死回生后，要在这里调养七日才能完全康复。不然，出了危险是再也无法挽救的。"

他说："多谢道长救命之恩，你是我的再生父母，我当永世不忘，报答有期。"

王道姑说："救人于危难之际，实为道家之本性，无须报答，先生不必客气。还有何种为难，请先生尽管详叙。"

他说："我叫刘兴发，在四川机器厂当工人，厂里要我回唐场老家请匠人到厂里做豆腐乳，不料这次救人溺死，不能及时赶回家，这就误了我的大事。"

王道姑说："那件事的确要紧，但事已至此，你还得以生命为重，如果一个人失去了生命，那么一切都无从谈起。"

刘兴发再次感谢王道姑的救命之恩和指点迷津，只得耐着性子等到七日身体完全康复之后，再回家去。

这难熬的七日他如坐针毡，如蹲牢狱，一时如热锅上的蚂蚁，寝食难安，多次被噩梦惊醒。

赵文生的嘱托、母亲和奶奶的企盼、王大力的等待，他们的音容笑貌、言谈举止，老是在刘兴发的脑海里萦回。

刘兴发最终没有熬到第七日，在第五日的晚上子夜时分，趁整个大地都在酣睡，四下里悄然无声。他不点灯盏，在暗夜中摸索着穿好了衣服，慢慢下床，蹑手蹑脚地去轻轻抽开门闩，将门扇隙了个缝，侧身挤出。

茫茫夜色，走向何方？他十分茫然，心里无底。

不远处传来一阵"汪汪汪"的犬吠，他唯恐惊醒庙宇里值班守夜的道士，慌忙向山下跑去。

这是由庙宇通向山下的唯一道路，一条羊肠小道弯弯拐拐，穿过一片浓密的树林。

刘兴发刚出庙门，就见一把松枝火炬照着一伙人迎面而来。

他慌忙钻进树林，回头一望，只见这伙人有的挑着沉重的担子、有的背着鼓胀的布囊，沿着庙宇边上的山路走去。

深夜潜行，而且搬动这么些东西，难道这是一伙强盗？刘兴发打了个寒噤，躲进一丛绿草中。等这伙人走远了，看不见火炬了，也听不到一点脚步声了，他才重新走到这林间小路上来。刚走两步，就听到后面传来"干啥的"吃喝声。

他站定，转身张望时，一把冷冰冰的大朴刀就架在他的后脖子上，他一点也不敢动弹。

如墨的夜色中，他看不清，也不敢看对方是啥样人。又一个沙哑的声音说："把他绑了。"

他只有任人宰割，不敢违抗，只要保住性命就是不幸之中的大幸。

第三章

身陷匪巢

1

双手像是被铁钳夹住反弯到背心，很快就被麻绳绑得紧紧的，他强忍泪水，咬紧牙关，没有吭一声。

在这种情况下，说什么也是没用的，如果说得不中对方的意，反而会被打得鬼模鬼样的。刘兴发的头脑非常清醒，也很冷静。

有几只手在他的身上乱摸，把腰上拴着的"伴肚子"（小布囊）里的25块铜圆全抢光了。这下，他就没有一点盘缠了。他觉得心里好像塞进了一块冰块。

虽然夜色很暗，但是，他的双眼还是被一条布带蒙上了，蒙得很紧，怪难受的。

有人塞一根竹竿的头儿在他的右手心里，他紧紧握住。竹竿那头也有人握着，他就这样握着竹竿，高一脚、低一脚地跟着前面握竹竿的人走，还听到后面还有两个人的脚步声。

他觉得是拐了几个大弯子后，就走下坡路，再走一段路就有点平坦了，路旁响着潺潺的流水声。约莫又走了半个时辰，就开始走上石阶。这时，有人将蒙住他眼睛的布带解了下来，他揉揉眼睛，只觉得两眼昏花，只看到模糊一片，啥也看不清楚。

他昏昏沉沉地站了一会儿，视觉便恢复正常了。

一位梳着偏头的长脸瘦子，拉掉了他手里的竹竿，在他的背上狠推了一下，哑着嗓音说："快往前走！"

他身子向前一倾，打了个趔趄。

他差点倒下。

跟着那位瘦子，在石阶上一步一步往上走。后面有个背大朴刀的莽汉看管着他，他不敢轻举妄动。

走到一个大约只有五尺宽的隘口，两边是陡峭的山壁。隘口右边站着一个肩扛火枪的彪形大汉，左边站着一个手握大朴刀的白胡子老头。他俩见了刘兴发都气势汹汹、横眉竖眼的样子，如临大敌。

过了一座拱桥，只见一个木制牌坊，又高又宽地横跨于两边的石砌围墙之间，上面写着斗大的黑字"白虎寨"，尤其彰显霸气与淫威。

这是一个土匪窝子。围墙内外警戒森严，充斥着一股阴森恐怖的气氛。

刘兴发刚踏进大门，一群匪徒就稀里哗啦地扑上来围着那位瘦子问："猴子，你们在哪里抓的这个毛子？"

大厅里走出一个光头胖子，手腕上挎着一串玉石佛珠。他向瘦子打了一个手势，瘦子就把刘兴发带到拐角的巷子里去了。

厅坝比较宽阔，中央燃着一堆柴火，噼里啪啦响着，映红了天宇，把满堂都照得通亮。

火堆周围摆了25张桌子。桌上摆满了酒席。这是山寨十多年来的规矩，凡是"出寨"回来，寨主都准备了丰盛的酒宴，犒劳兄弟们。所谓"出寨"就是夜间打家劫舍归来。有时有兄弟伙"出寨"未归，"为寨献身"，当晚寨内必设灵堂，超度亡魂，安抚人心，鼓舞士气。

只见寨主张白虎端着一碗白花花的酒，高高举过头顶，用高亢有力的声音对大家说："弟兄们，你们今晚辛苦了！"

众喽啰全部站起来，也将手中的土巴酒碗高高举起，齐声说："多谢寨主掌舵有方，弟兄们理当效忠，舍生忘死也在所不惜！"

张白虎哈哈大笑说："今晚大获全胜，收回银圆、铜圆两箩筐，白米三石（一石等于十斗）多，绫罗绸缎一百多丈。今年五次'出寨'，这是最大的一次丰收！"

他将抢回的东西说成是"收"回来的，这就是他们黑道的所谓"行话"。

这一晚，土匪们在这个土匪窝子里狂欢，还唱着淫腔淫调手舞足蹈，在整个夜晚闹翻了天。

刘兴发被关押在大厅侧边巷子拐弯处的土屋子里。一把铁锁锁住了一道木门，他像坐牢似的完全与世隔绝了。

他听得很清楚厅坝里的一切声音，整个夜晚无法入睡。一是土匪们的狂欢号叫惊扰他，二是担心怎么才能逃出虎狼之地，为机器厂找做豆腐乳的匠人，他饥肠辘辘，更忧心如焚。

第二天，整个寨子到了中午毫无一点声息，好像全寨土匪都睡死了似的。

刘兴发倒在一堆乱草上躺着，全身无力，闭着眼睛半醒半睡。在迷迷糊糊中，似乎听到铁锁的响声。

他使劲睁开了眼睛。

木板门开了。

还是那位押解他来的瘦子走了进来，对他说："走，出去。"

刘兴发跟随他走出了这间散发着霉气的土屋，倒抽了一口冷气。

大厅宽敞，四周墙壁都涂着炭灰，一片黑色。正面虎皮太师椅上坐着寨主张白虎，白胖的脸庞左边有个斜形的刀疤，光头发着亮光。

他架着的二郎腿轻轻抖动，右手用银子牙签挑剔牙缝里的菜渣。

刘兴发被瘦子带进大厅时，张白虎慢慢从牙缝间抽出了牙签，"咳"了两声，算是清了嗓子，对刘兴发说："饿了吗？"

刘兴发没有回答。

张白虎提高了嗓音："不饿？好吧。"

刘兴发说："到了这里，一切听从寨主的安排。"

张白虎说："撞到我的码头上，没有一个占到便宜的。"

刘兴发十分困倦，双脚都在打闪，刚要坐凳上，张白虎大喝一声："站起！"

刘兴发只好站起。

张白虎厉声问道："你身上带的钱呢？"

刘兴发迟疑地说："他们给我搜去了。"

刘兴发看了一眼站在张白虎侧边的瘦子。

张白虎瞪着牛卵似的眼睛说："谁给你搜去了？"

刘兴发说："不知道。"

瘦子向张白虎递个眼色。

张白虎凶狠地说："这里没有人搜过你的钱，不准你胡说八道！你是啥名字？"

刘兴发说："刘兴发。"

张白虎说："家住哪里？"

刘兴发说："唐场众家店附近。"

张白虎说："你为啥要在深夜跟随我的'帮子'打吊线？"

"帮子"是土匪黑话，即棒客队伍的意思；"棒客"即强盗。这些黑话，刘兴发一句也听不懂，他连忙回答张白虎的问话，将家里惨遭连连祸事和到成都在四川机器厂当工人等情况一一诉说。着重说明这次受赵先生之托回家请做豆腐乳的匠人，不幸被江水溺死，被王道姑救活，因回家心切深夜逃走，凑巧遇到寨主兄弟伙的情况说了一遍。

刘兴发还要往下说，张白虎打了个手势说："别说那么多了，你别装穷了，我实话告诉你吧：你撞在我的码头上，家里不抱钱来取人，我是不会放过你的！"

刘兴发灵机一动说："那你放我回家去借钱吧。"

张白虎冷笑两声后说："我能放你回家吗？你把我当成傻瓜了！"

刘兴发说："那就听从寨主的安排吧。"

张白虎向瘦子支了一下嘴说："把他带回土牢，老子自有安排！"就这样瘦子便把刘兴发重新带回土牢去了。

就在此时，赵文生在厂长办公室汇报关于刘兴发回家请匠人，已经五天还未归来的情况。

厂长站起来伸了一下懒腰，说："该不会出现什么意外事故哟！"

赵文生说："我们是不是应该到他老家去了解一下？"

厂长沉思片刻后说："再等两天看有啥新情况。"

刘兴发在土牢里蜷缩着躺在一堆乱草上，度日如年，昏昏沉沉，分不清白天还是夜晚。两天多来，只是昨晚喝过半碗菜稀饭，肚皮已经瘪得来贴住背脊骨了。

他想过越牢逃跑，但一来有铁锁把门，二来土墙厚实坚固，真是插翅难飞，入地无门。张白虎的葫芦里究竟装些什么药？

在如此危险的情况下，他已将生死置之度外，但最使他焦心的是赵文生那边还等着他请匠人回厂做豆腐乳。

好不容易又熬了五天仍然没有等到刘兴发的任何消息，这一来赵文生就坐不住了。他急忙去找厂长，正好厂长也要找他谈此事。

厂长慌了，连说："肯定出事了，我们赶快派人到他家查个明白。"

赵文生说："我知道刘兴发这个人，他接受了这么重要的任务，如果没有十分特殊的情况，是不会贻误时间去而不返的。"

2

厂长说："丁总再三叮嘱，这个厂是四川十分重要的兵工厂，应把安全问题放在首位，千万不能出一点安全事故。现在，我们必须立即组织人员查找刘兴发。"

厂长与赵文生商量后决定：由赵文生带一名保镖，首先到刘兴发老家看有什么情况。

四川机器厂保卫局有 108 人，人称一百单八将，如梁山好汉个个都很剽悍，武艺高强。王胡就是其中一个，他身材短小，目光炯炯有神，动作敏捷，能飞檐走壁，射箭百步穿杨。他这次跟随赵文生出差，只背了一把柄上缠着红绸的大朴刀。赵文生头上戴顶黑缎瓜皮帽，身着蓝衫，脚穿高鼻梁黑色靴子，除了下巴上的那撮痣胡比较惹眼外，与一般庶民毫无二致。

赵文生与王胡坐着一辆马车出了南门的城门洞，就觉得习习冷风拂面吹来，明显带着初冬的寒意。

王胡手执马鞭，向上一举，再向下甩个弧度，"啪"的一声打了一个响子，黑马四蹄"笃笃"加快了脚步。一路尘埃滚滚，向唐场的方向奔去。

到了新津三渡水，已是日正当午，他们将马和马车寄放在五津镇一家客栈后，在黄桷树侧边的小饭馆吃了小菜饭，便到渡口去等待上船。这时，一位头戴草帽的艄公正蹬着八字脚，弓身在江心撑船。

江岸上等候上船的人很多，三五成堆，黑麻麻一片，像赶场一样，很是热闹，嘈杂声中也夹杂一些争吵。

毕竟只有三只乌篷船，必然无法满足行人的需要。

王胡说："刘兴发回唐场肯定也是在这里坐船的。"

赵文生偏着头不知在想什么，毫不在意地说："嗯，是的。"

他俩万万没有想到，他们要找的刘兴发，就是因为上次在这里坐船渡江救人出事，才导致他俩这次去寻找他的下落。

好不容易才轮到他俩上船后，不料船到江心时，一个猛浪打来，船舱颠簸了几下，赵文生突然呕吐、晕倒。待到船靠岸边时，王胡小心翼翼地将他扶上了岸，正在束手无策、焦头烂额时，艄公让他坐在地上，双腿盘着，全身不动。只见艄公在他的头顶、颈部、胸前、背后，进行了掐、揉、搓、刮等一系列动作，手法娴熟，动作敏捷，招来了很多人拥挤围观。

很多人在催促艄公快去撑船，艄公好像没有听见，仍然忙着给赵文生按摩推拿，只听他口里小声嘀咕："我不能见死不救哟。"

赵文生终于缓过来了。他站起身来，非常感谢艄公，向艄公行了三鞠躬。

他俩在黄鹤楼侧边的租马店租了一套马车，向唐场进发。这里离唐场40多里，由于赵文生是文弱书生，晕过船还觉得浑身乏力，王胡便将马车的速度控制得比较缓慢。他俩到了唐场，已是掌灯时分，在骑街台子附近的"兴盛客栈"住宿，等待明日再行公事。

这一晚，赵文生辗转难眠，熬到谯楼上"咚咚咚"三更鼓响，还未合上眼睛。

他想道，丁总督政务、军务重任在身，事无巨细，事必躬亲，在一般人看的小事，他都要抓实在，不曾有半点马虎。他关心兵工厂职工的生活，连小菜一碟的豆腐乳他都亲自过问，具体安排制作生产细节，是实实在在从办好兵工厂的大处着眼的。如果自己经管的这件事出了差错，甚而出了人命，上对不起丁总督，下对不起刘兴发和他的家人。

这家客栈是唐场的上等住所，通常来往入住的是官员和富商。门面豪华气派，上楣大书金字"兴盛客栈"，非常醒目，进门的画屏上镂雕"二龙抢宝"栩栩如生，象征富贵和吉祥。客栈内装潢高雅，古色古香，令人赏心悦目。赵文生和王胡就住在后花园的第八间客房。王胡倒是呼呼大睡，鼾声如雷。

突然，只听得"呼鸣"的一声，窗扉"砰"一响，一个搽着花脸的大汉手持大朴刀像一根柱子立在屋子中央。

王胡的身子像触动了弹簧发条，"嘣"一声弹到地上与大汉进行搏斗。

赵文生像受惊的兔子，钻进了木制壁柜，全身颤抖，牙关咯咯作响。

只听得两刀相击，噌噌作响，伴随着厮杀过程中的阵阵吼叫，甚是惊悚与恐怖。

赵文生在壁柜里听到王胡与歹徒的厮杀声和双方进进退退的脚步声，心里一阵比一阵紧。

大约过了半个时辰，只听得"卟"的声音，随着"喂呀"一声惨叫，一个人"咚"一声倒在地上。

王胡厉声问："你是什么人？"

赵文生这才战战兢兢地推开柜门往外看，只见那个花脸倒在地上，龇牙咧嘴，一副惨不忍睹的样子，哀声呻吟着。地上流着一摊鲜血，一只手臂甩在门口的地上。

王胡将大朴刀口对着花脸的颈项，说："你究竟是什么人？"

赵文生向王胡摆了摆手。

王胡问："是谁派你来的？"

花脸说："我不会告诉你的，你宰了我吧！"

随着"咚"的一声门响，三个手执大朴刀的杀手冲进室内。

双方没有一声对话，就"噗噗噗"地厮杀起来。

王胡跳出了门，他们在后面的草坪上杀得十分惨烈。

王胡接连砍翻了两个，还有一个脸上有刀疤的家伙背着失去臂膀的花脸仓皇脱逃了。

赵文生说："此地不可久留，三十六计，走为上着！"

他俩从客栈后门悄然而走。

出了后门，黑夜茫茫，不知路在何方，两人慌不择路，像没头苍蝇一样，乱跑胡闯。他俩走进了一片竹林，王胡踩响了一片笋壳，惊醒了竹笼里的宿鸟。只听到后面传来阵阵吼叫声："抓活的哟！"

一阵追杀声响起，他俩像惊弓之鸟，穿过竹林，涉过小溪，跑到了斜江渡口时，不敢惊动船上的艄公，只好沿着江边直往下游跑去。

一直都是赵文生在前面跑，王胡手执大朴刀在后面挡驾。

赵文生已气喘吁吁，捂着胸口坐在地上，无力再往前行了。

只听得后面又传来一阵追杀声，一队人马打着火把追了上来。但他们追到渡口时就驻足不前了。

只见火光把江面照得通红。

王胡说："他们以为我们是坐船而去了。"

赵文生说："可能他们要盘问艄公一番。若是坐船渡江了，他们肯定要继续追杀我们。"

他俩坐在地上歇了一会儿气，又继续向下游走去。

这下才放松了绷得紧紧的心弦，他俩在沙滩上慢慢行走。突然，一个男子瓢声瓢气地大喊一声："干啥的？"

朦胧夜色中，一只黑不溜秋的鸟枪正对着赵文生的脑袋。

王胡将大朴刀架在对方男子的颈项上，大喝一声："把枪放下！"

对方慢慢把枪放下。

王胡也把刀放下了。

赵文生问："你为何深更半夜在此？"

对方说："在这沙滩上守萝卜。"

赵文生说："哦，朋友，对不起，惊扰你了。"

对方也缓和下来说："请问你们在这深更半夜的到这河滩上来干啥子？"

赵文生说："有人在追杀我们。"

对方惊讶地说："为啥事？那么凶险？"

赵文生说："我们可以到你的棚里去休息吗？"

对方说："可以的。"

他们进了棚里后，就在一张竹子做成的简易床上坐下。

一盏清油灯下，这位头发花白、满脸皱纹的老头子吧嗒着叶子烟，烟雾缭绕中，他用疑惑的目光扫视着这两位奇怪的夜游人。

还没等老头开腔，赵文生就谈起了他俩这次来唐场的缘由和遭遇。

3

老头沉闷了一会儿，吐了一口浓烟后说："你说的刘兴发，是不是众家店的那个刘老幺？他的母亲每天都在众家店的阶沿边上卖豆腐乳。"

赵文生说："我们只知道他是刘兴发，不知道他是刘老幺。据他说他母亲是在众家店卖豆腐乳的。"

老头说：众家店卖豆腐乳的就只有她一人，那豆腐乳的味道好得没法说，绝了。你刚才说，刘老幺失踪了？"

赵文生说：是的，我们来找他，今晚住在兴盛客栈就被人追杀。"

老头大惊：唔，这么凶险？"

赵文生说：你帮我们分析一下，在唐场这个地方，有哪些土豪有这个势力？"

老头说：这牵扯到人命关天的事，我可不敢乱说。"

赵文生说：你们这个地方，有哪些人会耍大朴刀，这个你应该是知道的。"

老头说：在唐场这个地方，会耍大朴刀的倒有一些人。但是，有真功夫的就要数钱洪泰庄主手下的四把大刀手。那才特别厉害咧！"

赵文生说：怎么个厉害法？"

老头说：哼，厉害得很，说出来吓死人！"

赵文生笑了说：你说说试试吧，看说出来能把我们吓得死吗！"

老头一下来了劲：哼！人家到大邑县城劫过杀场的！"

老头唯恐这两人不信，马上又补充一句：不信？前年秋天，钱洪泰的大哥犯死罪，就是钱洪泰派他的四个大刀手从大邑县城外西河坝杀场抢回来的。"

赵文生说：他们劫了杀场，官府没有来捉拿归案？"

老头说：哼！捉拿个球！钱洪泰带着他的四个大刀手和八个花枪手当天就跑得无影无踪！"

赵文生问：那后来呢？"

老头又"哼"了声后说：后来？后来，隔了半年，他们又回唐场来了。"

赵文生问：他们回来了，官府就没来抓他们了？"

老头说："抓人？抓个球哟！"

赵文生说："为啥子不抓了？"

老头说："钱，钱才是硬通货。这个世道，只要有了钱，天上的星星都可摘下来！"

赵文生说："哦，我知道了。"

赵文生和王胡在这个茅棚里的木板上蜷缩着身子聊了一阵，迷迷糊糊地睡了一会儿，天色微明后，就告别老头，走到冉场的斜江码头，坐乌篷船过了江。

他们步行到了新津三渡水，坐乌篷船过江后租了马车，回成都时已经夕阳西下，暮色降临。

第二天，赵文生刚上班就迫不及待地到了厂长办公室，将这次出差到唐场的遭遇详细说了一遍后，厂长说："情况这么严重，我们立即到总督府去向丁总督如实禀报，不然，出了问题我们承担不起这么重大的责任！"

赵文生说："是的，我知道事关兵工厂的事，在丁总督的心目中都是头等大事，我们应该马上去向他禀报。"

总督府大门外两旁卧着一对石狮子，站着全身穿戴盔甲的守门将军。赵文生和厂长站在守门将军跟前行了躬身礼后说："请将军通报，有四川机器厂厂长和赵文生求见总督大人。"

守门将军对内高声喊道："通报！"

门内走出一位中年职员，守门将军将通报内容告诉他后，他说："请在门外候令。"

厂长和赵文生在门外等候通报回音。

等了好一阵子，通报官出来说："传令四川机器厂厂长和赵文生觐见总督大人。"

厂长和赵文生跟着通报官进了总督府，穿甬走巷，七弯八拐，到了总督厅时，通报官就转身走了。

丁总督坐在厅内正中台位上，十分威严的样子。他正在埋头审批公文，见他们来了才抬起头来。

赵文生恭恭敬敬地说："我们这次到唐场找刘兴发，遇到了盗贼抢劫我们，又追杀我们，因此，我们只好逃走。"

丁总督问："那就没有找到刘兴发吗？"

赵文生非常沮丧地说："没有。"

丁总督打了个手势说："两位都坐下慢慢说吧。"

厂长和赵文生都各自坐在木圈椅子上后，赵文生将到唐场寻找刘兴发下落、当晚在唐场"兴盛客栈"遭盗贼抢劫和追杀的情况详细说了一遍后，听候总督的指令。

丁总督这人，正襟危坐时，你觉得他高高在上，望而生畏。但当他和你交谈时，却又是一种迥然不同的感觉，那种平易近人、话语温和的态度，让你感觉到是在跟自己的知心朋友促膝谈心。赵文生与他多次接触就是这样的感觉。

丁总督好像对此问题早就深思熟虑好了，说："对于刘兴发的失踪问题，我们必须要一查到底，生要见人，死要见尸，必须给他的家人和社会一个满意的交代。我们这个四川机器厂是国家的兵工厂，担负着国防重任，厂里的职工生活和安全问题必须得到充分保障。尤其像刘兴发这样对厂效劳、忠心为厂办事的优秀职工，是厂里的宝贵财富，一定要得到真正的保护。"

赵文生说："但是，那里的邪恶势力相当猖獗，这次要不是王胡刀法超群，功夫过人，我与他肯定会死于对方刀下。对方那四个大刀手也非同小可，是曾经劫过杀场而名声大震、威风八面的。这次，王胡真是显示了孤胆英雄的本色，他一个人就砍死了对方的两个大刀手，还有一个大刀手背起另一个被砍掉了一只臂膀的大刀手落荒而逃。后来，对方又带着一队人马举着火把向我们追杀而来，我们逃到江边守菜棚里，在棚里老头的掩护下才逃回了成都。如果我们再到唐场，岂不被那伙人砍成肉泥？"

丁总督说："现在，各个地方官匪一家，匪患猖獗成为社会一大隐患，作为堂堂总督我也无可奈何。但是，我们也不会坐视不管，还得肃清，只是不可能在很短时间内就将土匪铲除干净。现在这样吧：再耐心等待十日，如果刘兴发还未回厂，那我们就带领一支全副武装的队伍，到唐场刘兴发家里看他是否在家，如果他不在，我们就沿着他从成都回家的路线，一路寻找线索，绝不放过一点蛛丝马迹，如果找不到刘兴发决不收兵！"

丁总督一言九鼎，赵文生和厂长当然就照此办理。

4

白虎寨今天显得有些冷清，除了树上"咕呜哇—咕呜哇—"的乌鸦叫声，还有外面传来阵阵"汪汪汪"的犬吠，就不再有什么声息。躺在土牢里度日如年的刘兴发觉得这异常情况有点蹊跷，心里很困惑，猜想可能有什么事情即将发生，是大难临头抑或处境有了转机，最坏的可能是凶多吉少无法变更。

他的脑子里倏忽闪过一个念头：这个匪窝子的匪徒们是倾巢出动去进行抢劫，还是犯了大案获悉官府要派人来抓捕，他们便外逃躲避？他正在捉摸不透时，听到有脚步声轻轻向这土牢走来。

但他等了好一阵子，又没听到一点声音了，可能是一种心理作用产生迷迷糊糊的幻觉吧。他这样一想，心里又更加烦躁不安了。

突然响起一阵"砰砰，砰砰"石头砸门的声音，听得十分清晰，刘兴发感到恐惧不安，茫然不知所措。

门外，人声嘈杂，一群人像潮水般冲进了寨内。

寨子里到处都响着"乒乒乓乓"的声音，和很多人的脚步声混在一起，刘兴发听得出是人们在搬动东西。

这时，他听到有几个不同的声音在说话：

"人呢？"

"一个也没有找到。"

"一定是有人走漏了风声，全部都跑光了！"

"不，一定要把这个匪窝子的旮旮旯旯全部搜索一遍，不留死角，把隐藏得很秘密的人和物都要收拾得干干净净！"

隔一会儿，已听不到那几个人的对话，可能他们已经走得离土牢远一些了。只能听到阵阵模糊不清的嘈杂声，这时，刘兴发的内心很复杂，知道是这个"白虎寨"的张白虎犯案了，可能是官府来清洗匪窝，将全部赃物搬走，并要将匪首和匪徒全部捉拿归案，在这种情况下，如果自己被当成匪徒逮捕了，会当场被砍头吗？能不能允许我申辩而免于一死呢？

突然，两位横眉冷眼、全身披挂、背着大刀的军爷出现在土牢门口。

军爷甲高声问刘兴发："干什么的？"

刘兴发说："被匪徒抓来关在这里的。"

军爷乙抡起斧头就捶打土牢门上的铁锁。

土牢门"嘎吱"一声开了。

军爷甲用绳索将刘兴发的双手绑住了。

刘兴发说："军爷，我是被匪徒绑来关了十多天的，你们放了我吧，我还有重要事情。"

军爷甲说："有啥重要事情？"

刘兴发说："我要回唐场找匠人到兵工厂做豆腐乳。请军爷开恩，放了我吧。"

军爷乙对军爷甲说："别相信他的鬼话。"

军爷甲对刘兴发说："我们没有权力审你，更没有权力放你。"

军爷乙说："押回监狱再说。"

刘兴发无可奈何，再说什么也无用，只好咬紧牙关，强忍痛苦。他想，只要到了监狱，把自己的情况说清楚，必然会被无罪释放回家。但他最着急的是，如果再发生意外，回不了家，就会耽误了厂里的大事，厂里的职工就不能吃上唐桥豆腐乳。令他最着急的，是赵文生不知他的下落，在丁总督那里怎么交差，怎么能找出一个下台阶的合乎情理的理由。丁总督是一个非常体恤民间疾苦和爱民如子的好官噢！

就这样刘兴发的双手被反剪捆绑，后面跟着两位军爷押着上了路。

这是一支近百人马的队伍。他们对"白虎寨"进行了一场大清洗，将匪窝里的金银财宝、绫罗绸缎、马匹、粮油等进行没收，用人挑马驮全部运走。

这支队伍像一条长龙，弯弯扭扭拖了两里多路，浩浩荡荡，十分惹人注目。一路上，众人站在路旁观看，都为"白虎寨"匪窝的覆灭拍手称快，欢声雷动。但是，当大家知道匪首张白虎和他的匪帮连一个人也没有被擒时，感到莫大的遗憾。赃物虽然被没收了，张白虎和他的匪帮避过这段时间的锋芒后，还会重新归巢，继续作恶。

大家看到被捆绑押送的刘兴发时都指指点点，以为他是唯一没有逃脱的匪徒。

第四章

囹圄含冤

1

刘兴发被押送回成都后，就被直接关进了监狱。

一天、两天、三天，熬到第八天，都没有被讯问和提审，刘兴发的心里何等难受和痛苦。他想，一旦提审他，他就会几句话把自己的情况说清楚，当然就释放回家，为兵工厂请做豆腐乳的匠人，但是，就是没人理他。

在白虎寨的土牢里蹲着，那是被土匪绑架的，而这次是被关押在国家监狱里，是正式的坐牢。

每天和各种犯人在一起吃饭、受训、挨骂、放风，那是何等悲切，何等屈辱。过着一种非人的生活，他几次想死。但在监狱里想死也是不容易的，因为狱方已经将犯人自杀的一切条件都杜绝了。

典狱长每天要到监狱几次巡查。他满脸凶相，穿着宽大的黑袍，脚蹬高靴，手执马鞭，在监狱内外慢慢踱着方步，见有不顺眼的犯人，不问青红皂白，就扬起马鞭劈头盖脸地打将过来，口里还要骂个痛快。犯人们只要见他走过来，就咬紧牙关，准备接受他的鞭打。

刘兴发很想向典狱长说出自己的冤屈，但几次典狱长走过他的身边，他都没有勇气开口。

他事前是鼓足了勇气的，可是面对典狱长那阎王似的面孔，就软下来了。特别是他看到典狱长刚抽了别人几皮鞭后，凝固在脸上那刽子手般的狰狞面目就不寒而栗，他的牙关也在咯咯作响，先前鼓起的勇气已不知去向了。

"我不能就这样冤死狱中呀，即使是死，也要死得明明白白。"他如此想道。心一横，豁出去了，最凶不过一个"死"字，而且，对人生来说死也就那么一次，活到万年也逃不脱一个"死"字。

这一天，他做好了挨马鞭甚至被砍头的准备，要向典狱长说话。看着典狱长高大的身影，从监狱那头慢慢走过来离他只有两步远时，他半弓着身子，对典狱长说："尊敬的典狱长大人在上，小人刘兴发请求提审。"

典狱长打着官腔说："你姓甚名谁？"

刘兴发说："小人姓刘名兴发。因回老家唐场……"典狱长打断了他的话："你在何时何地被捕的？"刘兴发说："在半个月前的白虎寨被捕。"

典狱长惊愕地盯着刘兴发说："什么？白虎寨？"

刘兴发说："是的，就是白虎寨。"

典狱长连鼻子也不"哼"一声，就大摇大摆地走了。

刘兴发真感到莫名其妙，真是"叫天天不应，叫地地不灵"了！天底下哪有这样的怪事？一个清清白白的平民百姓，就这样不明不白地身陷囹圄而无处诉？难道就这样下去把牢底坐穿？

刘兴发实在憋得发慌，心里像藏着颗炸弹就要爆炸。他高声吼叫："天啦！我要回家请人到兵工厂做豆腐乳呀，你们放了我吧！"

典狱长像幽灵一样又走过来了，高声骂道："你他妈的，在号叫什么？"

刘兴发说："我是好人嘛，快放我回家，我要去请匠人到兵工厂做豆腐乳呀！"

典狱长劈脸给他一马鞭，随着"啪"的一声脆响，他的脸上留下一道冒着血珠的痕印！

他号啕大哭："我要见丁总督！你们放了我吧，我马上去见丁总督！"

典狱长又在他的脸上狠狠地抽了一鞭后说："丁总督岂是你小子能见到的？疯子，老子不好好收拾你，你不知道老子的厉害！"

接着，典狱长就给刘兴发戴上了脚镣手铐，说："看你小子还发不发疯！"

刘兴发戴上沉重的脚镣手铐，越发吼叫得天旋地转了。

典狱长在墙角捡起一块满是污垢的乱麻布塞进刘兴发的嘴里，而且塞了又塞，塞得紧紧的。这一来，刘兴发像一头怒不可遏的狮子，越发暴跳如雷，只听得他身上的脚镣手铐叮当作响，不可收拾。

典狱长犹如魔鬼般疯狂，两眼发红，咬牙切齿地举起马鞭，"啪啪啪"地在刘兴发全身抽打，直到打得他遍体鳞伤、皮开肉绽，到最后奄奄一息，全身都没有动弹了，那根浸满鲜血的鞭子才被扔在了地上。

典狱长也累得直喘粗气，有气无力地瘫坐在那把发了黄的木圈椅上。

刘兴发慢慢就觉得再闹下去，也不会起一点作用，反而招致不堪忍受的屈辱和痛苦。这肯定隐藏着什么玄机，他当然无从知晓，在这样的生死关头，也就只好听天由命了。

上次，丁总督说过，如果再等几天还没有刘兴发回厂里来的消息，就立即派人到唐场的刘兴发家去看他是否在家，如果他不在家那问题就严重了，那就是他已经失踪，就火速组织人员沿着他回家的路线查找个水落石出，生要见人，死要见尸。今天正是到了第十天，丁总督叫来赵文生和厂长了解情况。

上次赵文生带王胡到唐场打听刘兴发的下落，当天晚上住在"兴盛客栈"被四个大刀手袭击，王胡当场砍死了两个大刀手，还有一个抱着一个被砍下一只臂膀的大刀手逃跑了。丁总督说："这次我们派人到唐场，那伙人肯定会报复的。因此，我们这次必须要派出足够的武力，方能保证出行安全。"

丁总督亲自安排30名全副武装、全身披挂的军人骑着战马，由赵文生和王胡领队，浩浩荡荡向唐场进发。

深秋，一阵旋风卷着片片枯叶在街头胡乱飞散。这一天，正逢唐场赶场，大街小巷都挤满了人。随着"嘀嗒嘀嗒"马蹄声的骤然而至，一队威武剽悍的骑兵队伍，从唐场街上穿街而过，人们纷纷躲闪，引起一阵躁动，甚至有人惊慌失措拼命逃跑，把老大娘竹篮里的鸡蛋也撞倒碰烂了。

全场镇都惊动了，"太平钱庄"内的气氛尤为紧张。庄主钱洪泰神色凝重地对师爷王安清说："这几天，我的眼皮跳得很厉害，贴了几次红纸都没有止住。俗话说：'左眼跳灾，右眼跳财。'我双眼同时跳，这问题就严重了。"

王安清说："躲脱不是祸，是祸躲不脱。庄主，不必那么紧张，'水来土掩，兵来将挡。'沉着应战，别那么紧张。"

守门的刘彪拿着花枪慌慌张张地跑进来，喘着粗气说："庄、庄、庄主，不好了，不、不好了。"

王安清说："啥事？快说，快说。"

钱洪泰说："龟儿子瓜娃子，有人杀来了吗？做起那个球样子。有屁快放。"

刘彪颤抖着身子说："有一队骑着高头大马的军队从街的那头开过来了……"

钱洪泰闻言大惊失色地说："我知道这几十年从来没有官兵到过这唐场来摆威风，事已至此，也只有一条独路—拼了！"

他立即将全部刀斧手32人集合起来，庄内12人，庄外20人，准备大战来犯之敌。本来共有35名刀斧手，上次在"兴盛客栈"被王胡砍死了2个，砍去右臂1个。钱洪泰最近要再招3名刀斧手补上，但是物色了几个都不如意。

钱洪泰说："赶快在大门口安上铁铳。"

要拼就拼吧，这几十年都是在血盆里抓饭吃。如果这一场干下来，可能是凶多吉少，因为以前多次经历的干仗，都是与江湖上的对手拼杀，或是杀人越货厮杀，却从来没有与官府的正规军较量过。越是在这紧张的情况下，钱洪泰想得越多。他想："我钱洪泰再过十年就活满一个花甲子了，如果闯不过这一关，死了也不算打嫩尖。我哪样福没有享过？酒、色、财，我全部都占有，不枉人生走了一遭。"

他对王安清说："师爷，我这次如果被官府派来的兵抓去杀了，你一定买个上等棺材—最好是建昌木，把我埋了，埋深点。我的不成器的儿子贪玩好耍，带个女人到杭州去了，他回来后，一定叫他远走高飞，越远越好。"

眼见这支骑兵队伍过来了，钱洪泰十分紧张，感到自己的死期就在眼前，要拼个鱼死网破。怕别人操作不当，要站在铳炮前亲自放炮，他两眼直勾勾地、一眼不眨地盯着走得越来越近的骑兵队伍，只要走过他的大门前他就要开炮。

"嘀嗒嘀嗒"的马蹄声像敲着鼓点越来越近。沿街两边的人都纷纷逃离，怕骑兵与钱洪泰的刀斧手干起了大仗，尤其那铳炮一打响，震得全镇的地皮都会抖三抖！

这列骑兵队伍随着一阵急促的马蹄声像旋风似的一吹就过去了。

钱洪泰傻眼了，他部署在周围的刀斧手也都吓呆了，都憨痴痴地站着像在地上生了根。

钱洪泰回过神来后，拍了拍胸口对喽啰们提劲壮胆说："我把这铳炮架在大门口，谁敢跨进我的门？连这些官府派来的骑兵队也吓跑了！"

2

这支骑兵队伍行到众家店时，都停止了前进，各自将马拴在树林里的柏树上。然后，由赵文生带着大刀手王胡走到刘兴发家。军人们就在刘兴发屋子的周围走动着。

赵文生和王胡进了屋里，没有听到一点声息，再往里走，只见床上躺着一位骨瘦如柴的老太婆，一位长得很乖巧的小姑娘正在躬身用汤匙给她喂蛋汤。

赵文生问小姑娘："请问这是刘兴发的家吗？"

小姑娘微笑着点了两下头。

赵文生又问："这是你奶奶吗？"

小姑娘又微笑着点了两下头。

赵文生再问："刘兴发是你的什么人？"

小姑娘皱着眉摇了摇头。

赵文生懵了，又问："刘兴发是你的什么人？"

小姑娘仍然皱着眉摇了摇头。

赵文生又问："你姓什么？"

小姑娘仍然皱着眉摇了摇头。

赵文生转身对王胡说："这怎么办呢？这女子老是摇头不说话，可能是一个哑巴。"

王胡问小姑娘："你是不是哑巴？"

小姑娘开口了："我不是哑巴。"

王胡问："那你刚才为啥子不回答赵先生问你的话？"

小姑娘微笑着说："我听不懂他说的话。"

王胡笑了，对赵文生说："我知道了，是她听不懂你说6什么，和6怎么，之类的话。"

赵文生也笑了："哦，原来如此。那你与她谈好些。"

王胡点了点头后，转面对小姑娘说："小姑娘，你叫啥子名字？"

小姑娘说："我叫王兰花。"

王胡问："你与这刘家是啥亲戚？"

王兰花说："不是啥亲戚，我是一个孤女，见刘大婶每天去卖泥豆腐，家里有一位老人躺在床上没人管，很造孽，就来帮助照顾老人了。"

赵文生听了王胡与王兰花的对话后，就知道应该怎么说话了。他问王兰花："刘兴发的母亲是啥子名字？"

王兰花说："刘王氏，我喊她刘婶婶。她每天都到众家店去卖泥豆腐。"

赵文生问："啥子叫'泥豆腐'呢？"

王兰花迟疑着，答不上来。

王胡说："这个地方的人说的'泥豆腐'就是豆腐乳嘛。"

赵文生说："众家店？我们刚才把马拴在那里的，是看到有个卖豆腐乳的妇人。你去找她，叫她回家，说我们在这里等她。"

王兰花说："好吧。"

王兰花开门一看，到处都是军人，这是咋个的？发生了啥事？为啥来了这么多军人？她的脚弯都发软了，去找刘婶婶，到底是凶还是福，她一点也不懂。

她满脑子装着一连串的疑问，胆怯怯地到了众家店，只见来来往往给菩萨烧香磕头和买香蜡纸火的善男信女，却找不到刘王氏。

刘王氏平常就在众家店庙宇的阶沿边上，摆个大肚陶瓷罐卖泥豆腐。有人买泥豆腐，她就用长竹筷从罐里夹出一小块、一小块的泥豆腐放在买主带来的碗里。生意好的时候要卖半罐泥豆腐，生意不好的时候就卖不了那么多。

刘王氏在众家店卖泥豆腐是独家，而且是在阶沿上一个固定的位置。此时，王兰花找不到她，心里非常着急！

她见庙里的僧尼姑从阶沿上对面走过来，还没开腔问话，僧尼姑却大惊失色地说："喂呀，你还没跑？军队都把刘家包围了，你还不晓得？快跑，快跑！"

王兰花说："是的，刘家的周围全是军队，大姑姑，这就是包围吗？我一点也懂不起。军队为啥要包围刘家？"

僧尼姑说："听说是刘家的刘兴发在成都犯事了，可能省府派来的军队要对刘家满门抄斩哟！"

王兰花吓得舌头也不灵活了："哦，怪不得他们喊我到众家店来找刘婶婶回家哟！"

僧尼姑说："憨女子，喊她回去挨刀吗？她刚才回家老远就看到房子周围站满了军人，晓得出了问题，马上就逃跑了。"

王兰花说："大姑姑，你说得太吓人了，那我现在咋个办？"僧尼姑说："咋个办？不马上逃跑，难道你还在等死？"

王兰花说："我又不是他们刘家的人，他们也要宰我吗？"

僧尼姑说："不是刘家人？那由你说吗？他们见你在刘家，就会认定你是刘家人，你说不脱，照宰不误！"

她说着，还用手在颈项上做了个砍头的动作，吓得王兰花一身冷汗。

到哪个地方逃命？王兰花心乱如麻。她可怜巴巴地乞求僧尼姑："大姑姑，我在庙里逃命，你保护我吧，求求你了，可以吗？"

僧尼姑吓得瞪大了眼睛："咋个要得哟，我咋敢受牵连哟，军人的大刀是开不得玩笑的哟，若是把我宰了，那这个众家店的庙子哪个来办哟，难不成你来办啊？傻女子，你快跑远点吧，跑迟了，就来不及了，你就挨刀了！"

她说着，又用手在颈项做了一个砍头的动作，这下王兰花就不再多问了，扭头就跑，拼命地跑，好像后面有人在脚跟脚撵她似的，一刻也不敢放松和停留。

赵文生和王胡在刘家等了很长时间，也不见王兰花回来。

刘家房屋周围的军人仍然在那里守候，实际上是在保卫赵文生和王胡的安全。因为他俩上次在"兴盛客栈"遭了袭击，所以这次来唐场特别提高了警惕。

赵文生等得很无聊，就走进内室。

老太婆睡在床上翻了一下身，皱着眉很痛苦的样子。赵文生问她："老人家，你哪里不舒服？"

老太婆说："周身都有点痛。"

赵文生说："你在吃药吗？"

老太婆说："吃药医不好，是心病。"

赵文生说："啥子心病？"

老太婆说："不想说。"

赵文生说："为啥不想说？"

老太婆说:"说了也是白说。"

赵文生说:"刘兴发是你的孙儿吗?"

老太婆说:"是的。"

赵文生说:"你的孙儿最近几天回来过吗?"

老太婆说:"自从他到成都后,一步也没有回来过。"

赵文生一怔:"哦,那你晓得他现在在哪里吗?"

老太婆说:"他就在成都嘛,还会到哪里去?"

赵文生和王胡已经明白:刘兴发已经失踪!

他俩对视了一眼,感到情况十分严重。

这王兰花去众家店找刘王氏,为什么等了这么久也不见人回来?这又有可能发生了什么意外?赵文生和王胡都感到特别纠结。

赵文生带领这支人马疾速回成都后,他马不停蹄地到了总督府。

丁总督听完赵文生禀报这次在一列武装骑兵的保护下到刘兴发家的详细情况后,说:"根据这种情况——尤其是那位老太婆说她的孙儿刘兴发自从到成都后就从未回家的事实来看,也就没有必要非要找到刘兴发的母亲不可,可能是他的母亲知道这样威武的骑兵队到了她家,就被吓得不敢回来了。如果再去找她,就会更增加她的恐惧感。"

赵文生迫不及待地问:"那现在怎么办?"

丁总督说:"现在立即组织一个调查组,沿着刘兴发回家的路线详细地进行调查,特别是有可能出现安全问题的地方,要非常仔细地排查和梳理,不漏掉一个细枝末节、旮旯角落。"

赵文生说:"这样就要花费不少时间的。"

丁总督说"不怕费时间,非把刘兴发找到不可,我们要为兵工厂每个职工的安全负责。"

赵文生说:"那就请总督定夺这个调查组的人员。"

丁总督说:"你是全权负责查找刘兴发这个案子的,当然由你负总责。还是给你配个保镖王胡就行了。这次与上次到唐场的情况不同,就没有必要带上武装骑兵队了。"

3

第二天，赵文生和王胡就开始走上了寻找刘兴发下落之路。

赵文生还是平时素衣小帽的平民打扮，他那瘦削的脸庞、细小的眼睛和下颏的一撮痣胡，使他显得充满睿智和活力；王胡还是背着大朴刀，他那一身武士装束和横眉冷眼的威武神态，蕴含着一股镇住邪恶的煞气。

他们仍然从成都南门出发，不坐轿、不坐滑竿、不坐马车，完全按刘兴发从成都回家的路线步行，去仔细寻找、发现刘兴发可能失踪的蛛丝马迹。

他们走到花桥子时，正碰上逢场天，遍街都挤满了人。

"唰唰—唰唰"一位身穿蓝色长衫、戴着圆形眼镜的算命先生摇着串铃走过来。

算命先生望着赵文生和王胡说："二位官人好。"

赵文生非常恭谦地躬了一下身说："我们不是官人，先生好。"

算命先生笑了："长官何必如此多虑？你还瞒得过我王半仙的眼睛？"

赵文生说："先生走街串户，云游八方，天下事尽皆知晓，人间情全揽胸中。佩服。"

王半仙笑了："二位长官公务在身，不便打扰，半仙告辞了。"

王半仙说着就走了。

赵文生说："先生请留步，我有要事请教。"

王半仙说："长官有何吩咐，请讲。"

赵文生说："请问先生，约莫一个月前，你可曾听说附近几个乡镇发生劫持行人和杀人事件？"

王半仙又笑了："这个世道杀人越货的事件多如牛毛，不知长官问的是哪一桩？"

赵文生打了个手势说："好的，你忙着你的营生，不劳烦你了。"

　　赵文生和王胡连路打听，没有发现一点线索。这刘兴发究竟遇到了何种意外事故而销声匿迹？就这样寻找无异于大海捞针，令人颇费踌躇。

　　他俩到了新津三渡水已是傍晚时分，金马河上江枫渔火如诗似画，隔岸城内万家灯火若星罗棋布。江岸上站着一些等船的行人。

　　淡淡的暮色中，一艘乌篷船在江面上缓缓撑过来，传来老艄公凄怆嘶哑的船工小调："艄公最怕夜来临哒，幺姑娘盼望媒进门。若是二八无人问嘞，你说羞人不羞人噢！"

　　艄公躬身撑了两篙竿又继续唱道："要是幺妹不嫌弃，艄公今晚就进门。"

　　他们上了船后，赵文生与艄公搭讪起来："公公风趣，唱得很受听。"

　　艄公笑了："唱着好玩的，生活太单调，唱一下解解闷。"

　　赵文生问："请问公公，这三渡水近一个多月出过沉船事故吗？"艄公只撑船，不回答，好像什么也未听见似的。

　　赵文生以为艄公未听见或是听力不好，因而提高嗓门又问了一遍，艄公还是不回答。

　　赵文生这才觉察到艄公是故意拒绝回答，有些尴尬，埋下了头。

　　旁边一位光头老汉用手肘轻轻拐了他一下，用手捂着嘴在他的耳鬓悄声说："可能你是外地人，不懂这个地方的规矩。"

　　赵文生默默地点了点头。

　　光头老汉继续说："艄公最忌讳说'沉''翻''死'这类不吉利的字眼。"

　　赵文生点头小声说："怪不得他不回答我。"

　　他们上了岸，光头老汉将赵文生拉到一旁对他说："先生，我是本地人，家住这里的梨花沟，经常在这个码头渡船来往。你要问啥子情况？尽管说，上了岸就不必有啥子忌讳的。"

赵文生说:"我有个兄弟,在一个月前从成都回他的唐场老家,至今音信全无。我们一路打听到这里都没有一点线索。我冒昧请问大爷:一个月前,这里曾经发生过翻船或落水事故吗?"

老者搔了自己的光头几下,想了片刻后说:"你今天碰到我算是你的运气好,硬是碰在眼子里了。"

赵文生和王胡的眼睛都亮了。赵文生说:"大爷,有线索?"

光头老者笑嘻嘻地说:"是有这么一回事:一个月前,就在这个码头,行人很多,争相上船,不料一位女孩儿落了水。一个小伙子立即下水救她。水浪很大,几经搏击,费了很大的神,总算把女孩托上了岸,但他已精疲力竭,正在爬岸时,一个激浪将他打到江心瞬间就不见人影。那天,我与他同船,完全是亲眼所见。但那是不是你们要找的人,我就不知道了。"

赵文生说:"后来怎么样?"

光头老者说:"后来,就没有听到有关消息了。"

赵文生听了这番话后,如获至宝,谢过光头老者后,与王胡在一棵老槐树旁的一家客栈下榻。第二天清晨,天刚现出鱼肚白,就起身沿金马河畔一直往下走。

他俩沿着金马河往下游走,走不多远就问:"一个月前你听说过这河里漂下来一具男尸吗?"非常遗憾,他俩问了老头又问大娘,问了青年又问壮年,一直问到金马河与南河交叉处汇入岷江,又顺着岷江往下走,都没有得到一个月前河里漂来一具男尸的信息。

他俩完全失望了。究竟是继续往前找,还是回头向唐场方向去查找?赵文生陷入了深深的沉思。

他俩都感到走累了,就在江边一棵麻柳树下的一块大石头上坐下休息。一位中年渔夫抱着一堆渔网走过来。

赵文生问渔夫:"伙计,你知道在一个月前,这河里曾经漂下过一具男尸吗?"

渔夫想了想说："熊家两弟兄是专抬死人的，你去打听一下情况吧。"

赵文生和王胡就按渔夫所指的方向去找熊家两弟兄。

他们走过好几个林盘，惹得一些黄狗黑狗"汪汪"吼叫。它们专咬陌生人，而且是一窝蜂，只要这个林盘的狗吼叫，连环几个林盘的狗就会应声叫个不停，叫着叫着，它们很快就会跑到一起，形成一支队伍，跟着发出第一声吼叫的狗去追咬那个（或几个）陌生人。

他俩走过一座红砂石拱桥，沿着右边的河边走了不一会儿，就到了一个翠竹掩映的小林盘。一位白发老翁指点说，在这一带专门帮人抬死尸的熊氏两兄弟，就住在那条小溪边的第一家。

三间带个转角的曲尺形茅屋，比较低矮而简陋，泥墙外的老桑树下睡着一只长尾巴老黄牛。这就是熊氏兄弟的家。

赵文生和王胡走到熊家时，见柴门上锁着一个铁锁，分明是主人不在家。他们感到有些疲乏，便在阶沿边的一条木凳上坐下休憩。

这兄弟俩好久才能回家？今天会不会回家？而况，刘兴发究竟死了没有？假如刘兴发真的被淹死了，是不是他们兄弟俩抬的刘兴发尸首，这一切的一切还都是未知数。赵文生忧心忡忡，愁肠百结，十分迷惘。

等了多时也不见有人回家，他俩无可奈何地起身走了。

正当他俩走到房子拐角处的一丛白菊花前时，熊氏兄弟扛着竹竿担架回来了。

熊氏兄弟俩见到赵文生和王胡时，一愣，十分诧异，而后不吭一声闷头就往家走。

赵文生说："你们又去抬死尸了吗？"

熊氏兄弟仍然不吭一声，继续往家走。

赵文生和王胡都转身跟着熊氏兄弟走。

他们都走到了阶沿上。熊氏兄弟仍然不吭一声，也不去开门上的锁，也不坐下，像被挨了一闷棍打晕了似的，呆呆地站着。

赵文生说："请问两位伙计，我们要了解一下：一个月前，有一个被江水淹死的刘兴发冲到沙滩上，听说是你们弟兄二人做了好事将他抬走了。请如实告诉我，你们把他抬到哪里去了？"

熊氏兄弟见王胡身后背一把亮晃晃的大朴刀，有些恐惧，心想这两个人一定来头不小，看身上装束听口音也非本地的什么土豪，料想这可能牵扯到一桩官司，况且，王道姑有言在先：寺庙禅院乃清静之地，千万别把那些带着刀枪的人带到寺庙里来。

赵文生见这兄弟俩一直缄口不言，又说："我们是省上派来查找刘兴发下落的，请你们一定与我们配合。"

熊兄摇了摇头说："我们从来不知道你们要找的那个人的名字，也没有在沙滩上抬过尸体。"

赵文生转面问熊弟："你哥说的是真的吗？"

熊弟不说话，只点了点头。

赵文生说："据有人告发，是你们两兄弟抬走了江边沙滩上的刘兴发，你们不要有何顾虑，就告诉我们：你们把刘兴发抬到何处去了。"

再三追问，熊氏兄弟始终不说出已经将那具死尸抬到老君山寺的事实。

王胡"霍"地从背上抽出大朴刀，将寒光闪烁的刀口放在熊兄的脖子上。

熊氏兄弟都吓得全身颤抖，但是，仍然咬紧牙关不开腔。

4

赵文生慌忙拉开了王胡握着大朴刀的手，大声吼道："王胡，住手！"

王胡这才把握着大朴刀的手退回来。

赵文生对熊氏兄弟说："非常对不起，是我的兄弟太鲁莽了，我向你们赔礼道歉。至于你们没有抬过刘兴发也就算了。我们告辞了。"

赵文生和王胡走了。他们走不多远，见一位白发苍苍的老太婆从一座栽着三棵麻柳的茅屋边颠着小脚走过来。

赵文生问她："老人家，你知道熊氏兄弟的一些情况吗？"

老太婆的耳朵可能不太管用，她用手捂住左耳，用右耳听。她说："你要我说他的啥子情况？"

赵文生说："比如他们靠啥子为生？也就是说他们怎么挣钱？"

老太婆说："他们的母亲死得很早，父亲是船夫，几年前为救人被淹死连尸首也未找回。十年前，一场大水冲走了他家的两亩沙地。由于家里太穷，靠帮人打杂工过日子，两弟兄都三四十岁了还打光棍。"

赵文生说："你说他们熊家两弟兄靠帮人打杂工过日子，请问老人：他们帮人打杂工做些啥子？"

老太婆说："他们帮人犁田、栽秧、打谷、碾米……啥子都做，只要给饭吃，再给点钱就行。"

赵文生说："老人家，你再回想一下：他们是不是还替人抬死尸和埋死人？"

老太婆说："是的，有这回事。"

赵文生说："听说他们在一个月前，把一个淹死的汉子从沙滩上抬走，你晓得抬到哪里去了吗？"

老太婆想了多时后说："我想起来了，大约一个月前，我在老君山寺烧香拜佛，见他们两弟兄抬一具死尸从寺庙后门进去的。"

赵文生说："进了寺庙后门？你知不知道后来是好久抬出后门，最终又抬到哪里去了？"

老太婆说："以后的事，我就不得而知了。"

老太婆像是突然想起了什么，连忙摇头摆手、惊惊乍乍地说："别问我了，啥也不晓得，我从来没有向你们说过啥子哈。"

老太婆慌慌忙忙地颠着三寸金莲走了。

赵文生和王胡迫不及待地往老君山寺跑去。

他俩刚跨进后门的门槛，就有一位小道姑对他们说："这是后院，你们不能进来。"

赵文生说："我们有重要事情需要进去。"

王道姑在那边的走廊上瞥一眼赵文生和王胡，尤其注意到王胡背上背着那把寒光闪烁的大朴刀，转身就走了。

小道姑与王道姑对视了一瞬，会心地微笑，站在门口，对赵文生和王胡说："道观是清静之地，除了善男信女，一律不得进门。"

王胡说："赵先生，我们不理她，直接进去吧。"

赵文生说："那不行，必须通过寺庙道长的允许。"

王胡说："我们费了这么多周折，才找到了这么重要的线索，就应该抓住不放。

赵文生："要说成是重要线索，那倒不一定，还没有拿到真凭实据。"

王胡说："那我们进去找到道长，才能弄明白。"

赵文生与王胡又进了寺庙后门，只见一位头扎发髻的老道走过来拦住了他们。

赵文生很恭敬地向老道躬身，说："请问道长，一个月前，熊氏兄弟抬一具死尸从贵寺后门而入，我们受官府派遣，前来了解这具尸首的下落，恳求协助我们进行查找。"

老道双手合十说："道观乃清静之地，从来没有抬尸进庙之事，尔等更不得身带凶器擅自闯入。"

赵文生与王胡只得再次退出寺庙后门。

王胡很是生气地对赵文生说赵先生，我真想冲进去把大朴刀架在他的颈项上，我就不相信这老乌龟不怕死！"

赵文生说："你千万不能胡来！"

王胡说："赵先生，你这样书生气十足，我们这几天来的辛苦就算白跑了。"

赵文生说："道观的清规戒律，我们千万不能触犯；何况，我们也说不准那具尸首就是刘兴发；再说，那老道说得也有道理，道观乃清静之地，怎能抬死尸进寺庙？"

王胡说："难道是那位白发老太婆骗了我们？"

赵文生说："那老太婆倒是没有必要骗我们，但是，我们也不能捕风捉影，听了老太婆说人家抬了一具死尸进庙，就认定那具死尸就是刘兴发。老太婆那么大年纪，记性也不能那么准确无误的。"

王胡毕竟只是一介武夫，经赵文生这么一点拨，便开窍了，觉得赵文生说得很有道理。他问赵文生那你说现在我们应当怎么办？"

赵文生说："天色已晚，我们回到五津镇投宿，待我晚上睡觉考虑成熟后，明天再做决定吧。"

这五津镇只有沿河一条独街，十几间铺面点着灯火，街上除了稀疏的行人，还有几只不同颜色的狗在争抢饭堂里扔出的一根骨头，整个氛围显得甚是冷清。他俩走遍了通街，都没有找到客栈，后来，索性拐弯走进一个窄巷里，才发现一家鸡毛小店，王胡觉得太孬了，赵文生要他忍受一下，坚持住了下来。

这一晚，赵文生在床上老是合不上眼，辗转反侧考虑着有关刘兴发的问题。他最焦急的是丁总督关心的兵工厂自制豆腐乳问题，因刘兴发的失踪而搁置，不知何时才能启动。自己既然已经承担此任，就应该干得干净利落，让总督放心。可是，世事难测，搅得人晕头转向，一筹莫展。

床铺太简陋，环境也不太洁净，被子和枕头都有一丝霉酸味。赵文生似乎能忍受，而王胡就缺乏那样的耐性，用手挠着皮肤，把全身都挠了个遍。他刚迷迷糊糊入睡，好像突然被什么惊醒，一下又醒了，就这样多次惊醒，扰得他通宵很不自在。

天刚拂晓，赵文生和王胡就动身打道回府。他们还是用步行，还要连路打听，希望发现有关刘兴发失踪的蛛丝马迹。

他俩走到成都已是黄昏时分。

第二天，他俩直接去见丁总督，将这次沿着刘兴发回家路线，查找刘兴发下落的情况详细向丁总督禀报后，丁总督说为了办好兵工厂，多造武器，抵御外国侵略，保卫我国疆土，我们应当保护好兵工厂每个职工的利益。刘兴发受兵工厂派遣，回家找匠人做豆腐乳，不幸失踪，经多方查找无果，可能已不幸捐躯。兵工厂应到他家举行衣冠安葬仪式，并对他母亲和祖母今后的生活问题进行妥善解决。"

三日以后，按丁总督安排赵文生和王胡在一队骑兵保护下，浩浩荡荡到唐场为刘兴发举行衣冠安葬仪式。

第五章

刑场惊魂

1

好多天了，监狱里送饭的那位哑巴，只从铁窗递给他一小碗饭，有时饭还有馊味，连一点菜也没有。那位哑巴很瘦，眼珠很黑，转动得很灵活，右手拇指已断了半截，左脚有点瘸。刘兴发每次看到他从铁窗外一瘸一拐地走过来，就注意到他的提篮里装着什么菜，却多次都没有一点菜，让他一次次失望。

哑巴虽然说不出一句话，但他望一眼刘兴发时，眼里却滚动着怜悯的泪光。

监狱里没有洗澡的地方，犯人们从未洗过澡。与不洗澡相比，更为恶心的是，刘兴发住的死牢侧边紧挨着一个大厕所，大小便装满一大坑，很远的地方都能闻到熏天臭气，绿头苍蝇成群结队飞来飞去，散布着肮脏的细菌。

自从被打入死牢后，刘兴发便被取消了一天一次"放风"的待遇。他眼巴巴地看到铁窗外犯人们各自从牢房出来，慢慢向监狱外的大坝走去，心里真不是滋味。

更为奇怪的是，从抓进监狱到打入死牢，刘兴发没有被提审过一次。究竟犯了什么罪，没有人告诉过他。他就这样糊里糊涂地当了死刑犯，每天昏昏沉沉，每晚噩梦缠绵，提心吊胆地等待着被砍头的一刻。

他几次被推上杀场的噩梦惊醒。有一次，梦见奶奶躺在床上，临死前还有气无力地呼唤着自己的乳名"刘老幺"，死了也没闭上眼睛；有一次，梦见母亲披头散发、声嘶力竭地又哭又叫："刘老幺——你在哪里？"后来倒在地上，全身僵直，口吐白沫而死；曾梦见赵文生到处找他，在新津三渡水翻船溺水丧命……

有时他迷迷糊糊似睡非睡，半醒半睡，想了多时也分不清是白天还是黑夜；有时突然醒来，觉得凶神恶煞的刀斧手已经站在面前，马上就要被推上杀场斩首，但是使劲睁开眼睛一看，是哑巴从铁窗递进来半碗冷冰冰的馊饭。

生不如死，这世不好修来世，早死早超生。他想起了人们常说的一些话，觉得正符合自己此刻的心情。认命吧，只好平静地等待着即将来临的死亡。

这一天终于来临。刘兴发觉得很奇怪，等到将近中午，早餐还没送来，正感到饥肠辘辘时，隔着铁窗看到那位哑巴提着个竹箅，一瘸一拐地向这里走来。

哑巴慢慢将竹箅放在窗台上，刘兴发盯了一眼，眼睛一下就亮了。他似乎不相信自己的眼睛：三菜一汤，还有一瓶泸州老窖酒。

他刚开始还以为情况有了转机，不然，咋会突然对他如此优待？但他的脑海里瞬间闪过一个念头，使他警觉起来：这莫非是斩前酒吗？他听过外号叫"梁壳子"的民间艺人在唐场茶馆里讲评书，当他讲到犯人在被砍头前吃送死酒时，那种非常痛苦的表情，简直难以用语言表达。想到这里，哪怕是龙肝凤胆摆在面前，他也无心动箸了。

哑巴将菜和饭从箅里一碗一碗端出来，递进铁窗，刘兴发一碗一碗地接过后，放在一张破木板上。哑巴每递一碗菜给刘兴发，都要向刘兴发投去一瞥怜悯的目光，稍不留神，最后的一碗汤菜便从手中滑落，他的手便不停地颤抖。刘兴发觉得这是不祥之兆。

哑巴面带哭相，用巴掌在颈项上做了个砍头的动作，便非常痛苦地转身走了。

少顷，两个凶神恶煞的刀斧手站在死牢面前，开了铁锁，跨进牢门。高个子刀斧手，像提鸡儿似的提着刘兴发的领口，将刘兴发从脏污的地方提起来站着；矮个子刀斧手，将一张黑套戴在刘兴发的头上，只见刘兴发的双眼露在黑套外面，看不见他的面部表情；高个子刀斧手用一根棕绳将刘兴发的双手反剪背后紧紧捆住。

刘兴发嘶声怒吼："你们为啥子要杀我？我是被土匪抓进地牢的，

你们砸了土匪窝子，应该是把我救出来了。你们关了我，还要杀我，我是冤鬼哟！"

高个子刀斧手说："你是死定了，没有谁能救得了你，你叫也没有用！"

刘兴发说："你们应该告诉我：为啥子要杀我？死，也应当让我死个明白呀！"

矮个子刀斧手说："我们是奉命杀人，最好不要叫，再叫就把舌头给你割了！"

刘兴发十分沮丧地耷拉着脑袋，此时是砧板上的肉，任人宰割。

两个刀斧手将刘兴发押出监狱大门。刘兴发抬头一望，四下灰蒙蒙的，他两眼发花，腿脚一软，两耳嗡嗡鸣叫，身子软绵绵地倒在了地上。

一架载着高大木笼的大马车早已停在监狱大门外的大坝子上。

两个刀斧手把刘兴发从地上抓起来站着，他的身子有点颤抖。

一根长长的篾片上，贴着一张长条纸幅，上书黑字"大匪首张白虎"，在"张白虎"三个字上打了个红色大叉，这就是"标子"。

刘兴发的眼睛从黑色套子中露了出来，看见这个"标子"，这才突然明白：自己变成了大匪首"张白虎"，原来自己是在充当替死鬼的角色！十分愤怒，虽然全身已瘦成了皮包骨，但似乎突然来了劲，像一头疯牛似的跳和叫，但他怕被割舌头。理智胜过情绪，他想保个全尸。

只听得"哧"的一声，觉得自己的颈后被啥东西碰了一下，也没有痛感，他一点也不知道那个"标子"已经插进了他颈后的肉里。隔一会儿，他才感到疼痛，而且是剜心的痛。

他被推进了木笼子里。一个军人甩了一下带绳的鞭子，发出"啪"的一个响子，前面的那匹黑马便往前走。

马车的"嘎嘎"响声，像是替刘兴发在发出痛苦的呻吟声。

沿途的田坎地角、房前屋后、河畔池边都站着好多人在看闹热。

无论男女老少、尊卑贵贱，都对他指指点点，把他当成匪首"张白虎"咒骂，他无可奈何地闭上了眼睛，气得差点闭了气。

囚车载着刘兴发向磨子河畔的杀场驰去。黑马四蹄"嘀嗒嘀嗒"响着，摇尾摆巴，显得有些逍遥自在，与死囚刘兴发的心情形成十分鲜明的对比。

囚车后面的另一驾马车载着两个恶魔般凶残的刀斧手。再后面的马车载着主斩官和监斩官。

时间似乎过得很慢，刘兴发巴望着听到"嘎吱"一声，人头落地，很快结束这痛苦难熬的无奈的人生。他想，下辈子变牛变马也不变人！

午时三刻准时斩人。两只大黄狗已提前到杀场并排坐着，不时望一眼来路的方向，红着眼睛，口里流着涎水，等待着一顿丰盛的人肉大餐。

一路上，人们用泥沙和石子向囚车袭击，还骂着张白虎，将对匪首张白虎的愤恨向刘兴发发泄。他们根本不知道这个被套住头面的人根本不是张白虎。

当载着刘兴发的囚车到了杀场时，只差一刻就是开斩时间。

这时，王胡正骑着一匹红鬃白额马，催鞭快跑，向磨子河畔的杀场飞奔而来。

上唇留着虾须胡的主斩官，提高鸭公似的嗓音，调声悠悠地喊道："午时三刻到—对大匪首张白虎开斩——"

两个刀斧手将刘兴发推到一个泥坑前。高个子刀斧手在刘兴发肩上猛拍一巴掌，同时，矮个子刀斧手向刘兴发的脚弯狠踢一脚，刘兴发便双脚跪地了。

两个刀斧手是有明确分工的：高个子负责砍第一刀，矮个子负责补第二刀。按规定，对于张白虎这样的大匪首，是必须要人头落地的，不能在颈部留个"把儿"。

主斩官的喊声刚毕，两个刀斧手都同时举起了鬼头刀。

一匹红鬃白额马"哞哞"嘶叫着飞奔而来，马上的王胡高声喊叫：

"刀下留人，有紧急情况—"

身材瘦小、目光如炬的监斩官紧急喊道："暂停斩杀！"两个刀斧手弄不懂是何缘由，慢慢放下了屠刀。

2

王胡将一封信交给主斩官，主斩官非常慎重地盯了王胡一眼，拆开信封阅读：

刘钊伯主斩官台鉴：

因案情有误，对已误判的"张白虎"即刻免斩，押回总督府查办。

总督 丁宝桢

即日午时一刻

主斩官叫两位刀斧手将刘兴发身上捆绑的棕绳解了，把插在他颈部的竹标也抽了。不料，当高个子刀斧手一下从他肉里拔出竹标时，他嘶声惨叫。标子插进肉里已经麻木，不动它就不痛，这一动，就痛得他难以忍受了。

本来，刘兴发已经准备死了，是不是人们常说的阎王爷不要，又让他留在世上？他想这人的命运怎么会像老天爷的脸，一会儿阴，一会儿晴，说变就变了呢？他的脸上掠过一丝苦笑。

他被押到了总督府。

看到那高阔的黑漆大门上楣斗大"总督府"三个耀眼的金字，他揉揉眼睛，以为是眼睛花了，或是进入了梦境。进门后，随手摸了一下红漆圆柱，觉得不是影子，应该是真的木柱。

丁总督要亲自审问他，这就使他更惊诧了。这究竟犯了啥子案？一个小小的庶民百姓，一会儿犯死罪，一会儿又是总督亲自审他，弄得他满腹狐疑，真不知怎么收场。如此死去活来地折腾这么长时间，真把他颠簸糊涂了，他就一点也没有想到，丁总督要审他，是天赐良机，再好不过呀，那样就可把一切冤屈都化解了。

他越想越糊涂，脑海里一会儿一片空白，一会儿像有一股股乱麻扭结在一起，找不到头绪，也理不清。

似乎脚也没有长在自己身上，他不知不觉就跨进了一道黑漆门槛。见一位身穿官袍的长者稳重地坐在紫色雕花木椅上，显得十分威严而透露出一股杀气，他还没看清这就是丁总督。

到了这个地步，只有听天由命，最凶不过一死了之。刘兴发十分无奈地垂下了头。

"把头抬起来。"丁总督说。

刘兴发怯生生地慢慢抬起了头，一怔，眼睛一下就大了：他认出了面前这位高官就是在生死关头油然想起的丁总督。他的泪水禁不住夺眶而出，一时真不知说什么好。

"你将如何被关进白虎寨、在白虎寨的遭遇及在那里的所见所闻，写成文案交给我。"丁总督对刘兴发说。

"丁总督，我在白虎寨被关进土牢受了那么多罪，但是被关进政府的监狱后，为啥还把我拉上杀场要砍我的头，如果不是你下了文告刀口夺人，我岂不是做了冤鬼？这是咋个一回事呢？你能告诉我吗？"

"该你知道的，我会告诉你；不该你知道的，你就别问好了。你将我要你写的材料写完后，我会派人与你回家请做豆腐乳的匠人。"丁总督说。

刘兴发被王胡带到厂里的宿舍。他问王胡："丁总督为啥知道被押到杀场的不是张白虎而是我呢？"

"连我也不知道。总督要你不多问，你就别问了吧。"刘兴发又垂下了头，眼睛里滚动着伤感的泪花。

有时刚写了几个字，就想到要回家请做豆腐乳的匠人，若不把这件事办好，就对不起丁总督，也对不起赵文生主任，心里非常着急。

他在心里暗暗下定决心，一定要强迫自己静下心来，抓紧时间把材料写出来。

王大力终于回宿舍来了，刘兴发与他一见面，两人就有说不完的话。是呀，刘兴发总想了解一下他失踪后，厂里发生了些啥事儿，更想知道工友们对他的失踪有些啥议论。王大力这人比较憨厚、内向，不爱与人交往，也不觉得刘兴发失踪后发生过啥事，好像风平浪静。要说工友们呢，只是听到大铺里晚上睡觉时有几个伙计淡淡地问过几句，大家都不知道究竟是咋回事，就不再有人问了。何况，刘兴发失踪后两周，王大力也回家了，所以，知之甚少。刘兴发自然就无心追问了。

王大力可不同了，他老是觉得好奇，总爱问刘兴发这次回家找匠人遇到了啥子情况，这么长时间都没有回厂。刘兴发只好从头到尾、一五一十地说了个遍，心想，说清楚了免得他再刨根问底地没完没了。哪知他隔一会儿像想起了啥，又提出个芝麻大的无关紧要的问题。有时，刘兴发在写材料，王大力走过来问他：

"为啥人家把你推上杀场？"

"我也不晓得呀！"刘兴发说。

"为啥丁总督晓得你被推上杀场，马上派人来救你？"王大力说。

"我不是给你说过几次了，我啥也不晓得。"刘兴发说。

晚上睡觉中，王大力也像想起了啥子重要事情，问刘兴发被土匪抓进土牢的事。他总觉得这是稀奇事，是永远说不完的话题，好像有几条蛔虫在肚子里拱，不吐出来就受不了。刘兴发就这样不时被打断思路，简直无法写下去，心里非常着急。

刘兴发苦于不能把写材料的事告诉他。丁总督向他叮咛过，要严守秘密，不能把写材料的事告诉任何人。

王大力很不理解：这刘兴发写字干啥子？是不是被推上杀场问斩，被救回来后神经出了问题？

"你晚上不好好休息，还写啥，是不是神经出了问题？"王大力神经兮兮地盯着刘兴发，傻笑着问。

刘兴发一下蒙了，盯着王大力好一阵，然后，若有所悟地笑了。"嗯，可能我得了神经病，每天晚上都想写字。"

王大力不再说话了。他非常悲哀，为自己的好兄弟难过。他想，是呀，被推上杀场，差点掉了脑袋，精神上受到那么大的刺激，即使有吃天雷的胆量，也要吓疯哟！

当天晚上，刘兴发就在寝室里工友们放碗筷的柏木条桌上铺着白纸，用毛笔写蝇头小楷字。

王大力躺在床上响着"嗯嗯"的鼾声，一觉醒来，看刘兴发还在一点如豆的菜油灯光下伏案写字。他轻轻起床，披上衣服，蹑手蹑脚地走到刘兴发的背后，刘兴发也全然不晓。王大力盯了一阵，也认不得那些笔下的黑疤疤是啥子意思，心里暗想：这的确是个神经病！

"你不要命了吗？明天还要上班，这么晚还不睡觉？""得了神经病，晚上睡不着觉，这是没办法的事！""真是神经病！"

王大力叹了一口气，又无可奈何地钻进了被窝里。

天刚蒙蒙亮，刘兴发还是像王大力一样按时起床，洗脸、漱口后，王大力还是免不了从陶罐里舀两块豆腐乳放在青花瓷碟子里，端到大饭厅里去吃早饭。

"小弟，我见了豆腐乳，闻到了这样的香味，就会多吃一碗饭。"王大力说。

"是呀，我每顿饭都离不开豆腐乳。"刘兴发说。

翌日刚上班，赵文生就派一个小伙子来通知刘兴发到他的办公室。

刘兴发急匆匆地来到办公室，见赵文生主任与王兆伦厂长正在谈话。他们见刘兴发来了，就打住了话题。

赵文生劈头就问："兴发，我们准备于近日与你一起到唐场请做豆腐乳的匠人，你做好准备吧。"

刘兴发迟疑着，面露难色，没有立即回答。

赵文生说："怎么的，不同意吗？"

刘兴发皱着眉头说："不是，一定服从你的安排。"

刘兴发口头上是说服从赵文生的安排，实际上心中在敲鼓，很不安稳。因为丁总督对他说过要将在白虎寨的情况写成材料交给丁总督后，才能回老家请匠人。最重要的是，这个写材料的事情绝对不要告诉任何人，当然也包括赵文生。究竟赵文生是否是受丁总督的派遣来找他安排此次出行的呢？他觉得千万别冒昧打听。经过脑子里的急速转动，他从另外的角度探问其中的奥秘。

刘兴发说："赵主任，你最近见到丁总督了吗？"

赵文生十分诧异地盯了刘兴发一眼后说："你问这个问题干什么？"

刘兴发随口说："丁总督很关心我，我很想念他。请你告诉他，我与你近日就到唐场请做豆腐乳的匠人。"

赵文生说："好的，今天就谈到这里，有事时再找你。"

3

丁总督正在审阅关于捣毁白虎寨案的公文，见赵文生来了，便将案卷放进桌底的抽屉内。

赵文生喜形于色地说："总督，刘兴发未将你要他写秘密文书的事告诉我，这你完全可以放心，他绝对不会在任何人面前泄露此事。"

接着，赵文生就将与刘兴发那段关于找刘兴发谈到唐场请匠人的事，原原本本陈述了一遍。丁总督也面露喜色地说："看来，刘兴发这人诚实、稳重，也懂谋略，是个可用之才，难得之才。"赵文生频频点头。

丁总督又叮嘱赵文生下一步如何安排刘兴发等几个重要问题。

只隔两天，赵文生又叫人找来刘兴发。刘兴发刚到办公室，赵文生就站起身来给他倒茶。刘兴发弄不明白赵文生为何对他如此热情，觉得手足无措，有些拘束，颤抖着双手接过茶盅。

赵文生说："如果你有文书要交给总督，你就给我转交，只是你用信封装好，粘贴好封口就行了。"

刘兴发一听，当然知道这是丁总督的旨意，便连声说："好好好。"

这一来，接连几天晚上刘兴发都在刚吃了晚餐后，就一直伏案写字。王大力还是认为他被推到杀场后，吓成了神经病，写就任他写吧，反正死不了人，就没再理他。这就好，只几天就很快将那份困在白虎寨的详情写完了，按照赵文生的嘱咐将文书装进信封里，用米饭粘贴好封口交给赵文生。

赵文生像接过一个烫手的山芋，连忙交给丁总督。丁总督仍然在审阅那本关于白虎寨案的卷宗。但他这次没有回避赵文生，而且还将卷面展开。

赵文生说："总督好，这是刘兴发写的文书。"

赵文生说着，就从提包里取出一个淡黄色信封交给对方。

丁总督边接信封边说："那个大匪首张白虎至今还没有捉拿归案。"

赵文生说："知道他藏匿何处吗？"

丁总督说："有点线索，正在侦查之中。"

赵文生说："为何将刘兴发当成张白虎推上杀场？"

丁总督说："此案高度保密，一切都在侦破过程中。"

刘兴发交了材料后，心中像在敲鼓：一方面心里如释重负，这下可回唐场请做豆腐乳的匠人，也就顺便回家看望朝思暮想的母亲和奶奶；另一方面也有一股莫名的阴影随之袭上心头，那就是关于他为何含冤被推上杀场。

有时他的心绪有点烦躁不安，也蕴含着一种无端的哀怨。

这一刻终于到了，赵文生又派人将刘兴发喊到办公室。

果不出刘兴发所料，赵文生开门见山地对他说："明天你可回家与家人团聚，我们知道你已经三个多月没有见到你母亲和奶奶了，你很想念她们，她们也很想念你。"

刘兴发说："太好了！明天早上我就动身……"

刘兴发迟疑着很想提那回唐场请匠人的事，但又唯恐不合丁总督的安排。

还没等刘兴发说出口，赵文生说道："你先回家两天，同家人和亲戚朋友欢聚几天后，我与王胡再来与你一同去请匠人。这样好吗？"

刘兴发非常高兴，连声说："很好很好。"

失踪三个多月来，刘兴发深知母亲和奶奶的心里是何等的心焦和痛楚。刘兴发深知家里两位老人一定是痛彻心扉，痛断肝肠。

天刚蒙蒙亮，刘兴发就起床惊醒了王大力。王大力突然睁开眼，半开玩笑地说："这么早起床干啥嘛，神经病又发了吗？"

刘兴发一边穿衣服，一边笑着说："神经病已经好了，我想家，很兴奋，早点起床回家。"

这下王大力高兴了："好的，你赶快回家看你母亲和老奶奶吧，她们肯定很想你哟！"

刘兴发急忙洗了脸，换了衣服。

告别时，王大力一再叮嘱他："小弟，路上一定要小心，千万别再遇到麻烦事哟。"

刘兴发告别了几个平素比较相熟的工友，踏上了回乡之路。

刘兴发归心似箭，有时简直在放小跑。他到家时已经傍晚，走进屋里，听不到一点声息，驻足片刻，却听到外边不远处有妇人凄厉的幽幽哭声。再往屋内走，却不见母亲，他喊了两声也无人应答。

他再往内走，轻轻推开了奶奶的卧室门，半明半暗的清油灯下，一位少女正在给躺在床上的奶奶用汤匙喂鸡蛋汤。她冷不防盯了刘兴发一眼，吓得一抖，汤匙便从手里滑落到印花布被盖上，随着惊叫一声，埋头伏在被盖上，全身都在颤抖。

寒风砭骨，冷气袭人，数九寒天与冰凉的心情融为一体，使刘兴发深感悲切。

刘兴发茫然不知所措，只是轻声对着躺在床上的奶奶说："奶奶，我是你的孙儿兴发，我回来了。"

这位少女的身子颤抖得更厉害，因为她以为他是鬼。

奶奶那昏花的老眼望着他，多时也说不出话来，后来她只是说了："你，你……"

这是咋个的呢，这家里发生了啥子情况呢？他觉得非常奇怪，沉思了一阵也找不到答案。

他问这位伏在奶奶被盖上的姑娘："请问你是哪一个？你为啥子在我家里？"

小姑娘毫不吭气，全身仍然在不停地颤抖。

侧耳静听，还能听到外边不远处若有若无的幽幽哭泣声。刘兴发转念一想，这是不是母亲在外面哭泣？他慌忙向外面走去。

他刚走到门外，就听到竹林里有"咕呜——咕呜——"的鸟叫声，一阵冷风拂面吹来，更增添了这寒夜的悲凉气氛。他好似拖着一块千斤巨石，深感沉重难移。不远处坟茔里传来的哭声，像一个冰块塞进了心窝，心灵感应让他听到了母亲的悲歌，他急切地加快脚步——简直是向那寒气逼人、阴森恐怖的鬼魂世界扑去。

朦胧夜色中，他在一座座坟堆中像一个幽灵转了几圈，循着那凄厉的哭声，才隐约看见一位妇人扑在一座坟堆上悠悠哭泣："我的兴发儿呀，苦命的儿呀，心想你到成都去找点钱，哪晓得你一去不回还，死在外面好惨然……"

他仔细一看，这不是自己朝思暮想的娘吗？

这怎么办？如果我现在就去见她，她岂不是要把我当成鬼魂吓坏了吗？要不与她见面，就忍心让她一直悲伤下去吗？刘兴发一时也非常着急和悲怆，心如刀绞，心乱如麻，不知如何是好。

他像热锅上的蚂蚁，在坟堆中转来转去，脑海里突然闪过么爸刘家宗的影子，豁然开了窍，急忙去找他。

他唯恐将母亲吓住，就找幺爸，幺爸可没那么胆小。

来不及多想，他径直到那家豆花饭店时，幺爸刚打烊，正在收拾碗筷和抹桌，准备关上铺板回家。冷不防，刘兴发突然出现在他的面前，他一愣，惊诧，没说话。

刘兴发迟疑了一下，然后喊他："幺爸，我回来了。"

刘家宗说："你，你是哪一个？"

刘兴发说："幺爸，我是兴发嘛，你咋个不认得我？"

刘家宗揉揉眼说："你，不会吧。你别吓我哟，刘兴发已经死了嘛。"

刘兴发嗓音里带着啜泣说："幺爸，这是咋个一回事，我不是明明白白就站在你的面前嘛，咋个说我死了呢？"

刘家宗胆怯怯地说："你不是鬼显灵吧，当真你是我的好侄儿吗？你别吓幺爸哟。"

刘兴发说："幺爸，我不骗你，我真的是活人。"

刘家宗半疑半信地说："你当真没有死就好了，你们全家就有靠头了。"

刘兴发非常急切地说："幺爸，我母亲还在坟堆前哭我，我去见她，她会害怕的。求求你，去把她扶回家吧，她太可怜了。"

刘家宗想了想后说："我要检验一下你是不是活人。"刘兴发心里暗想："好吧，你能检验一下就更好。"

刘家宗从案板上拿起一根发了黄的擀面杖，戳了一下刘兴发的额头，又戳了一下胸和背，说："是的，你是活人，真是我的侄儿，一点也不假。"

刘兴发说："幺爸，为啥刚才你说我是死人，母亲也在坟茔里哭我是死人？"

刘家宗说："你没有死就是天大的好事，我赶快去告诉你母亲。为啥说你是死人的事，等会儿我们再慢慢告诉你吧。"

4

刘家宗激动不已，急忙甩了手里的擀面杖，摸黑赶至坟茔里，见刘王氏还扑在坟堆上嘤嘤哭泣。

刘家宗说："嫂子，快别哭了，别哭了。快起来，快起来！"

刘王氏好像没听见刘家宗的话，仍然毫不停顿地哭下去。

刘家宗提高了嗓门说："嫂子，快到我的饭馆去，有人找你！"

刘王氏继续哭泣。

刘家宗使劲拉着她的衣袖，气愤地说："你咋不听我说的话嘛，快起来，到我的饭馆有人找你！"

刘王氏这才停下哭泣，但很不情愿地说："兴发儿死了，我也没啥活头了，即使天王爷地老子来了，我也不想见他！"

刘家宗笑着说："这个人比天王爷地老子还重要得多，你非见不可！"

刘王氏说："你别哄我哟，我不会信的！"

刘家宗说："哪个哄你就不是人，真的很重要！"

刘王氏说："有好重要？"

刘家宗说："他是神仙，能叫你的兴发起死回生！"

刘王氏说："可能你遇到鬼了，尽说鬼话。"

刘家宗说："空话说了没用，你就跟着我走一趟吧。"

刘王氏根本不相信刘家宗说的这些鬼话，但是，转念一想，到他的饭馆也没多远，就跟着他走了，看他玩何种鬼把戏。

不一会儿就到了饭馆，刘家宗退了一步，打个手势要刘王氏去推门。刘王氏嘀咕着："推门就推门嘛，我就不相信里头有鬼！"

刘王氏不推门则已，刚推开门就吓得尖叫起来，她双眼死死盯着里面：刘兴发坐在一条柏木长板凳上慢慢站起来！

似乎不相信自己的眼睛，她轻轻揉了揉眼，侧目扫了刘家宗一眼。

刘家宗微笑着说："嫂子，这就是你朝思暮想的儿子。"

刘王氏说："这是真的吗？"

刘家宗说："是真的，千真万确，一点也不假。"

刘王氏盯着刘兴发说："这是咋个一回事啊，简直把我搞糊涂了！"

刘兴发再也忍不住内心痛苦的煎熬，上前两步"咚"一声跪在母亲的面前，只喊一声"妈——"就哭得泣不成声，抖动着身子。

当晚，母亲告诉刘兴发：两个月前的一天，一位下巴上有痣胡子的先生和一位背上背着大朴刀的壮汉，来到刘家。痣胡子告诉母亲说，你的儿子刘兴发因受兵工厂的派遣，回唐场请做豆腐乳的匠人，在新津三渡水救落水孩童时牺牲了生命。经多方打捞无果，按丁总督指令对于因公丧命的职工按地方习俗进行安葬，并对其已丧失劳动能力的家属进行抚恤，因此，就埋葬了这个衣冠墓。并且，还发票据给母亲让她按月到县衙领取铜圆，作为生活费用。

刘兴发知道了这些情况后，一方面为母亲和奶奶受了这么大的精神打击而十分愧疚和痛苦，另一方面为丁总督如此关心自己这个普通工人而感激涕零。他在内心里暗暗告诫自己：一定要把为兵工厂请匠人的事搞妥当。

另外，还有一个人—小女子王兰花，使他非常感动：在他离开家庭到兵工厂后，母亲每天到众家店摆小摊卖豆腐乳，奶奶独自一人在家没人照顾。这时候，王兰花就来到这个一贫如洗的家。她除了照顾奶奶的饮食和起居，晚上还陪奶奶睡觉，非常仔细地牵着奶奶在家里进进出出。还煮全家人的饭菜，洗全家人的衣服，让母亲有更多的时间去卖豆腐乳。

刘兴发回家了，惊动了街坊邻舍。

甚至连横竖几十里的人都来看稀奇：怎么死了的人又活过来了

呢？当大家弄清楚了来龙去脉后，都庆幸刘兴发的归来。一位年逾八旬的族中老祖母，颤巍巍地走过来竖着大拇指说："这孙娃儿大难不死，必有后福。"

晚上，亲戚朋友们高兴极了，在他的家门外边放起了鞭炮，只听得噼里啪啦地爆响个不停，光焰把茫茫夜空照得通红。

奶奶高兴地慢慢从床上爬起来，王兰花去扶她，她摆了摆手，好像一下就来了劲。刘兴发握着她皱皱巴巴的手，喊她一声"奶奶"，她乐得呵呵大笑，扁着没牙齿的嘴，不知该说啥好。

刘王氏这阵仍然有点感觉是在做梦，但又非常相信这不是梦，只是暗自高兴：只要儿子回家了就好。她在鸡笼子里抓捕一只大鸡公，却惹得鸡笼子里的大小公母鸡都"嗑嗑叽叽"地惊恐怪叫。她逮到大鸡公后，将它的鸡冠掐开，扯一撮鸡颈子上的鸡毛，蘸上鸡冠上流出的鲜血，要粘在大门的上楣上。她急于身子没有那么高，粘不上，连忙喊刘兴发来粘。刘兴发也粘不上，就在堂屋里拿来一条板凳搭上，站上去就粘上了。

刘兴发问母亲："粘上这鸡毛有啥用？"

母亲说："避邪嘛，粘上鸡毛，我们全家就清吉平安了，你也就不遭祸事了。"

刘兴发非常理解母亲的心情，微笑着说："从今以后，我们一家就会好起来了。"

母亲将这只公鸡肉用芋儿红烧，喊王兰花在台子侧边商店里买了一壶文君酒，还请来刘家宗幺爸，全家庆祝刘兴发幸运归家。

在堂屋里吃饭，一张淡黄色方桌周围坐着五个人。奶奶坐在上八位上，上八位应坐两个人，刘兴发拉幺爸也坐上。幺爸很客气，坚持坐在右上席。

刘兴发说："幺爸，你一定要接受我的请求，请你给侄儿一个面子好吗？"

刘家宗说："你这娃儿咋个把问题说得那么严重，我不答应你坐上八位咋个就是不给面子？"

刘兴发说："论辈分，除了奶奶就是你与母亲的辈分最高。奶奶肯定要坐上八位；你到我家来你是客人，也应该与奶奶并坐上八位。"

刘家宗说："你这娃儿咋个把幺爸当成外人了呢？你母亲是我的嫂子，同辈的，我尊敬她，她也应该坐上八位呀。"

刘兴发说："幺爸，你今天硬是不给侄儿的面子？"

刘家宗说："除了这个上八位，侄儿提出的任何问题，只要办得到，当幺爸的肯定给你面子。"

刘兴发说："那好，还未落座，我就站着给幺爸敬上一杯酒。"王兰花很灵便地把面前桌上的酒壶递给刘兴发。

刘兴发给幺爸斟了满满一杯酒，然后给自己也斟了满满一杯酒。他双手将酒杯捧给刘家宗，说："幺爸，敬你一杯酒，谢谢你满足侄儿的一点心愿。"

刘家宗感到有些蒙："满足你的心愿，啥子心愿？你别把我整糊涂了。"

刘兴发突然听到门外有马蹄声，他向大家打了个手势说："别说话。"

大家都感到诧异，不知发生了啥事。

大门嘎吱一声开了，传来一阵脚步声，是两个人影晃进来，是赵文生和王胡走进了堂屋。大家都惊呆了，只有刘兴发很冷静。

刘兴发说："贵客临门，欢迎欢迎。"

赵文生说："运气真好，赶上你们的酒宴了。"

刘家宗把赵文生推至上八位，与婶娘—刘兴发的奶奶并排坐着。

大家落座后，奶奶和母亲都非常感谢这位痣胡子先生和背大朴刀的小伙子，上次给家里送来钱粮，还给按月到县衙领取钱粮的票据。

刘兴发给赵文生和王胡都各斟了满满一杯酒，然后举起酒杯说：

"欢迎赵主任和王胡兄光临寒舍，这杯薄酒为你们洗尘！"

母亲禁不住哽咽着问赵文生："赵先生，你对我们这家人好，我们晓得，两辈子也不会忘记，但是，你上次为啥子要对我们说刘兴发死了，还埋了个衣冠冢？"

赵文生刚要回答，刘兴发抢过话头，将自己奉兵工厂嘱托回家请做豆腐乳的匠人，在新津三渡水坐船时救落水孩童不幸溺水而亡，被老君山寺庙的王道姑救活，晚上出庙门时被一伙强盗抓进白虎寨地牢等事情和盘托出。

赵文生接着说："刘兴发十多天后还未回厂，丁总督派我带领一队人马到你们这个家来找他是否回家来了……"

刘王氏说："当时我在众家店卖豆腐乳，你们要兰花来叫我回家。有人怀疑兴发儿在成都犯了事被关押，这阵是我受连累，官府派人抓捕我了，所以，我就逃跑了。"

赵文生说："嫂子，你受惊了，对不起。"

刘家宗说："先生，你们后来又咋个要弄个衣冠冢呢？"赵文生说："这里面有个丁总督非常关心这件事的问题。"

赵文生顿了顿接着说："丁总督说，生要见人，死要见尸。多方查找，在实在无法找到刘兴发的情况下，确认刘兴发在救人时溺水已死，尸首被洪水冲到何处，沿江找寻也没有结果。因此，就搞了个衣冠冢表示对死者的尊重，也尊重当地的安葬习俗。"

刘家宗非常感动，竖起了大拇指。

奶奶不断点头，口里"嗯嗯"应道，可能是有些疲倦了，打着呵欠。王兰花搀扶她到卧室去睡觉。

刘兴发要母亲也去睡觉，可能出于好奇的缘故，她假装没听到，留下来听他们又要说些啥子事情。

言归正传，刘兴发把话语扯回了正题。他说："我们在前几天就商量好了的：我先回家，然后赵先生和王胡兄就到我家来，商量聘请做豆腐乳的匠人，到四川机器厂做豆腐乳的事情。"

刘家宗说："机器厂就造机器嘛，还做豆腐乳干啥子？"

刘兴发没有说自己带到厂里吃的家制豆腐乳如何得到丁总督赞赏的事，只轻描淡写地说："厂里要自己造豆腐乳给工人食用。"

刘家宗说："到豆腐乳厂里去订购不就得了，何必要自己淘神费劲去制作？"

赵文生说："厂里对食品安全问题很重视。"

刘兴发说："所以赵先生这次是专门来请做豆腐乳匠人的。"

赵文生说："兴发，我看就请你母亲去做豆腐乳吧。"

刘王氏说："我风湿性关节炎老毛病经常发作，发作时就啥也不能干，我不能去做活路。"

赵文生说："是请你去总管制作豆腐乳技术，不是要你做活路。做活路是那么多工人的事，你只动嘴不动手。再说，你的风湿性关节炎，厂里会把你送到省城里的大医院给你治好。"

刘王氏说："我在这乡下受苦受难活了几十年，连县城也不晓得是啥样子，我不会离开这个穷窝窝。"

赵文生说："我们请你去管技术，会给你丰厚报酬的。"

刘王氏说："你那里就是银做枕头、金铺路，我也不会去的。再说，我家还有一个80多岁的老太婆需要我照顾。"

赵文生说："那么个非常乖巧的小女娃娃，把老人家照料得那么好，你就放心好了。"

刘兴发深知母亲的性格和心情状态，她是个说一不二的人，认定的东西，十条牯牛也拉不转动。他急得头上也冒了汗，心头一阵比一阵紧，心想：如果没把这件事办好，真是对不起赵先生，也对不起兵工厂，更对不起将自己从刀口夺命的丁总督。这可咋个办呢？

他想请幺爸亲自出马担当重任，又唯恐给幺爸出此难题，引起幺爸心里不愉快。其实，他早就打过幺爸的主意，只是说不出口。

哪知，刘家宗突然站了起来，斩钉截铁地对刘兴发说："侄儿，你别犯愁，到四川机器厂做豆腐乳，这个担子我挑了！"

赵先生笑得合不拢嘴，下巴上的痣胡子一翘一翘的。他走到刘家宗的面前恭恭敬敬地向他敬酒。

......

第六章

祖传秘方

1

刘家宗在当晚的酒桌上，不假思索就一口承诺下来，要到成都谋事高就，这是酒醉后的贸然冲动，还是经过深思熟虑的庄严承诺？刘兴发对此顾虑重重，唯恐他隔夜后突然变卦。

当晚，刘兴发实难入眠。第二天，刚公鸡唱晓，就赶到幺爸家轻轻敲门。

刘家宗随即开门，对于侄儿的早起造访似乎在意料之中，毫不诧异。刘兴发断定幺爸昨晚也未睡好瞌睡。

刘家宗面露难色，迟疑一会儿后，给侄儿倒了一碗老鹰茶放在桌上。然后，左手握着铜烟袋，右手食指从铜烟袋底部的盒子里抠出豌豆大一坨水烟丝，与拇指一起搓捻成丸后，放在铜烟袋的烟斗里。把烟袋嘴塞进嘴里，用燃着的纸捻点燃烟斗里的水烟丸子，同时，衔着烟袋嘴深深吸气，非常舒坦地吐了一口浓烟……

刘兴发内心很着急，但强压着情绪，等待幺爸这一连串慢条斯理的动作完毕后，总会张开金口说出关于到成都当豆腐乳总技师的一些打算。

但是，幺爸只是慢慢吸着烟，吸了一口又一口，吐了烟，又吐烟。看来，幺爸不想再谈此事，其中可能产生了变故。刘兴发的脑子一阵比一阵紧，这事怎么得了？

刘家宗终于说话了："你呢，是我的好侄儿……"

刘兴发点了一下头，等待幺爸往下说，可是幺爸好像故意咳嗽了两声，又吸着烟，吐着烟圈，不说话了。

刘兴发耐不住性子，只好试探着说："谢谢幺爸关心我，答应到成都造豆腐乳。"

刘家宗叹了一口气说："你呢，也不要着急，好事不在忙上嘛，唵？你说是不是？"

幺婶也起床了。她是个哑巴，不知男人和侄儿在说些啥，只是微笑着盯他们一眼，又继续扫地。

　　刘兴发指了一下幺婶，对刘家宗说："幺婶同意你去成都吗？"

　　刘家宗说："她倒管不了我。"

　　刘兴发说："那就好了，你就可以抖抖擞擞地去成都了。"

　　刘家宗又叹了一口气说："事情没有那么简单，我不能推卸家庭责任呀。"

　　刘兴发听幺爸这么一说，知道幺爸推翻了昨晚喝酒时的承诺，变卦了。

　　赵文生和王胡突然走进来，他的下巴上仍然翘着那撮深黑色的痣胡子，王胡仍然背着那把柄上缠着红绸缎的大朴刀。

　　刘家宗连忙给他们沏了两碗老鹰茶，双方都说了一些客气话。

　　赵文生对刘家宗说："刘师傅，你到成都何时动身？我们等着你一起走。"

　　刘家宗说："动身呢，别那么紧迫，总会要走的。"

　　赵文生说："刘师傅，我们说话就开门见山吧，直来直去才能把话说得清楚。"

　　刘家宗毕竟是乡镇上的平民，从来没有见过大世面，这时好像被这两位省城来的官员镇住了。他屏住了呼吸，小心翼翼地望了赵文生一眼，觉得对方的座位周围都弥漫着一股无形的煞气。

　　刘家宗："我昨晚答应的事，肯定会兑现的。不过，我在想如何把妻子安顿好，才能到成都。"

　　刘兴发说："幺爸，幺婶的事我也给你考虑了的，她就到我家与我母亲和奶奶，还有王兰花一起生活吧。"

　　赵文生也知道他妻子是个哑巴，很赞赏刘兴发说的安置办法。

　　刘家宗也高兴了，一则解了侄儿帮忙为厂里请做豆腐乳匠人的难处，二则他也想到省城去见识一下大世面。

　　他们决定后天就起身到成都。哪知，临行前母亲和奶奶都不让刘兴发离开家，害怕他出门又要出事。上次说他死了，还埋了衣冠冢，全家人现在还惊魂未定。

怎么可能不去成都？刘兴发给母亲磕了三个响头，又给奶奶磕了三个响头。还是王兰花给他解了围，她说："兴发哥，我晓得你到成都是干大事的，是干很重要的事。你就去吧，婶娘和奶奶，还有哑巴幺婶就交给我吧。我是个孤女子，一定把她们当成亲妈、亲奶奶、亲幺婶，照顾好，你们就一百二十万个放心吧。"

王胡非常感动，把刘兴发拉到门外挤眉弄眼地说："你娃好福气哟，天上掉下个林妹妹，够你享受一辈子的。"

刘兴发说："你看到的，我家一贫如洗，一点也不敢有非分之想。"

王胡说："大难不死，必有后福。这是前人总结的人生经验，会在你的身上应验的。"

刘兴发只是嘻嘻憨笑，红着脸进屋去了。

赵文生对刘家宗说："我们那个机器厂是个有两千多工人的大厂，所制造的豆腐乳每天要供给两千多人早餐所需，可想而知，这生产量是很大很大的。你应当知道，聘你这样的技术人才，厂里给你的待遇也不会是一般的薪水，这比你在镇上开豆花饭店的收入肯定会高出几十倍。"

刘家宗只是微笑着，不知说啥好。

一切都准备停当，他们就从刘兴发家里出发。临出门时，王兰花把刘兴发叫到厨房里，羞羞答答地把自己做的一双布鞋塞给他，没说一句话就溜走了。

刘兴发的心里甜滋滋的，慌忙将鞋揣进蓝色长衫的内怀里，却被哑巴幺婶看到了，她举起拇指夸奖着，嘴里"哇哇"说着，不知她在说些啥。

赵文生骑的红鬃白额马搭刘兴发，王胡骑的全身黑毛马搭刘家宗。他们一路冒着飕飕寒风，扬鞭催马，加快步伐，到了成都红牌楼已是傍晚，望见南门城楼上高高的灯杆上挂着的大红灯笼闪烁着幽幽光焰。

马蹄嗒嗒，又走一程，只见那万家灯火，如坠落成都的繁星点点。

刘家宗说："这夜景好看，从来没有见过。"

王胡说："还没进城哩，好看的还在后头。"

刘家宗非常兴奋地说："那就要大开眼界啰！"

王胡说："你的双腿要把马背夹紧哟，坐不稳时就用双手把我抱紧。如果你摔下马背绊伤了，我可脱不了爪爪噢！"

刘家宗活了大半生第一次听到有人把自己看得这么贵重的话，心里乐开了花。他觉得这世间上的一些事，真是弄不懂：在唐场土生土长的平头百姓，从来没被人用正眼看过，为啥这时会被人看得这么金贵？难道自己仅隔了一夜就升值得那么快？人们常说："爬得越高，就会跌得越惨。"这是不是一个怪圈，钻进去就钻不出来呢？他不敢继续往下胡思乱想了。

他们到四川机器厂时，已经夜深人静了。除了守门的两个卫兵还坐在大门旁的值班房里，在一盏清油灯下轮换着眯起眼睛打瞌睡，全厂一片沉寂，都进入了梦乡。

当晚刘兴发叔侄俩就住在职工宿舍里，同睡一张床。刘家宗辗转反侧，始终难以入睡，好像有很多话憋在心里很难受，总想与刘兴发说话，但几次都被刘兴发拒绝了，唯恐惊扰同室的工友们睡觉。

第二天，赵文生刚上班就到了厂长办公室。

胖子厂长王兆伦笑得合不拢嘴，连忙给他倒茶、摆座，说："知道你这次请回了做豆腐乳的大师，是我们厂在提高职工生活质量方面的一件大事。赵先生，你这次又亲自出马，胜利而归，辛苦了。"

赵文生说："这件事真的是颇费周折，刘兴发也为此事差点掉了人头。但是，这次我们终于请回真神了！"

厂长与赵文生商量关于建设一个大型豆腐乳制造厂的事。就占地面积、厂房面积、年产量多少、需要多少工人等问题进行了一个初步设想。至于要些什么设备和工艺流程等问题还要征求豆腐乳技师刘家宗的高见方可定夺。

这一天，赵文生主任从唐场请来豆腐乳技师的消息不胫而走，厂里要建豆腐乳制造厂的喜事也很快风传。职工们兴高采烈，欣欣鼓舞，在生产中也来了劲头。

2

赵文生通知刘家宗到办公室谈了两个多小时。晚饭后，刘家宗邀约刘兴发到厂外去散步。

刘家宗停住脚步，愁容满面，很不高兴地对刘兴发说："你说我这次来成都是好事，还是坏事？"

刘兴发十分诧异地盯着刘家宗说："幺爸，你这是咋个了？肯定是好事嘛，咋个是坏事？"

刘家宗说："肯定是坏事，在人生这盘棋上，这着棋真是下错了。"

刘兴发说："幺爸，究竟是咋回事，你赶快对我明言吧，不然我心里挺难受的。"

刘家宗说："我当然要对你明言哟，现在约你出来就是谈这事的。"

刘兴发非常着急地说："快说，快说。"

刘家宗说："今天赵主任找我到他的办公室谈了话。"

接着，赵文生就与他谈筹建豆腐乳制造厂的具体方案、运行实施等问题。开始时，他还很高兴，与赵文生的思路很融洽，无论谈到哪点上都很合拍。但是，在谈到豆腐乳生产过程中的第一个环节的备料上，就卡了壳。说到计划每天所需原料，如黄豆多少斤、卤碱多少斤、木柴多少斤等问题，刘家宗都说得很有路数，赵文生不断点头。但是，当赵文生问他需不需要加点药料时，他迟疑不语……

这时，刘家宗非常为难地对刘兴发说："做豆腐乳时，必须要加几种中药材，这是我刘家的祖传秘方，是绝对不能外传的呀，所以，我说这次来成都是走错了脚步，我必须马上回家去。"

刘兴发说："幺爸，这次兵工厂费了那么大的神把你请来，你可千万别走哟。"

刘家宗说："这个祖传秘方是你的高祖父传下来的。我与你父亲都是他的孙子，才传给我们的。他当初定的家规：在族中传男不传女，也可传给媳妇。如果我传出去了，不等于卖了祖宗？所以，在兵工厂做豆腐乳这碗饭，我吃不了，必须回家！"

刘兴发说："幺爸，那晚你同意，也是你自愿来了的，这阵骑虎难下呀！"

刘家宗说："那晚，是我没有考虑到这个秘方不能外传的问题。秘方也算是祖业，你应该理解幺爸保护祖业的良苦用心嘛，我的好侄儿。"

刘兴发说："我当然很理解幺爸的心情，能不能想个两全之策？你让我好好想一想吧。"

第二天，赵文生派人通知刘兴发到办公室谈话。

赵文生说了昨天他与刘家宗谈到做豆腐乳配中药材时，刘家宗不予回答的问题。刘兴发说明那是祖传秘方，他坚决不予外传的情况。赵文生说，那就把祖传秘方给他一次性买断，看他同不同意。

刘兴发立即就把赵文生这个买断祖传秘方的意见转达给刘家宗。

刘家宗正要找刘兴发说坚决回家的事。他觉得这件事非常重大，也不愿在厂里声张。他们仍然走出了厂门外，直向三洞桥走去。

三洞桥是三个洞口的红砂石拱桥，小河两岸的垂柳正吐着嫩芽，在和煦春风的吹拂下，摇曳飘逸，韵味悠长。

河水滔滔，小鸟啁啾，风光如画。

远处传来悲怆沉闷的川剧唱腔："明亮亮，灯光往前照，耳听得谯楼更鼓敲。黑夜里，我摸不着马房道，一步低来一步高……"

听起来有些凄凉悲怆的腔调，与这旖旎柔情的风光很不协调。刘兴发的内心顿生烦恼，尤其是幺爸的去留问题，使他心乱如麻。

他深知幺爸是不会同意卖掉做豆腐乳祖传秘方的，怎么能开口向幺爸提起这宗很不愉快的事情？

叔侄俩心照不宣，默默地走到三洞桥上。

刘家宗终于开口了："你也别枉费心机想两全之策了吧，我也想过，不会有两全之策，不卖就是不卖，这是绝对的！"

刘兴发不想再说啥子，害怕引起幺爸的怒火。

刘家宗说："那我明天就走。"

刘兴发的内心非常依恋幺爸，无可奈何地说："幺爸，你再等两天吧，看赵主任与厂长商量后再说。"

刘家宗说："我知道等也是白等，只是我同意你的意见再待两天回家。"

刘兴发用疑惑的目光盯着刘家宗说："幺爸，你的意思是……"

刘家宗说："我活了大半辈子，还没有来过省城，这次来了，我要进城去逛街溜达两天再回家。"

当晚，刘兴发与王大力刚睡下，天气骤变，一阵雷鸣电闪，预示着一场暴风雨即将来临。刘兴发担心刘家宗睡在厂里后房的最远处，又是一个人独处，会担惊受怕的。他即刻去看他，刚走出门，只听"喀嚓"一声巨雷惊响，天摇地动；一道电光忽然在天幕上闪烁，忽而像妖孽撒下万把金刀把周遭晃得耀眼透亮。

刘兴发连忙退进屋里。一阵倾盆大雨"哗哗"泼来，他望而却步，打消了去看幺爸的念头。但他放心不下，老是想到幺爸，特别是幺爸要执意回家的念头，使他非常难受。他不能把这些情况向王大力倾吐，懒得提起此事，招来一连串疑问，也懒得费神解释。

王大力好像看出了一点点道道，忍不住问刘兴发："小弟，我咋觉得你心神不定的样子，是不是上次你被推上杀场获救后，吓得还没回过神来？"

刘兴发迟疑了片刻，敷衍地说："不是，是胃胀，睡不好觉。你睡吧，我不想说话。"

在睡梦里，他遇到了父亲。就在山高路险的孙家坡，父亲用鸡公车推着三麻袋煤炭，弓着身，蹬起八字脚，十分吃力地往山坡上推。用劲，再用劲，仍然上不了，而且车上的重心往后坠，这会有生命危险的，必须用尽全身力气往上挺住。他全身的衣裤已被如雨的大汗浸透，额头上滚动着豌豆一样大颗的汗珠。咬紧牙关，绝不后退，最后一搏，他终于越过了陡坡，然后，稳住车把，缓缓向山坡下行进……

他双脚一蹬，醒了，慢慢回味着这一场梦，觉得很有意思，耐人寻味，引人思考。但又一时不知其中有何奥妙。

在迷迷糊糊、似睡非睡中，他突然想起父亲在临死前对他说的一句话："没有迈不过的坎，在节骨眼上千万要挺住。"这才豁然开朗，联想到梦里父亲推煤炭上孙家坡，那么难也不退却一步，终于迈过去了。这个梦是不是父亲用行动提醒自己在幺爸要回家这个难题上，千万不要气馁，一定要把他留住？

如果让幺爸走了，真是太辜负赵主任和丁总督的几番良苦用心了。刘兴发想着这些一连串的问题就铁了心肠，绞尽脑汁也要把幺爸留下来。

通宵没睡好，天刚蒙蒙亮，他就一骨碌翻下床来，很快穿好衣服，站在寝室门外的走廊上出神。

两只画眉突然飞来，在几棵苗壮挺拔枝繁叶茂的桂花树间穿梭飞翔，"喳喳"欢跃。忽而，它们接连对换位置，甲飞到乙的枝头，乙飞到甲的枝头。刘兴发近乎着迷，看到它俩的几番换位，好像触动了他的哪股敏感神经，非常兴奋地用手拍了一下额头，大叫一声："好了，有办法了！"

他非常激动，来不及与正在酣睡中的王大力打个招呼，也没有考虑到首先去征求刘家宗的意见，也等不得职工食堂的早餐时间，脑子

第六章　祖传秘方

里似乎就那么一根筋，不想别的，只想着那留住刘家宗的事。他快跑到赵文生的办公室门前。面对门上锁着的那把亮晃晃的铜锁，他像一个胀鼓鼓的皮球，一下就蔫了！

他这才想到，还不到上班时间。但他仍然没有想到离上班时间还有一个时辰，离早餐时间也还有半个时辰。咋个办呢？只有守着这道门等待赵主任上班嘛。等呀等，他的脑子里已经完全没有时间概念，连自己也不知等了多少时间，还没见到赵文生的影子出现。

他在办公室门前的几棵老槐树间走来走去，急得像热锅上的蚂蚁，晕头转向，烦躁不安。

这时，出乎他的意料，一撮痣胡子突然出现在面前。他睁大眼睛一盯持这不是赵主任吗？

有些事情很奇怪持有时对于某种欲求，往往在已经觉得无望的时候，却意外得到，反而觉得来得太快，似乎不敢相信，晕晕乎乎，刘兴发内心涌起了一股很奇怪的感觉。

漫长的等待时心情非常着急，突然见面时他却吞吞吐吐，倒是赵文生首先发话了持"你不去上班，到这里来干什么？

他似乎当头挨了一棒，这才猛醒持上班时间，这是上班时间，厂里是千万不允许职工旷工的呀！

他结结巴巴地向赵文生说了几句自己认为非常非常重要的话。赵文生一边开钥匙，一边频频点头说："好，好，好。"

他如释重负，刚说完就情不自禁地微笑着离开，上班去了。

3

下午，赵文生找人通知刘兴发和刘家宗赶快到办公室去。刘兴发非常高兴，知道是怎么回事。当他与刘家宗到了办公室时，赵文生非常客气地请他俩坐下。他俩分别坐在两把雕花木圈椅上。

赵文生问刘兴发持"你把如何保护你们刘家做豆腐乳的祖传秘方

问题，向你的幺爸说了吗？"

刘兴发说："还没有对他挑明，只对他说已经有了新的方案。"赵文生说："你为啥子不向他挑明？"

刘兴发说："因为还没有得到你的明确答复。"

赵文生想，这小子做事稳重，思考问题比较全面，是个可塑之才。便说："今天请你们来，就是商谈如何保护你们刘家豆腐乳祖传秘方的问题。这么重要的一件事，不是我一个人能够说了算，必须征得厂长的同意，也当得到丁总督许可。"

刘兴发说："这就太好了。"

刘家宗仔细听着，唯恐漏掉一句话。

赵文生说："本厂做豆腐乳所需配备的中药材，全权由技师刘家宗独立采购，任何人不得以任何理由参与其中。无论何时所采购中药材，也由技师刘家宗单独粉碎、储藏、备用，任何人不得经管。凡是由刘家宗技师采购所有各种中药材的名称和数量，属于保密范畴，任何人不得过问和探究。中药材的经费，由技师写一个笼统金额的便条，打上手印，即可在经管处领取，任何人不得以任何借口作梗。"

赵文生说完后，刘家宗觉得有些地方还没有听清楚。他提问，赵文生回答和解释，直到刘家宗完全领会了赵文生所说的全部内容后，赵文生说持"今天的商议，非常重要，也很成功，具有历史意义，因为四川机器厂从今天起就引进了唐桥豆腐乳这一经典食品，为提高职工生活质量，促进我省军工企业发展起到一定的潜在作用。"

根据这些商谈的内容，赵文生撰写了一个合同文书。

第二天，还是在赵文生办公室，由赵文生主持，四川机器厂与刘家宗签订了《关于四川机器厂引进唐桥豆腐乳制作技术保密配方的使用合约》。

当晚，临睡前刘家宗来邀请刘兴发到他的寝室去。刘兴发问他去干啥，他笑而不答，说去了你就知道。刘兴发看他神秘兮兮的样子，没再多问就跟着他去了。自从幺爸来到厂里，刘兴发只晓得他被安排住在厂区最后面的一排房子里，但是也不知道究竟是哪一间。这时，既然幺爸有心要自己去，不妨去闲聊一下也好。

这厂区也算较大，过屋走坝，绕池穿林，几弯几拐，终于到了厂区最末端一排房屋。刘家宗站在第三室的门前开了锁，刘兴发跟随他进了室内。

嗬，刘兴发的眼睛都亮了持四周墙壁刷得白晃晃的；崭新的绛红色的衣柜四门两屉，推开一看，挂了几件新衣服，还堆着一些穿戴用的布料用品；红漆花床上摆着白底蓝花的被褥。木地板也擦得锃亮，窗下的那张写字台上还摆放着文房四宝。

刘兴发越看越高兴，激动得心潮起伏，情不自禁地说持"幺爸，这不是做梦吧？"

刘家宗说："我很兴奋，就是要你过来看一看。"

刘兴发说："你往天咋个不喊我过来看一看？"

刘家宗说："往天哪有这些摆设？是签了合同后，我下班进屋里才看到的呀！"

刘兴发说："幺爸，你算是落福地了，从现在起，你这后半辈子活得有滋有味了，值了！"

刘家宗说："他们为啥对我这么好？"

刘兴发说："人家把你这个技师当宝贝了！若是你不把豆腐乳做好，真的是对不起人家了。"

刘家宗说："侄儿说得好，做事应当凭良心，我一定为厂里做出高质量的豆腐乳。"

刘兴发说："我相信幺爸会一炮打响的。"

刘家宗非常高兴，将事前准备好的茅台酒和凉拌鸡肉、卤猪头摆在桌上，要与侄儿痛饮几杯酒，一醉方休。

刘兴发说："幺爸，你咋个舍得花钱买这么昂贵的茅台酒？"

刘家宗说："喝茅台酒，我连想都不敢想，哪舍得花钱买来喝哟。"

刘兴发说："我知道了，又是……"

刘家宗说："是厂里送我的。"

刘家宗给刘兴发斟酒，刘兴发急忙从他手里抢过酒杯说："幺爸，拐棍哪有倒起拄？只有下辈子给老辈子斟酒的嘛，哪有你老辈子给我这下辈子斟酒的？"

刘家宗伸手去夺刘兴发手里的酒杯，说："我给你斟酒是有道理的。"

刘兴发把握着酒杯的手伸往一旁，笑着说："幺爸，你夺不走酒杯了，还是我来给你斟酒。"

刘家宗说："我夺不赢你，但是我给你斟酒是天公地道的。"刘兴发说："为啥子？"

刘家宗说："要不是你推荐我到这里来，我们咋个能喝上这好酒？要不是你想了既留住我为厂里做豆腐乳，又保住了祖传秘方不向外传的妙招，我们咋个能喝上这茅台酒？"

刘兴发说："厂里把推荐制造豆腐乳技师的任务交给我，如果你不同意来，今天咋个能喝上这样的名酒？幺爸，你来了，就是给侄儿的面子了，侄儿今天借花献佛，非给你斟上这杯酒不可。"

叔侄俩为谁给谁斟酒的事争执不休，僵持不下，刘家宗很是犯了愁，刘兴发想了个折中办法：各自斟酒，随意饮酒，毫不拘礼，饮个痛快。刘家宗非常同意，还竖起大拇指，夸侄儿："有智慧，妙！将来肯定大有出息！"

他俩各自斟了一杯酒，碰杯后，刘家宗咂了咂嘴说："这是我活了半辈子以来第一次喝茅台酒，难得。"

刘兴发举起酒杯说："为幺爸被厂里聘为豆腐乳技师，干杯！"

刘家宗说："也为我这辈子有了这个翻身转折点，干杯！"他俩碰了杯后，都很兴奋，一干而尽，杯底朝天。

他俩又各自斟了酒。

刘家宗举起酒杯说："为侄儿在兵工厂干出名堂，得到重用，干杯！"

刘兴发说："也为你与我两家人从此不受人欺负、活得像个人样，干杯！"

他俩碰了杯后，一干而尽，杯底朝天，又各自斟了一杯酒。

就这样，你一杯，我一盏，不觉已过了两个多时辰。那时，全天昼夜以十二地支计算时间，一个时辰为现在的两个小时。因此，他俩喝了两个多时辰，就是四个多小时，一瓶茅台酒也快要见底了。

刘兴发已经感到晕晕然，去解小便，走路时高一脚，低一脚，身子也在打偏偏。刘家宗的舌头也打不转调，非常吃力地说："你，你慢点，别，别绊倒了。"

刘兴发解便转来坐下后，说："幺爸，今晚喝得这么尽兴，就不再喝了吧。"

刘家宗说："哪有不散的筵席，应该收场了。"

时间过得很快，自从这次开怀畅饮后，叔侄俩已经有三个月的时间没见面了。其间，刘兴发也去找过刘家宗几次，也是晚上去的，但是每次门上都锁着那把亮晃晃的铜锁，主人不在家。他知道幺爸是在修建豆腐乳厂的工地上，或许晚上就在工地上住宿，而刘兴发只有晚上才有空，白天上班赶生产任务，抓得特别紧。

豆腐乳厂就建在红牌楼的路边上，离兵工厂有20多里的距离，刘兴发想：等到竣工投产后，一定要去参观一下。

其实，刘家宗在工地上也很挂念刘兴发。那晚倒是喝了美酒，挺高兴的，可是，过后觉得有点不对劲，特别是这几天晚上，在工棚里睡着就牵挂着刘兴发：这娃儿不胜酒力，在外边闯荡也很不容易，千万不能再喝酒了，如果饮酒误了大事，轻则断送前程，重则丢了性命。他越想越着急，恨不得长上双翅马上飞到刘兴发的身边，重重提醒他：酗酒误事，千万不要任性。

这个新建的豆腐乳厂有30多亩面积，工程进展非常顺利，才三个月时间就已经完成了生产厂房的主体工程，再等两个月就可投产使用。刘家宗在工地上负责材料保管，所以白天黑夜都必须坚守岗位，寸步不离。他也尽职尽责，忠心耿耿，赵文生主任对他的工作非常满意。

4

终于等到投产这一天，赵文生主持举行了开张仪式，邀请了成都各界名人莅临，最为凸显的是一些军界官员和商界名流在前排位置落座。刘兴发是赵文生特别安排以主人之一的身份出现的。

仪式在成都督院街总督府礼堂举行。丁总督因公务在京未回。

王兆伦还是那么胖，肥头大耳，浓眉鼓眼，笑容满面，像一尊弥勒佛。他一见刘兴发就伸出双手与他紧紧握手，显出由衷的亲热："你为兵工厂创建豆腐乳厂立了一大功。"刘兴发非常谦逊地躬身说："谢谢厂长夸奖，我做了点小事是应该的，今后还要努力为厂里尽力。"

赵文生在主席台高声宣布："四川机器厂新建豆腐乳厂开张仪式开始，请四川机器厂厂长王兆伦先生讲话。"

王兆伦在主席台上站起来，向大家鞠躬后，提高嗓音讲话："……豆腐乳厂的创建是四川机器厂这个军工企业改善职工生活、提高职工生活质量的一项重要举措，丁宝桢总督非常重视和关心。我们颇费周折，从唐场引进了豆腐乳技师刘家宗先生作为这个厂的技术指导和总监……"

会场内响起一阵热烈的掌声。

刘家宗站起来非常恭敬地向大家躬身，微笑着抱拳致谢。他身穿蓝色长衫，头戴苏缎瓜皮帽，容光焕发，精神抖擞，笑容可掬。王兆伦厂长继续讲："丁总督训导我们：要增强兵工厂的产能实力，必须要从一点一滴抓起，提高职工的生活质量绝非小事，是留住职工、发挥职工潜能的重要一环，千万忽视不得，要安排得力官员抓紧、抓细。

我们厂现有两千职工，随着国防实际需要，今年还要扩招三千。因此，就仅早餐一顿，每天需要的豆腐乳数量是较大的。刘兴发从老家唐场带来的豆腐乳味美色鲜，是食品中的上品，经他推荐的我厂豆腐乳指导和总监，是他的堂叔……"

全场再次响起一阵热烈的掌声。

王兆伦厂长继续讲："我们为何不在市场上买豆腐乳，而要自己建厂制作呢？原因有三：其一是需要的数量较大，要保证中间不断货源；其二是兵工厂，唯恐有细菌污染，引起食物中毒；其三是成都及周边县镇没有哪家生产的豆腐乳有唐场所产的豆腐乳可口、味美、色鲜。差别在哪里？就是技术，所以我们再怎么费事，也要从唐场请来高级技师刘家宗先生……"

会场里又响起一片经久不息的掌声。

接下来就是来宾讲话，恭贺四川机器厂豆腐乳厂开张鸿发，大吉大利。

鞭炮连天，狮舞龙腾，甚是热闹，十分喜庆。

宴会上，人们都相继给刘家宗敬酒，也给刘兴发敬酒，毕竟刘兴发引进了这位豆腐乳制作的高级技师，才有四川机器厂豆腐乳厂的创建。大家听了厂长的讲话后都认识到刘家宗叔侄俩的重要性。

刘家宗非常激动，很快就离开了宴席，约刘兴发去参观新建的豆腐乳制造厂。

幺爸这一邀约，刘兴发连忙将酥肉汤舀两调羹在饭碗里泡着剩下的饭，三两筷子刨进嘴里，用手巾抹了一下嘴，就跟着幺爸走了。

刘家宗向一位壮年汉子打了个招呼，壮年汉子连忙走过来。刘家宗对他说："你去把马车驾过来。"

壮年汉子应声后，急忙把马车驾过来。这是一架绛色柏木马车，做工比较精细，雕绘着一些飞禽走兽和山水云霞的图案。

一匹黑白相间的花马，目光如炬，蹄声如击鼓，摇尾摆巴，很有精神的样子。

壮年汉子个子不高，却很敦实，光头，络腮胡，风风火火，手脚非常麻利。

他将马车驾到他俩的面前，对刘家宗说："刘大师，请上车，要到哪里？"

刘家宗说："到豆腐乳厂。"

壮汉说了一声"好的"，便抬手甩了个响鞭，花马扬鬃奔跑，车轮"叽叽嘎嘎"地滚滚前行。

叔侄俩并排坐着，随着马车的滚动，身子都不由得摇摇晃晃。

刘兴发在刘家宗耳边悄声说："幺爸的身价越来越高了，我觉得好像是变成另外一个人了。"

刘家宗哈哈大笑，说："不变不行哟，我不管那么多，一心把豆腐乳搞好才是最最重要的。"

他俩在说说笑笑中，一路心情舒畅，大约只抽一袋烟工夫，就到了红牌楼侧边新建的豆腐乳厂了。

刘家宗带着刘兴发走进豆腐乳厂，一边走，一边看，一边详谈。豆腐乳厂是按刘家宗所画的草图，由负责建厂工程的掌墨师画出详细蓝图修建的。基本上是当时成都平原上的四合院格局而又根据需要与一般四合院有所不同：龙门前面有个粉刷一新的屏墙，上书丁宝桢总督亲自题写的斗大颜体黑字"四川机器厂豆腐乳作坊"，黑漆龙门进去的天井里有花台、鱼池和假山，繁花似锦、鱼群戏水、奇峰怪石，充满野趣。高阔宽阔的厅堂里，是豆腐乳业务往来、迎宾待客的场所。过了厅堂的大厅坝里摆放着成排的陶瓷大坛，坛内装着豆腐乳，上面密封。周围的房屋是豆腐乳制作各道工序的车间。堂屋里是主管人员工作室。穿过堂屋，一个甬道直通后面的一排磨坊，再后面的一排房屋是职工的宿舍。

这个豆腐乳作坊设计得既美观大气，又贴切生产豆腐乳全过程的实用和合理，刘兴发非常赞赏幺爸的设计才能。

刘兴发走到磨坊前就停下了脚步，对这种磨豆浆的方法很感兴趣。这排磨坊共 8 间，每间房子里都安了一个大磨盘，每个磨盘边上都有一头黄牛，肩上套着一个木枷拉着磨盘转。每一条黄牛的双眼都被笋壳做的眼罩蒙着，刘兴发一怔：为啥要蒙着牛的眼睛？他略思片刻就明白了，哦，蒙着牛的眼睛，它们就会觉得好像在黑夜里行走，看不见周围的事物就不会转晕。刘家宗看到他迟疑了一下，感觉到他在思考牛眼被蒙的问题，想到这精灵鬼自然会明白就不向他多费唇舌了。

这场景使刘兴发突然回想起那次晚上从老君山寺逃跑，刚出山门就被一伙明火执仗抢人的强盗抓住被黑帕蒙着的情景……人啊，被剥夺了自由，与蒙着眼睛拉磨的牛何其相似。

刘家宗将刘兴发领到一间挂着"技术总管室"木牌的屋里。

他俩分别坐在雕花红漆木圈椅上，中间隔着雕花黑漆茶几。

刘家宗要倒茶，刘兴发争着倒了茶。两个紫砂壶茶盅里，冒着幽香的热气，刘兴发觉得有一股苦尽甘来的感觉在脑海里升腾。

刘家宗微笑着说："你看了这个新建的豆腐乳作坊，有啥子想法？"

刘兴发呷了一口茶后竖起大拇指说："出乎我的想象，你设计得这么好，也修建得这么光鲜。"

刘家宗说："这段时间，我一直都在这里现场指挥和监督，唯恐出了一点问题，不然就对不起四川机器厂，也对不起赵主任，更对不起丁总督。人家对我那么好，我绝对不会做一点对不起人家的事情。"

刘兴发说："幺爸，你设计这样全套豆腐乳制造工序的厂房，这么好的模式，是你抠脑壳想出来的，还是哪里有样板，你是依葫芦画瓜？"

刘家宗说："说来话长。你还不晓得我们刘家祖上，也就是我的爷爷、你的高祖刘在兴就在唐场有个豆腐乳作坊，当时生产的豆腐乳名称就是 6 唐桥豆腐乳，产品销到成都和重庆，还远销丝绸之路，生意很是红火……"

刘兴发说："那后来咋个就倒桶了呢？"

刘家宗喝了一口茶后，叹了一口气说："遭了两次殃：第一次遭棒客抢，钱财全部被抢光；第二次是遭火灾，全部房屋被烧得精光，就彻底垮杆，无法翻身了！"

祖上的不幸，使刘兴发的内心很不好受，随即他突然大悟："哦，你现在设计的这个作坊，就是受到当年祖上的豆腐乳作坊启发设计修建的吗？"

刘家宗说："不，是完全按照我家祖上的豆腐乳作坊布局套用的。"

刘兴发觉得，自己祖上的豆腐乳作坊虽然被历史的洪流淹没，老家的母亲还在用小石磨生产，摆小摊出售，但这一次四川机器厂聘请幺爸做技师进行大规模生产，表明唐桥豆腐乳的制造技术有顽强的生命力，一旦条件成熟就会铁树开花，重振雄风。

刘兴发说："这里建了这么大个厂聘请你当技术总管，如果高祖在九泉有知，那该多好。"

刘家宗说："你的高祖已经知道了这件事。"

刘兴发非常诧异地盯着他说："幺爸，你在说啥，是在开玩笑吗？"

刘家宗一脸严肃地说："不是开玩笑，真的。"

接着他深情地讲了昨晚的情景：

昨晚他吃了晚饭后，在红牌楼拐角处的小店里买了香烛纸火，就在这座新建的豆腐乳作坊屏墙前点上香烛，双脚跪地，焚烧纸钱。然后，行三跪九叩礼，口中念念有词："我的爷爷刘在兴，你创建的唐桥豆腐乳作坊虽然不在了，但是你创造的特质豆腐乳技术又有用场了。四川机器厂新建豆腐乳作坊就是你当年创建的唐桥豆腐乳作坊的起死回生，也可以说是它的亲生儿子。"

刘兴发非常兴奋地问："你对高祖说了，那高祖很高兴吗？"刘家宗笑了："他当然很高兴。"

刘兴发说："你咋个知道他很高兴？他对你说了啥？"

刘家宗说："昨晚，我在梦境里见他走进了这座豆腐乳厂的大门，笑眯眯地对我说：'你一定要把豆腐乳造好，我会保佑你的。'"

刘兴发说："你这一来，使唐桥豆腐乳的制作技术更加发扬光大了，他当然高兴啰。"

刘家宗说："我传承了他创造的豆腐乳制作技术，有他在冥冥中保佑，对于造出优质豆腐乳产品，我更有信心和把握了。"

第七章

失败成谜

1

按刘家的祖传秘方，入坛的豆腐乳要满一年才能开封启用，不然就达不到预期的质量效果。时间过得真慢，第一年春天四川机器厂豆腐乳作坊入坛的豆腐乳，在刘家宗的焦急等待中，终于到了第二年春天。

开坛这一天，四川机器厂的厂长和司务长，当然还有直接负责豆腐乳建厂和生产的赵文生也亲临现场。大家都在等待开坛这一刻，看豆腐乳的色、味和口感究竟如何。大门外的老青杠树枝上还挂着几串长长的鞭炮，在春风吹拂中摇摆，等待开坛那刻就点燃爆响。

屏墙两侧的株株垂柳都吐出了鲜嫩的新芽，厅坝里的大花台上开满了鲜艳夺目的迎春花。

附近的人们也纷至沓来，七嘴八舌地议论着豆腐乳的有关话题。看护这个作坊的两只大黄狗，摇着尾巴在人前人后走来走去，可能它们也知道今天这里有不平凡的喜事降临。

马上就要开坛了，刘家宗走到厅坝里，后面跟着胖子厂长王兆伦和痣胡子赵文生，他们来到第八个坛子面前。

双双眼睛都齐刷刷地盯着刘家宗面前的那个坛子。人们不由自主地相互推挤，引起一阵涌动。

厂长王兆伦高声吼道："大家不要拥挤，等会儿刘技师用筷子把豆腐乳夹起来，举高点让大家都能看到。"

大家齐声欢呼："好哟——"

厂长王兆伦高声宣布："现在开坛！"

大门外突然响起了噼里啪啦的鞭炮声，一阵火药味酝酿着现场的紧张气氛。

刘家宗慢慢将坛盖子上的尖顶篾盖拿下，把封闭坛口的胶泥剥掉，再用竹筷伸进坛内夹起一块豆腐乳放进青花盘子里。

站在旁边的厂长王兆伦和赵文生主任的目光，一直随着刘家宗的一系列动作转动。

大家都屏住了呼吸，似乎刘家宗手里在把玩一块金贵的瓷器，唯恐他不小心掉在地上摔得粉碎。

厂长王兆伦打个手势，又高喊一声："把另外的两种豆腐乳拿上来。"

两个脑后扎着独辫的秀秀气气的小姑娘，各自端着红色托盘走过来。

两个托盘里各自放着的青花盘子里，都放着豆腐乳。

这是咋个一回事？究竟要干啥子？大家都用非常疑惑的目光，看着眼前发生的一切。

厂长王兆伦从左边那位姑娘的托盘里拿起青花瓷盘，把豆腐乳用筷子夹开；又将刘家宗从坛里取出的一块豆腐乳放在青花盘里，用筷子夹开。然后，他说："左边这位姑娘托盘里的豆腐乳，是我们从本市锦江泥豆腐厂买来的。现在我们将它与本作坊刚开坛的豆腐乳比较，从颜色来看，本作坊的豆腐乳明显比锦江泥豆腐的颜色鲜艳柔和得多。"

他将装着两种豆腐乳的青花瓷盘给周围的人看。大家边看边点头。然后，他将两种豆腐乳用筷子夹给几个人尝，都说："本作坊生产的豆腐乳比锦江泥豆腐厂生产的豆腐乳清香、化渣、口感更好。"

厂长王兆伦说："现在，经过大家的观察和品味，已经得出一个准确的结论：本作坊生产的豆腐乳，无论颜色和味道都在锦江泥豆腐厂生产的豆腐乳之上，是两个根本不同的档次。"

他又从右边那位姑娘的托盘里拿起青花瓷盘，说："大家看到，这是本厂职工刘兴发从唐场老家带来的豆腐乳，现在我们用它与本作坊生产的豆腐乳进行一下质量比较。"

接着，他就用刚才与锦江泥豆腐比较的方法进行一番比较。

厂长王兆伦高声宣布结果："刘兴发从唐场带来的豆腐乳，无论颜色和味道都比本作坊生产的豆腐乳好得多。"

这一结果，恰似晴空霹雳，将刘家宗打得晕头转向，他的身子颤抖了几下，差点晕倒在地。

厂长王兆伦很不高兴地盯了刘家宗一眼，叹了一口气，话到嘴边又咽了下去。

赵文生很理解刘家宗的心情，连忙将他扶住，安慰他："冷静点，你会把豆腐乳做得更好的。"

晚上，刘兴发来看刘家宗，是赵文生要他来的。赵文生把厂长王兆伦今天在豆腐乳作坊用三种豆腐乳进行质量比较的情况告诉了他，他很着急，刚吃了晚饭就找刘家宗来了。

刘家宗住在豆腐乳作坊里的小独院宿舍。由于他在这里有着任何人也无法相比的特殊地位，他的这个宿舍无论布局还是装潢，以当时的水准来说也是相当讲究的：上有天花板，下有木地板，四壁粉刷得光可鉴人。二花床、联二柜、梳妆台、大红被盖等全是崭新的上乘家具和用品。

这时，刘家宗正在床上蒙头想事情。刘兴发蹑手蹑脚地走进来，扫视了寝室里的家具和摆设后，说："幺爸，正如我上次对你说的：你硬是落福地了咧！"

刘家宗灰心丧气地说："上次是上次，这次的情况就大不一样了。"

刘兴发说："咋个不一样？人家把这么好的房子给你住，就差把你供在神龛上，每天给你作揖磕头当成祖先人对待了！"

"就是这个问题使我很难受的。"刘家宗觉得这样睡在床上说话显得对刘兴发不礼貌，便起身坐在床上边穿衣服边说，"今天厂长用三种豆腐乳比较，虽然本作坊的豆腐乳比成都锦江泥豆腐的颜色和味道好一些，但是，与你从唐场带来的豆腐乳一比，就大大不如了。我看到厂长瞥我的那眼，好像带着利箭刺得我好难受，有万箭穿心的感觉。特别是他那一声叹气，就表示对我大失所望了！"

"我想，事情不会有那么严重吧，幺爸。"刘兴发想尽量让幺爸的心情平静下来。

"还不严重？你想嘛，人家为啥把我从唐场请来，又给我这么高的待遇，这么尊重我，不就是要我造出像你带来的豆腐乳的色和味，提高兵工厂职工的生活质量吗？但是，我造出来的豆腐乳没有那么好，我还有脸面见他们吗？我还有脸面待在这里吗？"

"幺爸，你别急，千万别走，质量问题慢慢找原因，会有办法的。"刘兴发知道幺爸很难受，尽量要他沉住气。

"一刻也待不下去了，我明天就走！"刘家宗已穿好了衣服，灰心丧气地下了床说。

"办法总是人想出来的嘛，幺爸你要有耐心。你仔细想一想，在制作豆腐乳的过程中，还有哪些程序上出现了啥子疏漏，或者在中药材的配料或者等份上出现了偏差。"刘兴发尽量提醒幺爸，让他查找技术上的失误。

"刚才，我躺在床上就翻来覆去地想了几遍，在技术上的每个环节都把好关的，没有半点闪失。我可以用我的人格做担保。"

"我完全相信你是尽职尽责的。"

"咚咚咚"外面有人轻轻敲门。

"请问，你是哪一位？"刘兴发问。

刘家宗去开了门。一位中年女子走进来。

刘兴发很诧异地扫了这女人一眼：30岁左右，瓜子脸，柳叶眉，脸色白净，抿嘴笑时两个酒靥轻微蠕动着很是好看，脑后盘个乌黑的发髻。

"唁喂，有贵客临门嗦，关门闭户的。"她刚进门，就呵呵笑着说。

"这位是王嫂，请坐。"刘家宗向侄儿介绍。

"这是我的侄儿。"刘家宗向王嫂介绍刘兴发。

"我是来找你看有没有换洗衣服的。"

"啊，现在没有，谢谢你了。"刘家宗迟疑片刻后说，本来他是有穿脏的衫子需要洗的，但他考虑到明天要回家就婉拒了。

"哦,对不起,打搅了。你们好好耍吧,我走了。"王嫂说着就走了。

"这位王嫂是洗衣服的女工。"还没等侄儿发问,刘家宗就赶紧辩解。

"幺爸,你别心虚嘛,我又没有怀疑你做啥子事。"为了缓和幺爸的情绪,刘兴发开起玩笑来。

"真的,是厂里在少城公园侧面半边桥的人市上雇来的。"刘家宗很老实,唯恐侄儿怀疑他不正经,心头的确有几分虚,脸也红了。

"她负责洗几个人的衣服?"刘兴发随口问。

"衣服是只洗我一个人的,还要给我做饭和打扫卫生。"

"幺爸,你玩得派嘛,简直是过的上等生活了,你还舍得走吗?"刘兴发笑着说。

"舍不得走,也得走。如果我不走,厂长也会撵我走的,那才把我刘家祖宗十八代的脸都丢光了!"

无论刘兴发如何劝说,刘家宗也要坚持明天就走。万般无奈,刘兴发让幺爸等着,自己马上去将这个情况向赵文生主任禀报后再说下文。

2

翌日中午,刘兴发利用吃了午饭的间隙,急忙到赵文生办公室。

赵文生与厂长王兆伦正在办公室里谈论豆腐乳作坊的问题。他们见刘兴发突然而至,连忙打住了话头。

还没等刘兴发坐下,赵文生用右手食指和拇指捻了一下痣胡子后,说:"兴发,我叫你去看一下刘技师,他有何反应?"

"这个……"刘兴发不想直接把刘家宗要回家的事说出来,怕会火上浇油,把事情搞得更复杂。

"别七个八个的,有话就直说。"王兆伦皱了皱眉头说。

赵文生微笑着瞥了刘兴发一眼,想缓解一下稍微紧张的气氛。"

幺爸非常惭愧。"刘兴发面露愧色地说。

"他还惭愧？只是惭愧就算了？"王兆伦有些生气地说，"我们对他不好了吗？嗯？"

"有话慢慢说，我们好好协商一下现在怎么办。"赵文生强装笑脸，息事宁人。

"他说怎么办？"王兆伦余怒未息地问着刘兴发。

"他说他要马上回家。"刘兴发看厂长这个态度，就只好直说了。

"好好好，马上给他结账，赶快走人了事！"厂长更加大声武气地说。

"好，那我马上去通知他！"刘兴发说着立即转身离开了。

"兴发，转来！"赵文生提高嗓门喊道。

刘兴发转身走过来。

"你不能告诉他什么回家的事，只对他说'赵主任叫你好好休息几天，再说下一步工作的事'。如果他走了，我要追究你的责任。"赵文生十分严肃地说。

"我一定按赵主任的吩咐办事。那我走了。"

刘兴发走了，赵文生与王兆伦继续商谈豆腐乳作坊的事。

"你怎么看？"王兆伦问赵文生。

"刘家宗肯定是用了功的。他做出来的豆腐乳，为何不如刘兴发从唐场老家带来的豆腐乳，是在哪个环节出了问题？我们应该找他仔细谈一下。"

王兆伦说："那你找他谈一下吧。"

两天后，赵文生到豆腐乳作坊去找刘家宗，刘家宗正坐在住房阶沿上的木架睡椅上闭目养神。赵文生刚走到他面前时，他非常警觉地突然睁开了眼睛，连忙站起身来。

刘家宗双手向上一伸，打了个呵欠，好像睡眠不足，萎靡不振的样子。他连忙给赵文生沏茶和摆座。

"你是我们唯一的技师，对于如何进一步提高豆腐乳质量，你有何打算呢？"赵文生说着仔细盯着刘家宗的面部表情。

"作为技师，我指导下的豆腐乳没有刘兴发从唐场带来的豆腐乳好，很是惭愧。现在我还没有啥子打算。"刘家宗的话声很小，赵文生尖起耳朵才勉强听得清楚。

"这次你做技术指导的豆腐乳没有刘兴发从唐场带来的豆腐乳好，你检查过是在哪个环节出了问题吗？"赵文生问。

"我已经检查好几遍了，在每个环节的技术上都没有一点漏洞，是尽心尽力干事的，我不能做一点对不起你和厂长的事情来，我不会昧良心的。"

"你就放下心来，在这里干吧，我们相信你会慢慢提高豆腐乳质量的。"赵文生说。

"手艺就是这样，我也不知道从何处提高，可能永远也提不高了。我想回家。"刘家宗说。

"你不要悲观失望，就在这里继续干，我们相信你会干得更好的。"赵文生说。

赵文生走了，刘家宗心里还是不踏实：究竟是走，还是留？他心乱如麻，满是烦恼。

王嫂又来了，未进门就打了个干哈哈。

"唷唷唷，真是不简单咧，连赵主任也亲自上门来拜访你，真是这个……"王嫂竖起大拇指夸奖刘家宗。

刘家宗扫了王嫂一眼，没吭声。

"唷，刘技师，你板起脸做啥子，我又不向你借钱借米。快把身上的衣服脱下来，我拿去给你洗。"

刘家宗还是想回家，他不愿意将衣服拿给王嫂去洗。王嫂无趣地走了，走不多远，她回过头来嘀咕着："龟儿子神经病！"

这一晚，刘兴发又来到刘家宗的住处。来得正好，刘家宗正满腹愁肠，无处倾诉。

这次刘兴发是牵着一只小狗来的，刘家宗觉得非常奇怪。这狗很精瘦，全身黑白相间，花里胡哨的，尤其是花鼻梁和那一对骨碌碌转着菩提果似的眼睛更显出它的俏皮与机灵。尾巴半秃，可能是被刀宰了的，还留下了疤痕，看起来很悲惨。它的后左脚有点瘸，吊着一甩一甩的，不能触地。

这时，刘家宗可能闲得无聊，与一位胖圆脸小孩儿在阶沿上下象棋消磨时光。他的"帅"棋被对方的车、马、炮困得像推磨似的旋转着绕来躲去。他见刘兴发一来就无心下棋了。他叫小孩儿走开，小孩儿就很懂事地离开了。

"你带这狗来干啥？"刘家宗诧异地说。

"今天我来不说狗，单说豆腐乳这件事。"刘兴发笑嘻嘻地说。

"你不来找我，我也要去找你的，心里憋得慌呀。"刘家宗说。

"幺爸，你哄我哟，要是你的心情不好，还会下棋吗？而且还是与小娃儿一起下棋，我看你返老还童了！"刘兴发开玩笑说。

"你没看到我连与小孩儿对局也全盘输光了吗？只怪自己的情绪实在糟糕透顶呀！"

"今天，我就是专门来为你治病的。"刘兴发收敛笑容，一本正经地说。

"我有病吗？我没有病呀！"

"是心病，我就来为你治这病的。"刘兴发肯定地说。

这时，一位披着长发、脸庞消瘦，像一只猴子的人慌慌忙忙跑了进来，"咚"一声跪在刘兴发面前说："谢谢善人老爷大恩大德，把我的乖乖儿给我吧。"说着，接连作揖和磕头。

那只瘸子狗高兴地跳着，向长发男子走去，不断地摇着尾巴，用嘴亲吻他的手和脚。

刘家宗瞪大了眼睛，觉得眼前的一幕十分奇怪。刘兴发将这只狗还给了长发男子，长发男子又感激涕零地向他作揖磕头后，牵着狗走了。

"这是咋个一回事呢？"刘家宗满腹狐疑地问刘兴发。刘兴发只好把这件事的原委告诉了他：

就在刚才他路过红牌楼侧边的一片柏树林，走到那个竖着高高桅杆的坝子时，见一位长发男子敲着一面小锣，还牵着一只小花狗，前面一条长板凳上还放着一个火圈。

迎着火圈上正燃烧着的熊熊烈火，长发男子加快了敲锣的节奏，只听得"喤喤喤喤"的密集的锣声中，长发男子嘶声吼叫着："乖乖儿吧，钻过去，钻过去，从火圈中钻过去吧，我的小乖乖吧，痛心的儿吧，不是为父不疼你，是为父饿得吐清口水了！"

他见小花狗用三只脚一瘸一拐地几次冲向火圈面前时，挤眉弄眼地流露出畏惧的神色，又退了下来。长发男子狠心地扬起皮鞭，使劲向小花狗抽去，只听得"啪"的一声，小花狗的背上挨了一鞭，就拼命向火圈冲去。大家看到小花狗屁股上的那团黑毛已烧焦了一片。

在场的看客无不为之动容，还有些妇人落下了泪。这时，长发男子手执一把破瓢向一个个看客伸去。人们都面色凝重地纷纷将衣包里的小钱和铜圆投进那把破瓢里。

猛不防，从人堆里蹦出两个穿着黑色衣裤的蒙面人，手持亮晃晃的尖刀，前面那位抢过长发男子手中的那把破瓢，后面那位押后尾，两人夺路而逃，势不可当，如入无人之境。

全场人都被吓得目瞪口呆，多时也回不过神来。

长发男子嘶声哭叫，在地上滚来滚去，悲恸欲绝。

刘兴发看到这番惨景，想到了自己无奈之下以田抵债，想到前不久为回家请做豆腐乳匠人，惨遭绑匪关进土牢，后来又被推上杀场，幸被临场营救才有今天的光景。他毫不犹豫地将衣包里的1块银圆、5块铜圆和10个小钱倾囊给了长发男子，但又唯恐他再被抢劫。只好将他叫到一旁悄悄把钱给他后，就把那条小花狗给他牵走了，说："不能在此久留，你在我的后面不远处慢慢跟着我来，我再把小花狗给你。"

刘兴发把这段过程讲完，刘家宗听后面色凝重，刘兴发也沉默不语。

空气像凝固了似的，一时间静得只听到远处河边传来不知名的雀鸟"咕噜咕噜"的叫声，显得十分凄厉而悲切。

刘兴发终于开腔了："幺爸，这人生很不好混呀！"

刘家宗长长地吁了一口气说："侄儿，这人皮不好披咧！"

3

这一天，刘兴发利用午饭后的休息时间，到赵文生的办公室。赵文生正在伏案写材料，见刘兴发来了，抬头说：

"你来得正好，我正要找你呢。"

"我找你有急事。"刘兴发愁眉苦脸地说。

"那你说吧。"赵文生用右手拇指和食指捻了捻下颏的痣胡子说。

刘兴发急急忙忙地把刘家宗非常惭愧和闲得无聊，与小娃儿下象棋也输，并要准备回家的想法通通告诉了赵文生。赵文生也正是为刘家宗的去与留问题要找刘兴发的。这下他俩的话题就碰在了一块。

就在昨天刘家宗向刘兴发谈到要回家问题时，赵文生与厂长王兆伦也专门谈了豆腐乳作坊下一步怎么办和刘家宗的去留问题。他俩商谈的结果是：鉴于刘家宗掌握祖传豆腐乳制作技术，这次的豆腐乳虽然没有刘兴发从唐场带来的质量好，但也比成都最好的锦江泥豆腐厂的产品好得多。刘家宗本人对新建豆腐乳作坊、担当技术指导和总监也尽职尽责，熬更守夜，未出现任何差错。更为可贵的是，他将祖传秘方也贡献在制作豆腐乳过程中，所以，必须将他留下。至于这次的豆腐乳没有刘兴发从唐场带回来的豆腐乳好的问题，那只是欠了点火候，可能刘家宗在技术上与刘兴发母亲相比还欠了点儿功夫，最好的办法就是请刘兴发的母亲来示范一次，让刘家宗在技术上再提高一步就行了。

刘兴发听了赵文生的谈话，脑子豁然开窍，觉得这个办法很好，但是自己的母亲身体不好，经常在风湿性关节炎发作时，行动很不方便。赵文生说："如果到这里来了后，她的风湿性关节炎发作了，把她送到省城的大医馆治疗，那不更好？"刘兴发说他母亲每天要在唐场众家店卖豆腐乳的问题。赵文生说："还要卖豆腐乳作甚？我们厂里全部给她买了，省得她劳神操心。只是下料那几天，她来亲自指导，平时她仍然回家与你奶奶在一起，何况，你家里还有一个小女子侍候你奶奶，你就放心好了。"

刚过两天，还是赵文生亲自出马，带上王胡，到唐场去接刘兴发的母亲到成都。他俩还是各人骑一匹马，在天色刚蒙蒙亮就从成都出发。

赵文生骑着白马走在前面，王胡骑着黑马压后。赵文生还是戴着缎面瓜皮帽子，身着黑色长衫，脚穿黑布操鞋，一副温文尔雅的文生派头。王胡仍然是平素的武生打扮，背上背着那把寒光闪烁的大朴刀，何其威武！

赵文生骑在白马上，随着马蹄走动，他的身子也一摇一晃的。其实，他的心也有点忐忑不安，最担心刘王氏不肯来成都。怎么才能说服她呢？这个问题一直在他的心里盘旋。当初，安排筹建豆腐乳作坊时，他以为是很简单的一件事，当着丁总督的面，一口就承担下来。现在才知道这中间还牵扯到一些非常复杂的事情，弄去弄来，却原是一个烫手的山芋。开弓没有回头箭，即使前面有刀山火海也要冲过去。

王胡生性好斗。他上次与赵文生在唐场"兴盛客栈"与四个偷袭的盗贼交手，杀死两个，还有一个背着已被砍了一边膀子的贼子，在暗夜中落荒而逃。他一想起此事就浑身来劲，很想再遇到一次施展本领的机会。

太阳已经偏西，他们进了唐场栅子时，见有两个手执大朴刀的壮汉从茶馆里出来。赵文生提醒王胡："注意这两个小子的一举一动！"

"我的手痒痒的，正愁他们不向我冲来！"王胡昂首说。

"还是小心为好噢，哈哈！"赵文生哈哈大笑后，心里还是不免有几分胆怯。

只见那两个小子横起穿街大步走过来。

王胡勒住缰绳，马蹄"嗒嗒"原地踏脚。

那两个小子也住脚瞅着王胡。

他们与王胡相距大约两丈远。王胡这才看清，这两个小子全身着黑色，紧身短裤，带缠裤脚，分明是帮口的统一打扮。着，来者不善！

双方对峙，互不搭理，一场恶斗正在千钧一发之际。不知出于何种原因，其中一位轻声喊了一声："退！"两个小子宛若惊弓之鸟，一溜烟不见了踪影。

王胡哈哈大笑。

"喂，怎么的？"赵文生捏了一把冷汗，不明就里。

"可能是他们发现遇到我这个死对头了。"王胡说。

"你是说，他们已经看出你是上次在兴盛客栈那位武林高手？"赵文生问。

"可能就是这个原因，不然他们是不会善罢甘休、临阵脱逃的。"

王兰花很高兴，在甑子里抓了一把冷饭撒在树下，心想喜鹊会飞下来啄食。听奶奶在堂屋里喊她，她脆生生地答应，急忙跑到奶奶面前。奶奶说："今天有贵人来，你赶快把屋内屋外打扫干净。"是真的吗？会是何方神圣？王兰花没问奶奶，她知道可能连奶奶也不知道。不过只要有贵人来就是好事，就高兴。她知道兴发哥和刘幺爸能到成都有一碗饭吃，就是遇到贵人的。

王兰花正在门外的那棵树冠如盖的老槐树下，用斑竹大扫把"唰唰"地扫地。一阵"嗒嗒嗒"的马蹄声引起了她的注意，她停下来侧耳静听。一会儿，前面一匹白马、后面一匹黑马驮着两个人疾驰而来。王兰花笑得眯起了眼睛，丢下了扫把就往屋里跑。

"奶奶，当真有贵人来了！"王兰花惊诧地叫喊着。

"哪个来了？"奶奶张着缺牙的嘴笑得合不拢。

"还是上次那位赵先生和那位背上背着大朴刀的哥哥。"王兰花说。

"哦，我是说咧，喜鹊叫，贵人到。快去叫你婶娘回来嘛！"奶奶催促王兰花。

王兰花刚出门就见赵文生和王胡分别在两棵麻柳树上拴马匹。

"你们等着，我到众家店去喊婶娘回来。"王兰花急急忙忙地对他俩说。

他俩应着声，王兰花跑了。

刘王氏正在众家店卖豆腐乳，王兰花欢天喜地地跑来告诉她："婶娘，家里有贵人来了，你赶快回去吧。"

"哪个贵客？"刘王氏说。

"还是上次那位赵先生和王哥哥。"王兰花说。

"兴发回家了吗？"刘王氏流露出疑虑的目光。

王兰花在前面跑，刘王氏跟在后面追不上，心里很着急。

赵文生和王胡正站在老槐树下等刘王氏。刘王氏见了赵文生和王胡就迫不及待地问："兴发呢？我的儿呢？"

"大婶，刘兴发还在厂里上班，他没有回来。"赵文生说。

"他真的在上班吗？"刘王氏说。

"你们咋个不要他回来？"刘王氏的目光里充满疑惑与惊诧。

"我们今天是专程来找你谈重要事情的。"赵文生说。

"兴发儿没有出啥问题吧？"刘王氏说。

"根本没有出现任何问题。"赵文生非常诚恳地说。

"上次出了那么大的问题，差点把他的性命也要脱，今天他没有与你们一起回来，叫我咋个相信你？"刘王氏没好气地说。

赵文生用拇指和食指捻了两下颏上的痣胡子，很是纳闷。

"如果我没有见到兴发儿，你们就别跟我商量啥事情。"刘王氏斩钉截铁地说。

上次见面时已经消除误解了，为啥她这次又突然翻脸了？可能是那造衣冠墓的事刺痛了她的心，使她对儿子的安危尤其担心。赵文生的脑袋似乎突然短了路，深感茫然，一时不知怎么说服对方。不料站在旁边一直沉默不语的王胡却开口解了围："好吧，大婶，那就请你与我们一路到成都，你亲眼看到你的儿子后，再商量事情，好吗？"

刘王氏看了赵文生一眼，吞了吞口水，像是在思考问题，没说什么。

"大嫂，事情是这样的：刘家宗做的豆腐乳没有你做的味道好，我们是专程来请你去做豆腐乳制造技术指导的。"赵文生说。

"我的风湿病经常发作，行动不便，啥也做不成，家里还有老人需要照顾，我不能到成都。"刘王氏说。

"风湿病发了，就在成都的大医馆医治，比你在唐场医治好多了。有王兰花照顾你的老母，你一万个放心。"赵文生说。

赵文生知道她想见儿子刘兴发的心切，便再三劝说，她终于答应与赵文生和王胡一起去成都。

天色已晚，三三两两的雀鸟已开始飞向刘家大门外的老槐树上归巢。赵文生和王胡又在唐场戏台侧边的"兴盛客栈"住宿。上次他俩住这个客栈，四个手执大朴刀的盗贼深夜袭击，一阵厮杀后，被王胡杀死两个盗贼，还有一个背着已砍掉右膀的歪嘴落荒而逃。对此赵文生仍心有余悸，想另外找旅馆住宿，而王胡坚持仍然住在这里，很想再遇到上次的情况，过一过手瘾。结果，当晚平安无事，王胡觉得真是机会难得，上次的厮杀机会真是可遇而不可求哟，非常遗憾。

第七章　失败成谜

4

　　第二天早晨，他俩都起得很晚。赵文生昨晚老是担心有盗贼突然袭击，翻来覆去睡不落觉，几乎临近黎明才在朦朦胧胧中入睡。在梦境中他又看到上次遇到过的那四个朴刀手与王胡拼死厮杀，他吓得钻到床底下藏着，不料被一个半边脸的盗贼将他从床底下拉出来，当那把寒光闪闪的大朴刀正向他的脑袋砍来时，他吓得"哇"的一声惊叫，脚一蹬，醒了！揉了揉眼睛，才知道原来是一场梦。

　　他们知道睡过头了，就赶快草草洗漱一下，在骑街戏台侧边一个白发老娘经营的小餐店，各自吃了一碗鸡蛋醪糟，就骑着马到刘家去了。赵文生担心昨天好不容易与刘王氏说好的今天到成都，她今天变了卦，他俩的心里很是忐忑不安。

　　他俩赶到刘家时，不见了刘王氏，赵文生十分惊诧，找到王兰花。王兰花正在厨房里给奶奶熬中药。

　　"兰花，你婶娘呢？"赵文生问。

　　"她吗？可能到众家店卖豆腐乳去了。"王兰花说。

　　"快，快去把她找回来。"赵文生说。

　　"可能她不会回来。"王兰花说。

　　"为啥子？你说。"赵文生很着急，声音也显得有些变调了。"不为啥子，她卖豆腐乳最重要。"王兰花说。

　　"少说废话，赶快把人喊回来。"王胡大声说。他反手捏了一下背上的刀把，把王兰花吓了一跳，不敢再吱声，转身就跑了。

　　"你今后不能用吓唬的手段对付这家人，当然包括王兰花。"赵文生对王胡说。

　　"为啥？"王胡不解地问。

　　"为啥？我们兵工厂的职责本能是为国家多造些枪炮，保卫我们国家的大好河山，让老百姓过上平安日子。"赵文生说。

"哟，那么严重嗦。"王胡用手搔了搔头，很是不解地说。

"怎么不是呢？造豆腐乳提高兵工厂职工的生活质量，促进兵工厂职工的生产积极性，必然会提高兵工厂的生产力，多造、造好枪炮。而豆腐乳造得好与否，刘家的祖传秘方能不能贡献出来是关键，不然，我们为啥费了那么大的神，几经周折，来请这个刘王氏？"赵文生说。

王胡这才弄清了道理，"噢"了一声，向赵文生竖起了大拇指。

刘王氏回来了。赵文生问她为何不在家等，她说："你们迟迟没有过来，我以为你们不来了，就又到众家店卖豆腐乳去了。"赵文生觉得再追究下去也没有什么意思了，就赶快安排刘王氏到成都的有关事项。

一切准备停当，刘王氏坐上了一架白篷布绷起的滑竿。这样的滑竿也是比较讲究的，也体现出刘王氏享受着比较有资格的人的待遇。两个抬滑竿的人都是身强力壮的小伙子，还向赵文生保证从唐场到成都绝对不出一点闪失。赵文生的这些精心安排，都是昨晚的不眠之夜细思的结果。

王胡骑着黑马紧紧跟随那架闪悠闪悠的白色篷布滑竿缓缓而行。

赵文生骑着白马压后。

刘王氏活了大半生，从未出过远门，连大邑县城也不知在何方，更想象不出成都是啥子模样。这时，被滑竿抬着，感觉身子一摇一晃的，脑子里也是迷迷糊糊的，一会儿是一片空白，一会儿像塞满一团乱麻，理不出个头绪。在新津三渡水码头，她下了滑竿，王胡把她扶上乌篷船时，她感到十分奇怪，便说："咋个的？咋个又转回唐场了？"

她误以为这是唐场侧边的斜江河。赵文生告诉她说这是新津三渡水时，她坚决不上船，说兴发儿上次就死在新津三渡水，后来要不是被道姑救活，就永远完蛋了。看来，她的记性倒是不错，上次赵文生把刘兴发在新津三渡水救人被淹死的情况告诉她，她现在还记得那么清楚。赵文生这就高兴了持她肯定也会把制作豆腐乳的秘方记得准确无误。

赵文生费了不少唇舌才将她留在船上。上了岸，重新坐上滑竿后，刚走了不远，她就问持"要到成都了吗？"后面的那位抬滑竿的回答她持"不是，还早。"隔一会儿她又问持"要到成都了吗？"前面抬滑竿的那位回答她持"不是，还早。"后来，隔一会儿她又问了同样的话，两个抬滑竿的都懒得回答她了，她也就不再问了，但很不高兴，只在心里嘀咕着，不知她在说些什么。

自从那天开坛进行三种豆腐乳比较的消息在四川机器厂传开后，刘兴发的心情就没有一刻轻松过持好不容易把幺爸请来，但是制造出来的豆腐乳没有达到厂里要求的标准—从唐场带来的豆腐乳的颜色和味道。这阵赵主任又带着王胡去请母亲，假如，在母亲指导下制作的豆腐乳还是没有达到那个标准，又将如何？这几天，他显得有些疲倦不堪，刚吃了晚饭就想睡觉。王大力觉得刘兴发怪怪的，是不是脑子出了问题？受好奇心的驱使，他总想发现刘兴发有何秘密，因此，只要不是上班时间，刘兴发走到哪里，他就走到哪里，有时甚至不跟上他，隔着一段距离，站在暗处静观默察他的行动。

凡是看到有女人与刘兴发说话，或偶然碰到，他就特别关注。但是，根本没有发现丝毫秘密，这就使他更觉得奇怪。他还是心有不甘，总想弄个水落石出。因此，刘兴发在天黑前就上床睡觉，他也跟着睡得很早。其实，刘兴发根本不是真的要睡觉，而是喜欢躺在床上，静下来好好梳理一下思绪，慢慢想问题。但是，王大力这个粗人就是不懂，时不时就无话找话地与刘兴发搭腔，刘兴发只好支支吾吾地应付，不便直接回绝。

在刘兴发的热切企盼中，母亲终于来到成都。他们是在四川机器厂豆腐乳作坊的会客厅见面的。

刘王氏坐在客厅里的木圈椅上，看到儿子刘兴发长得胖了些，面色也比较红润，心里乐滋滋的，不知说啥好，近乎无话找话似的说"你的奶奶很想你，院子里的樱桃也开花了。

"我也很想念奶奶，那棵樱桃树还是爸爸栽的，他在栽了那棵樱桃树的第二年就出事了。刘兴发说。

刘王氏用蓝色手巾揩了一下眼角流出的泪水。

"哦，我不该说这些。刘兴发说。

坐在对面藤椅上的赵文生向刘兴发递了一个眼色。

"妈妈，这一次你到这里来要多住几天……刘兴发对母亲说。

"那不行。刘王氏说。

"妈妈，你放心，奶奶在家有兰花照顾。赵主任说了，厂里把我们家现有的豆腐乳全部一次性买了，运回厂里供职工食堂用，你就不用每天再到众家店卖豆腐乳了。刘兴发说。

刘王氏埋着头，嘴唇翕动了几下又闭上。

赵文生和刘兴发都没有说话，静静地等待刘王氏的表态。

"你们是不是在说梦话？刘王氏终于抬起头来说话了。

"不是说梦话，是说的大实话。大嫂子，事情是这样的刘家宗做的豆腐乳没有你做的好吃，我们请你来是做技术指导的。刚才兴发已经说了，你家里的豆腐乳就全卖给我们厂里，你就安安心心在这里做豆腐乳技师吧。赵文生说。

"刘家宗做不好，我一样也做不好。因为我们的手艺都是同一个老祖宗传下来的，中药配方也不会有两样。刘王氏说。

"肯定是有区别的，因为他做的豆腐乳就是没有你做的鲜和香，这是事实，究竟为啥子，现在谁也说不清。因此，我们聘请你为高级技师是聘定了的，这件事是通了天的，也就是丁宝桢总督也很支持的。赵文生说。

刘王氏看了儿子一眼，又沉默不语了。

"大嫂子，我是这么想的你们手里有老祖宗传下来的祖传秘方，暂时又没有能力把它发扬光大。现在我们这里修建了这么大的作坊，无论财力、物力、人力，各方面的资源都是配备够了的，让你们老祖宗传下来的唐桥豆腐乳在唐场生根发芽，在这里发展壮大，不断传之后代，是再好不过的事呀！如果你们的老祖宗九泉有知，也会含笑点头的。大嫂子、兴发，你们母子俩认为我说得对吗？"

"对对对对。"刘兴发连连点头说。

"大嫂子，你认为我说的话有道理吗？"赵文生说。

"妈妈，看在老祖宗的分上，你就同意在这个豆腐乳作坊当技师吧。"刘兴发热辣辣的目光直直地盯住母亲的眼睛。

沉静了少顷。

"我又不懂啥子技师不技师的，我答应留下来做豆腐乳就是了。"

赵文生与刘兴发对视了一瞬，终于松了一口气。

这件事就这样定下来了持豆腐乳制作以刘王氏为主做技术指导，刘家宗作为助手负责具体操作。第二天，由王胡负责到刘家将全部豆腐乳用马匹驮到四川机器厂职工食堂交给司务长。由司务长将这笔购豆腐乳的费用交给赵文生，再由赵文生转交给刘王氏。

具体方案倒是如此定下来了，可是，当赵文生叫刘兴发去找刘家宗也过来谈事时，却不见刘家宗的踪影。问了住宿区的几个工友，都说今天没有见到刘家宗的人影。这怎么了得，赵文生急得像热锅上的蚂蚁，在作坊周围转了一圈，见人就问，仍没有个结果。刘兴发说："我前天来时稳住了他，他也答应留下来，等赵主任那里的安排，他怎么说走就走了呢！只是我没有告诉他赵主任要去请我母亲来的消息。如果他知道我母亲要来，他就不会走了。"

"算了，算了，家宗已经走了，我没有帮手肯定不行，我还是回家算了！"刘王氏有些沮丧地说。

"不行，不行，大嫂子千万不要走。你们不要像跷跷板一样，按着这头，那头又翘起来了。"赵文生急得鼻尖上也冒出了汗珠。

"幺爸在成都举目无亲，他除了回家，别无他路。"刘兴发说。

赵文生立即安排刘兴发陪伴母亲，一步也不能离开。他与王胡立即骑马沿着成都通往唐场的道路，寻找刘家宗。

一路找来，不见刘家宗的踪影，到了他在唐场的老家也不见他，他的妻子是个哑巴，问她也枉然。她正在做饭，"咿呀咿呀"地用手比画着，谁也不知她说些什么。赵文生像一个被针戳破的气球，一下就蔫了！万般无奈，也不离开这个家，守株待兔，就在这里守个通宵。

赵文生给哑巴比着手势，意思是他俩今晚要在这里住宿。他的手势是胡乱比画的，她居然看懂了，只是"咿咿"说了两句，就铺床去了。

这是一间与牛共住的茅草房屋子。木柱子上拴的一条筋骨凸显的老黄牛，在埋头吃着木槽里的干谷草。牛就占了全屋的一半，还有一半就留给人住，墙边的两根长板凳上放个破门板，这就是床。哑巴将一张黑色破棉絮抱来放在上面，散发出一股霉气，赵文生差点呕吐了。王胡屏住气，脸也涨红了。

灯盏里的清油也干了，火光像鬼火一样越来越弱，过一会儿就完全熄灭了。

实在难以入睡，但他俩也只能忍受。为了厂里豆腐乳作坊的事，他俩受苦受累，还冒着生命危险，上次住在唐场的客栈，要不是王胡武艺高强，他俩早就命丧黄泉了。

夜深人静，万籁俱寂，只听得屋外的竹林被风吹得沙沙作响。远处传来几声"汪汪"的狗吠声，近处也有断断续续的狗声相呼应。

只听得门外有"啪啪"的拍门声，赵文生轻轻捏了一下王胡的手臂，王胡警觉地抓起放在门板上的大朴刀，霍地站起来，目光如炬，侧耳静听一切动静。

哑巴蹑手蹑脚地去开了门。只听得她"咿呀咿呀"地轻声说了几句，就不再有声音了。

哑巴也未点灯，又悄然去睡觉了。听得出从进门到进卧室是两个人的脚步声。

赵文生知道是刘家宗摸着黑夜回家了，从内心上来说，他很想立即去见刘家宗，急于将已请刘王氏到成都、也请他返回成都的事情与他商量，但是，出于礼节，就不便打扰他了，考虑到他徒步从成都回家肯定十分劳累，就让他好好休息吧，明天再与他好好商量事情。

这一夜，赵文生和王胡都睡得很辛苦，但再难熬也得熬过去。

第八章

三眼神泉

1

刘家宗已经回到了四川机器厂豆腐乳作坊。

王胡已经带领三个马夫，用三匹马将刘王氏家储藏的五坛豆腐乳，全部运回四川机器厂职工食堂，并结清手续，把所卖银两悉数转交给刘王氏。在赵文生的精心运作下，这些比较复杂而棘手的问题都搞得圆圆满满，皆大欢喜。

豆腐乳作坊里又呈现出一派繁忙的景象：各个磨坊的磨盘又转动起来。牛被蒙着眼，肩上套着木枷拉着磨盘转，豆浆徐徐往下流淌，好一片热火朝天的景象。五口大锅里熬着豆浆，各个锅台前都站着一位身穿白衣白裤的女工，手握铁铲往锅底铲动。锅内的白沫随着铁铲的搅动不断翻滚、上下浮动。

刘王氏已改变了往常的装束：脑后的发髻罩着黑色丝线网，一根银簪横插而过，尤为惹人注目。着白衣白裤，显得纯洁端庄，像仙姑从天而降。她在各个车间走来走去，指点传技，十分专注。

有十二匹马运黄豆来了，刘家宗安排"八字胡"用斗过数，又叫五个敦敦实实的五短小伙子，将一袋一袋的黄豆搬进仓库。只听见，一会儿这里在喊"刘技师"，一会儿那里又在喊"刘技师"。刘家宗忙上忙下，额头上也沁出了汗珠，虽然累了点，但很是踏实舒坦，乐在其中。

刘家宗约刘王氏到技术办公室，说有重要事情需要商量。

两人在办公室里坐定后，刘家宗十分郑重而略显担心地说："嫂子，我有一句非常重要的话必须告诉你，因为我是栽过跟斗的人，希望你千万别再栽跟斗。"

"我弄不懂你说这话是啥子意思，你有啥话就直说吧。"刘王氏说。

"他们已经告诉你了，这次把你请来，就是因为我做的豆腐乳没有你做的颜色鲜，也没有你做的味道好。"刘家宗说。

"你说这话是啥意思？"刘王氏说。

"我说的意思是，你这一次一定要把好技术关，一定要把豆腐乳做得像你在家里做的一样好。不然，我们刘家真的对不起赵先生，也对不起四川机器厂。"刘家宗说。

"我一定就像在家里做豆腐乳一样做，我想肯定会与在家里做的豆腐乳一模一样的。"刘王氏的口吻十分肯定。

"我当初也是这样想的，是完全按老祖宗的方法制作豆腐乳，中药配方也不差分毫，但是，做出来的豆腐乳就不如你在家里做的味道好，我就弄不懂是啥原因。"刘家宗说。

刘王氏不再说啥，反正她相信一定会把豆腐乳做好。几天后，赵文生主任和王兆伦厂长也来找刘王氏谈话，要她一定要把豆腐乳做得像家里做的一样好。刘王氏觉得这个不是问题，要他们一百二十万个放心。

刘兴发这天有点心神不宁的，总觉得要发生啥子问题。究竟会发生啥子问题？心里一点谱也没有。他冥思苦想也找不到答案，最后，脑子里闪过一个念头：该不会是母亲在做豆腐乳方面出现啥子偏差？他的心情很沉重。吃了晚饭后，王大力邀约他到田坝上去散步。他根本没有那种闲情逸致，婉言谢绝后，就避开王大力见母亲去了。

刘兴发急匆匆地跑到豆腐乳作坊，已是掌灯时分，万家灯火缀满红牌楼一带像天幕上的繁星。他三步并作两步跨进了豆腐乳厂的大门，就直往母亲的宿舍走。

"啪啪！"他拍了几下门，没听到室内有何反应，一看，才见门上锁着铁锁，原来母亲不在屋内。

他慌慌张张地在厂内各个车间转来转去，也不见母亲。最后，他走到碾药房，门扉紧闭，只听到屋内"叮咚叮咚"的铁碾滚动声。他知道母亲在碾中药—用来制造豆腐乳的家传配方。

他再拍门时，母亲非常警觉地问："是哪个在敲门？""妈妈，是我，你的兴发儿。"刘兴发说。

　　母亲轻轻开了门，伸头见门外没有其他人，让刘兴发进屋后，才关了门。

　　对于这个约有两尺长，中间有个槽，槽内还放着一个圆铁轮的铁碾，他非常熟悉。他从小就看到母亲经常用这个铁碾碾中药：她先把几种植物叶子和根梗之类的中药材倒进铁碾槽内，将约一尺直径的圆铁轮放入槽中。圆铁轮的轴心两端都有五寸多长的脚踏杠子。铁碾就摆放在一张木质方桌前面，母亲的双手撑着方桌的边沿，双脚分别踏在圆铁轮轴心两边的脚踏杠子上，双脚用力，圆铁轮在碾槽内上下滚动，"叮咚叮咚"地响着，碾了好一阵子才将铁槽内的中药碾得粉碎。然后，将中药粉末倒出来，用细筛筛过后，再与汉源花椒、唐场特产细荆条红海椒、菜籽油、食盐、胡豆、酱麸等拌豆腐坯入坛密封。

　　刘王氏见儿子来了，非常高兴地用白帕子拍了拍身上的衣服后说："你找我有啥事？等你有空时，我把老祖宗传下来制豆腐乳的秘方传给你，祖传规矩是传男不传女，不能传给外姓人，我们不能断了代。"

　　"我今晚来不是说这个。"刘兴发说。

　　"那你要说啥？快说吧。"刘王氏说。

　　"我很担心豆腐乳会不会做得像在家里做的那么好。"刘兴发说。

　　"我还以为你要说个啥子稀奇事咧，还是像你幺爸说的一样，老是说担心哟担心哟，说点别的行不行？这样说多了累不累啊！"刘王氏说。

　　"我也老是叫自己别担心，但是就老是往担心那方面想，我有啥法呢，连我也管不住自己呀！"刘兴发无可奈何地说。

　　"你们的担心是脱裤子放屁—多余哟，你想嘛，我在家里时咋做，在这里就咋做，那样做出来的豆腐乳不一样才是怪事！"刘王氏非常自信地说。

　　母亲非常自信，话说得绝对肯定，却仍未消解刘兴发的顾虑。

刘兴发见母亲到豆腐乳作坊后，脸色比原来红润，精力也更加充沛，与之前判若两人。只要母亲活得高兴就好，何必徒增她的忧愁，刘兴发微笑着说："相信妈妈的手艺。"

这一晚，刘王氏做了个梦：

漆黑的夜里，老母生了病，躺在床上没人管，嘶声喊着："兰花花……"多时也没人答应。一阵狂风把她吹到床面前，她握着老母冰凉的手，老母惊诧的双眼盯着她。她轻声喊道："老妈，我回家了。"老母的眼珠仍然像螃蟹眼睛似的一眨不眨。

摇了摇老母的手，已经僵硬，她惊呼："老妈，你不能走！"一股冷风吹来，她打了个寒噤，大声喊叫："兰花花，你到哪里去了？"

她双脚一蹬，醒了。

听得"咚咚咚！"谯楼上三更鼓响，刘王氏老是无法入睡，非常担心老母，十分想回家。

天刚拂晓，她就轻轻敲刘家宗的房门喊："家宗兄弟，快开门。"

刘家宗还未起床，觉得这么早就来喊开门，有点奇怪，便问："这么早就来敲门，有啥急事？"

她说："我要回家。"

刘家宗觉得问题有点严重，连忙穿好衣服起床，开了门。刘王氏站在桌前说："老母不好了，我要回家。"刘家宗问她究竟是咋个一回事，她便将昨晚做梦的情况从头到尾说了一遍。

"原来是一场梦，梦死得生，大伯娘肯定会安然无恙的。嫂子，你放心好了。"刘家宗说。

"话倒是那么说，只是我做了这个梦后，就在心里一直牵挂着老人家，越是故意不想她，越是担心她。就是睡不着觉，不担心也不行呀，我必须要回家！"刘王氏说。

"我的老嫂子，你是知道的，从明天起就要把这批豆腐乳全部下坛。你是技术总管，豆腐乳的质量完全出在你的手上，你能走得了吗？"刘家宗说。

兄弟你说得也很有道理，只是我自从昨晚做了那场梦后，到现在都心神不定，烦躁不安，做啥事情也没有心情。"刘王氏说。

你还是忍着，把这段时间豆腐乳的配料做完，全部入坛后，再回家一趟看大伯娘吧！"刘家宗说。

刘王氏无话可说了。从刘家宗的宿舍出来，走了几弯几拐后，听到大门外有敲竹片的声音，她知道这是游乡的算命匠走过来了。

这位算命匠脑后吊着一根长辫，面黄，窄脸，细眉，小眼。他身穿黑色长衫，右手握着两片竹板，在一开一合的打击中发出啪啪"的清脆响声。

本人曹二仙，能测凶吉祸福，能断生死钱财。算得准，随意给钱；算不准，分文不取。"算命匠说着，又打了两下竹板。

先生，过来！"刘王氏向算命匠招了招手说。

嫂子，肯定不是求官，那是求财，还是……"算命匠踱着方步摇摇摆摆地走过来说。

求啄木官哟！"刘王氏笑着说。

接着，刘王氏就将昨晚做的那场梦和在豆腐乳作坊当技师的情况说了一遍。算命匠问了她的庚年生月，写在纸上。

先生，请你断一下，我的老母在家有危险吗？我家里的那个兰花花小女娃子该不会发生啥子情况？"

算命匠掐指一算，皱着眉头，揉揉眼睛。

你的老母有那个女娃子在家照顾，不会有啥子情况，你尽管放心好了。"算命匠说。

你断一下，我在这个豆腐乳作坊吉利吗？这步运气好吗？"刘王氏说。

嫂子但放宽心，你这步运气很好，大吉大利，百事顺遂，财源广进，福寿安康！"算命匠说。

刘王氏这才放心地舒了一口气。

第三天，豆腐乳厂内真是一片繁忙。刘王氏仍然戴着白色布帽，身穿白衣白裤，指挥着一群男女职工将豆瓣海椒面花椒粉胡椒粉和大香山奈粉中药配方粉清油等倒在一个大瓷缸里，用木棒拌和，再与豆腐块一起装入各个坛内，然后进行密封。

刘家宗在现场带领职工们进行这一系列工序的具体操作。他对大家的要求很严格，一丝不苟，只要有一点不符合刘王氏要求的规格，都要坚决重做。他热得揭下了瓜皮帽子，头上冒着热气，脸上滴着汗珠，背上的汗水已湿透了内衣，还在跑上跑下，睁大眼睛看着每个技艺环节，唯恐出现点滴纰漏。

接连忙了五天，这批豆腐乳就在这样忙碌而有序的气氛中全部入坛了。

大门外响起了一阵噼里啪啦"的鞭炮声，惊得拴在厂大门侧面老槐树上的那只大黄牛接连哞哞"大叫。

2

一晃又是一年，春光明媚，百花争艳。

这一天，是四川机器厂豆腐乳作坊开坛的大好日子，到处都弥漫着非常浓郁的喜庆气氛。

两只银灰色的天鹅，不知从何处飞来，在豆腐乳厂的上空并翅而飞，盘旋多时，还用清脆的嗓音咯咯"叫了几声，在厂内数十双眼睛的目送下，恋恋不舍地缓缓向太阳升起的方向飞去。

主任赵文生和厂长王兆伦从豆腐乳作坊的大门走了进来。赵文生见作坊里到处都站满了人，微笑着用拇指和食指捻了捻颏下的痣胡子。厂长王兆伦还是肥头大耳的样子，大肚子把他的衣衫也撑得高高的。他笑得像尊弥勒佛。

一位穿着白衣白裤乖乖巧巧的年轻女工，从人堆里挤出来，对赵文生说持"赵主任，你刚才没有来，很可惜你没有看到有一对银灰色的天鹅飞到这豆腐乳厂的上空，盘旋了好几圈。"

"哦，真的吗？"赵文生问。

"真的，要是你不相信，就问问，那么多人看见呢。"女工说。

"真的，大家都很惊奇。"旁边一位嘴里衔着鱼骨烟杆"吧嗒"着抽叶子烟的老头接过了话头说。

"嗯，这是天鹅向我们传递了一个喜信。"厂长王兆伦说。

"对，今天的开坛肯定很吉利，这次的豆腐乳肯定好上加好！"赵文生用手指捻着那撮黑油油的憨胡子说。

大门外突然响起了噼里啪啦的鞭炮声。

"捏熄，快捏熄！"厂长对门外高声喊道。

"要开坛后，才放炮，这是老规矩！"刘家宗对大家说。

"捏熄，快捏熄！"赵文生也向大门外高声嘶吼。

谁能有那个胆量，将正在火爆的鞭炮捏熄？有人试着冲上去，但那十分强烈的炮声和火光使他不得不退下阵来。

鞭炮爆响了好一阵，终于停了下来。这时，开坛仪式正式开始。

站在厅坝的那么多人都用期盼的目光，扫视着坝上星罗棋布的豆腐乳坛子。

王兆伦厂长、赵文生主任走到第一排第一个坛子面前站定。

一位年轻女工搀扶着刘王氏总技师向厅坝走来。人们的目光聚焦在她身上，此时此刻她成为人们关注的中心。

王兆伦和赵文生见刘王氏向他俩走来，连忙让出一个空位。刘王氏走到那个坛子面前站定。

赵文生向刘王氏微微躬身后，打了个手势说持"请总技师开坛！"

刘王氏向赵文生和王兆伦微微躬身后，又转面向大家躬身致意。

大门外又突然响起噼里啪啦的鞭炮声。

刘王氏面带笑容地向站在近处的刘家宗招了一下手，刘家宗走过来非常熟练地揭开了盖在坛子面上的篾盖，用小刀撬开了坛子口上密封的胶泥，右手用长筷夹了一块豆腐乳放在左手的青花瓷盘里，又接连夹了三块豆腐乳放在青花瓷盘里，然后，向刘王氏抱拳致意后，退了下去。

刘王氏将青花瓷盘端起，看了一下豆腐乳的颜色后，用筷子夹起一小坨豆腐乳放进嘴里会心凝神地品尝味道。然后将青花瓷盘子双手捧给王兆伦品尝。王兆伦品尝后，又交给赵文生品尝。

他们三人品尝后，都没有说话，正要离开。大家七嘴八舌，问他们开坛品尝后，究竟这次的味道，是不是达到了刘兴发从唐场带来的豆腐乳的水平？王兆伦和赵文生都不回答。大家去问刘王氏，刘王氏面无表情地轻轻摇了一下头。

这时，整个厂房里的人们都围绕着这次豆腐乳的味道问题议论纷纷，像一锅沸腾的开水咕噜作响，难以平息。

一石激起千层浪。这次豆腐乳开坛后，赵文生和王兆伦立即将具体情况向丁总督汇报。他们坐在一起进行了多方面的分析，始终没有找到这次开坛的豆腐乳颜色和味道都不如刘兴发从唐场带来的豆腐乳好的原因。他们在考虑这个厂还要不要继续生产豆腐乳是否留用刘王氏继续担任总技师等一连串非常棘手的问题。

刘家宗已经丧失了信心，他觉得连嫂子做的豆腐乳也不如在唐场老家做的好，就不可能再有灵丹妙药使豆腐乳提升颜色和口味了。他决心回家继续经营他的豆花饭店。

刘王氏觉得非常丢脸。在老家唐场人人都说她做的豆腐乳颜色鲜味道好。在这个豆腐乳厂，自己满怀信心，也向大家夸下海口，结果，一开坛却没有从老家带来的豆腐乳好。她觉得自己在这里一刻也待不下去了，必须马上回家。

刘兴发非常难过，他知道母亲更加难过。当天晚上，便去叩响了她的门。

母亲开门后，他进屋坐在那张八仙桌前的板凳上。她正将自己的一些衣服和鞋袜装进一个黑漆木箱里。

"妈妈，你要做啥子？"刘兴发问。

"收拾东西明天就回家。"刘王氏说。

"你给赵主任说过回家的事吗？"刘兴发问。

"没有，我的脸都丢尽了，再没有脸面去见他们了。"

"妈妈，别急，我们慢慢找原因。"刘兴发说。

"我按老祖宗的方法，做了几十年泥豆腐，从来没有失过手。在这里我完全是与在家一样的做法，连我都不晓得是啥子原因做出来就是另外的味道。"刘王氏说。

"等几天，看赵主任和厂长咋个办，别急。"刘兴发说。

刘兴发劝了母亲很长时间，费了不少唇舌，母亲非常执拗，就是要回家。

刘兴发回到宿舍，睡在床上辗转难眠。王大力不知他的心事，总是无话找话，掏他的心窝，看他究竟在想些啥子事情。

"兄弟，你这几天咋个有点不对劲儿呢？是不是在想你家里的那个兰花花？"王大力试探他的心情。

上次刘兴发在与他交谈中说过有个兰花花在家里照顾老奶奶。

"我哪有心思想兰花花哟，这几天我像热锅上的蚂蚁，急得晕头转向的。"刘兴发说。

"究竟发生了啥子事嘛，你说出来当哥的给你解扣嘛！"王大力说。

"我去解个小便再来告诉你。"刘兴发说。

刘兴发去解小便，他想：你也能为我排忧解难吗？告诉你也等于零。他回到宿舍，王大力又问他，他干脆说没有啥事，刚才是开玩笑的。

"我听说，你母亲做的豆腐乳，这次开坛后，味道仍然没有你从老家带来的味道好？"王大力问。

"嗯，是的。"刘兴发说。

"那可能是水的问题哟！"王大力随口说。

"水？啥子水？你再说一遍！"刘兴发好像脑子里被啥子东西刺了一下，猛地掀掉被盖，坐了起来。

"说了一个'水'字，你就惊风活扯地做啥子，有话慢慢说嘛！"

王大力笑了。

"嗯，你提醒了我，可能就是水的问题。嗨，王哥，看不出来哟，你才真正是个聪明人！"刘兴发竖起大拇指说。

"我聪明个屁哟，你是知道的，我是个一字认棒槌的大老粗。"王大力说。

刘兴发觉得很奇怪，连赵文生这样的大文人也找不出原因，这个大老粗居然随口就说出了问题的关键所在。

"你是咋个想到是水的问题？"刘兴发问。

"你知道的，我家在簸桥住，小时候母亲每年都要在家做两罐泥豆腐，很好吃。我的外婆家在高升桥，离我家20多里地。有一次，我在外婆家吃饭，觉得她家的泥豆腐没有我家的好吃。我问外婆是咋个一回事，外婆说是水性不同的原因。"王大力说。

刘兴发对于王大力讲的这个故事如获至宝，十分惊喜。一切都不用再问下去了，他恨不得插上翅膀立即飞到赵文生面前将这个水"的问题告诉他，让他也开开窍。

这一下，他更无法入睡了，心急火燎地等待着黎明的到来。这是十分难熬的。他好不容易听到谯楼上打了一更的鼓声，又等了好久好久才听到谯楼上打了二更的鼓声，再等了好久才听到谯楼上打了三更的鼓声。

第二天，刚吃了早餐，他就跑到赵文生主任的办公室。

3

在赵文生的办公室里，刘兴发就坐在赵文生办公桌的对面。

赵文生左手握着铜烟袋，右手用燃着的纸卷点燃铜烟袋斗里的水烟丸子深深地吸了一口烟后慢慢吐着烟圈用右手拇指和食指搓揉几下颏下的一撮痣胡，然后抬头望着刘兴发说："我正要找你咧你来得正好找我有何事？"

第八章 三眼神泉

"赵主任我幺爸和我母亲在我们厂里作坊做的豆腐乳都不如我从唐场带来的豆腐乳无论颜色和味道都很明显地低一个等级现在我知道原因了……"刘兴发说。

"啥子原因?你说。"赵文生连忙追问。

"是水的问题……"刘兴发说。

"你说说看是水的啥问题?"赵文生说。

"是唐场的水与红牌楼的水不同。我们的作坊在红牌楼所以做出的豆腐乳就不同。"刘兴发说。

"你说得好!"赵文生"笃"的一声把铜烟袋放在桌上霍地站起来说。

"那现在咋个办呢?"刘兴发喜形于色地说。

"水的差别造出不同颜色和味道的豆腐乳。这是我们推理得出的结论还得拿出更有说服力的证据才能决定我们下一步咋个办。"赵文生说。

下午赵文生找王兆伦一同到总督府向丁总督禀报了豆腐乳作坊的全部情况。丁总督要他们立即到唐场品尝那里的水味。如果真是那里的水好那可以考虑在那里建造一个豆腐乳制造厂。

刘王氏和刘家宗都想回家归心似箭。赵文生喊王胡去请了两架滑竿将他俩抬回唐场老家。临行前赵文生给他俩每人一个沉甸甸的布囊。

刘王氏接过布囊掂了掂捏了捏是银子咧活了大半辈子从来没见过这么多银圆不是做梦吧?她盘算咋个把这些宝贝用得很得当最好的用场就是给儿子娶个好媳妇。

刘家宗接过布囊就没想那么多只想回家后把这些银子当成本钱扩大豆花饭店的铺面把生意再做大点做得再风光一些。

赵文生给这四位抬滑竿的每人一个银圆,叫他们一路小心,不能有任何闪失。

还是由王胡背着大朴刀跟随这两架滑竿,保护他们的安全。他的肩上还挎个布囊，布囊里装个空酒瓶，酒瓶是玻璃做的，很透明。是赵文生给他的，要他装一瓶刘王氏老家的食用水回成都，是用来与四川机器厂豆腐乳作坊的水进行比较。

刘王氏坐在闪悠闪悠的滑竿上，起初陶醉在用这些银子娶儿媳妇的甜蜜幻想里，走了一程后，她突然想到上次端午节时，赵文生已经给了她28块银圆，这次又给了这么一布囊银圆，哪有这么重的报酬？这中间是不是有什么还没有说穿的秘密？她想来想去也弄不懂。

刘家宗也觉得奇怪，咋个这么高的酬劳？赵文生是不是还有另外的筹谋？他想来想去也找不到答案，就在心里暗自嘀咕：管他妈的，他拿给我了，我就收着，他总不好意思喊我退给他嘛！

他们到了唐场时，已经傍晚时分。街上显得有些冷清，除了几家小饭店还亮着灯火，各有几个过客在那里吃饭，其余的铺面都已经关门闭户了。

王胡走到正街上的一家饭店，抬头一看，大门的上楣木匾上写着"果腹斋"三个大字，便向抬滑竿的脚夫们打了个手势，说就在这里吃饭。

两架滑竿放下了，四个脚夫和刘家宗、刘王氏一同走进了饭店。"哪位是掌柜？"王胡高声喊道。

"请坐请坐，请问咋个安排饭菜？"一位秃顶的胖子走过来，他见了刘家宗就高声骂道，"你龟儿子这两年钻进石缝了吗？今晚上又没有太阳，你还出来晒翅吗？"

"王二兴，老子今晚来你的摊子果腹，你娃要把老人家服侍好点哟，不然要遭雷打的。哈哈哈哈！"刘家宗的嘴也不饶人。

"刘大嫂，这一年咋个没看到你在众家店卖豆腐乳呢？到哪里发财去了呢？"王二兴掌柜对刘王氏说。

"发啥财哟，让你见笑了。"刘王氏很不好意思，不想往下说。

他们吃了饭后，刘家宗将刘王氏送回家就回自己家去了。王胡和四个抬滑竿的脚夫仍然到他上次住过的那个"兴盛客栈"住宿。

这个客栈还是原来那个模样，装潢讲究，金碧辉煌，高档气派。登记室那个窄脸、金鱼眼睛、留着八字胡的中年男子，盯了一眼王胡后说："你上次来过？"王胡说："来过。"他又问："你上次在这客栈杀了人？"王胡说："杀过，还杀了几个，都是强盗。"他又问："你今晚又来住这里，不怕他们又来杀你？"王胡说："不怕，我还唯恐他们不来呢，好想再与他们拼个高下！"他不让四个抬滑竿的脚夫在这个客栈住宿，王胡说："你有胆量把我这四位兄弟拦在门外吗？"他盯了一眼王胡背着的那把亮晃晃的大朴刀，可能想起上次王胡砍死了两个、砍伤一个强盗的情景，禁不住打了一个寒噤，就咬紧牙关不开腔了。

王胡还是住在上次他与赵文生住过的那间后房的宿舍，四个脚夫就住在隔壁的房圈里。这一晚平安无事，可能是上次王胡在这里杀出了威风，不再有老鼠敢来舔猫鼻子了。

第二天拂晓，王胡就催促四位脚夫起床，还是在昨晚吃过饭的"果腹斋"吃了早餐后，就到刘王氏家去。

刚出饭店大门，四个脚夫走到侧边耳语片刻后，那位络腮胡、浓眉大眼的脚夫"嗨嗨"干笑两声后对王胡说他们就不去刘家了，直接回成都去。王胡想了一下，觉得他们的抬人任务已经完成，也没必要再留下来，就同意了他们的意见。

王胡穿过正街，往左拐出了南栅子门，径直向众家店方向走去。他一路上招来不少诧异的目光，尤其是他背上背着的那把亮晃晃的大朴刀和他那身武行短打紧身装束，特别惹人注目。有一位喜好观察社会动态的消闲人士曹灵通，在"汪拐子茶馆"的角落里喝茶时，用手遮住半边嘴角挤眉弄眼地对坐在身边喝茶的长辫子老头说："咦，我看这位武士来头不小咦，莫非这唐场要出大事？"

"唐场有钱洪泰舵爷的八把大朴刀，哪个不要命的还敢到这个码头来肇堂子？"长辫子老头很不以为然地摇了摇头笑着说。

"你还不知道？去年他那八把大朴刀手抢劫兴盛客栈时，被人家砍死了两个、一个被砍掉了右膀，哪还有八把大朴刀？"曹灵通说。

"这你又不知道了，人家又补添了三个大朴刀手，那不是八个是几个？"长辫子老头那神情很得意，一副很知内情的样子。

"强中还有强中手，我看刚才那个背大朴刀的武士就很不简单！"曹灵通啧啧称赞地说。

恰巧这时铁头和尚路过这里，听到他俩的对话。

"你们在说哪个有好凶好凶？"铁头和尚问。

曹灵通就将刚才从这里路过的那位身背大朴刀的武士的情况对他讲了一遍。他只问一句那武士的行走方向，曹灵通用手一指说是朝众家店方向走的。他二话没说，就朝着那个方向赶去。

"嗯，铁头对大朴刀，硬碰硬，今天可能有好戏看了！"曹灵通盯着铁头和尚的背影，神经兮兮地说。

"你呀，就巴不得人家杀得你死我活，心头才安逸！"长辫子老头说。

"你知道那铁头和尚是干啥的吗？哼，说出来那才是劲仗哟！"曹灵通说。

"哪个不晓得嘛，他是暗杀光绪皇帝未遂，逃跑到高峰寺来当和尚的嘛，凶得很，他的脑壳锄头都挖不动。"长辫子老头说。

这件事说的是：那年春耕插秧季节，一天晚上月光如昼，农民郭三当与他争水放，两人打起架来，郭三当用锄头挖他的脑壳，只见他的光头对着月光闪烁着火星，却安然无恙，可见他的铁头功夫何等了得。这铁头和尚为人耿直，专打抱不平，也容不下有任何邪恶势力对平民百姓耍威风。难怪得曹灵通说"铁头对大刀，硬碰硬，今天可能有好戏看了！"

这铁头和尚加快了脚步，很快就看到了王胡身背大朴刀昂首阔步向前走的背影。他与王胡保持着一段距离，只要能看到他的背影就行，不敢让他有所觉察。

王胡出于职业习惯，一边走一边很自然地扫视一下四周，凭他十分敏锐的观察力，已经觉察后面有人在跟踪。

他这一下就来了兴头，如果这次还能像上次在"兴盛客栈"那样，有几个脑袋提供给他试刀，岂不快哉？他有意放慢了脚步。

4

房屋前后都开满了花，桃红柳绿，带给这个家庭融融的暖意。刘王氏回来了，老奶奶一下就来了精神，夸兰花花如何细心照顾好她、如何把这个家的里里外外都收拾得巴巴适适，庄稼做得好、猪儿喂得肥，真是一个好姑娘。儿媳妇到成都后，她就是这个屋子的主人。兰花花说她做梦都在想婶娘快回家。刘王氏说她也好想回来，就是脱不开身。老奶奶觉得儿媳妇传承祖业，让豆腐乳的祖传手艺在成都开花结果，是刘家的荣耀。刘王氏只好低下了头，不好意思把在成都做豆腐乳不如在家做的味道的事告诉她，唯恐使她败了兴。

刘王氏把那个装着银圆的布囊拿给她们看，却警觉地听见门外传来脚步声，就慌忙把它塞进床底下。

王胡走进了屋子，大家面面相觑，似乎呆了。他咋个又来了呢？刘王氏不知说啥才好。

"你是我们的恩人咧，兰花花快给官人倒茶。"老奶奶道出了肺腑之言。

"要不是你和赵先生，我们这个家已经没有了。"刘王氏说。

铁头和尚就站在门外贴着壁头听他们说话。他很想进去，又唯恐影响了他们的谈话。

"我是来取水的。"王胡说。

"取啥水？"刘王氏问。

"取你家吃的水嘛。"王胡说。

"取水做啥用？"刘王氏问。

"你在成都做的豆腐乳，没有在家里做的豆腐乳好吃……"王胡说。

"那就是水的问题嘛。"老奶奶抢过了话头。

"哦，我晓得了，你是取我家用的水回去与成都的水比较一下，看是不是水有差别。"刘王氏说。

"老奶奶一下就晓得是水的问题，我还是要取水回去让赵主任和王厂长比较一下才行。"王胡说。

"我们做豆腐乳和家里的全部用水，都是在众家店的庙子里用水桶担回来的。"刘王氏说。

"哦，众家店离你家很近，上次我们到你家时在那里的大柏树上拴过马。"王胡说。

"那个庙里有三眼神泉，还有这三眼神泉的故事咧。"刘王氏说。

"三眼神泉？这个很有意思，你讲给我听吧。"王胡说。

接着，刘王氏就讲了这三眼神泉的故事：

这"众家店"的名称比"唐场"的资格还老，"唐场"是清朝康熙二年（1663）建场的。而"众家店"是早在明朝时期就有的，那时开初是由几个信奉佛教的大善人商量要建一座庙宇，就发了《万缘簿》在民间化缘集资修建的。庙宇修完后，命名为"兴安镇"，内涵"兴旺""平安"之意。开庙之后，朝拜者众，香火旺盛，还逐渐有了菜蔬、食品、家具、茶叶、针头麻线等交易，形成了小规模的市场。因此，有商家就请当地一位秀才在庙宇的高高"出山"（墙壁）上写了"众家店"三个斗大的字。有一年夏天，太阳像火球挂在当空燃烧，晒得庙宇天井里的晒衣竹竿也在"噼啪"爆响。天气出奇的炎热，庙宇里的那只黄犬也热得跑到柏树林里伸长舌头，喘着粗气，人们围在井边用水桶打上水来争相畅饮。几个碗同时伸进桶里舀水，这个人舀了一碗水后一饮而尽，那个人连忙接过空碗去舀水。几个碗，不停在人们手中传递，舀水，喝水，像是在做一场非常有趣的游戏。

附近也有不少农民挑着水桶到这里来打水，人们就在井边上排成了长龙。庙里的住持苗青法师见一口井不能满足大家的需要，就说要在庙里再挖一口井，话音刚落，就有几位年轻人站出来，愿意挖井。当天挖到天黑，就挖了一口井，泉水汩汩作响，不断往上冒泡，大家高兴了，准备第二天天亮就在井里砌石头，做成一口永久性的井。

几个年轻人很齐心，也很心急，天刚亮就去砌井，哪知走到井边一看，大家都惊呆了：这口井已经砌好了，而且装着满满一井的水。他们去问苗青法师，苗青法师也不知道是咋个一回事。他们问了周围的很多人，都没有一个人知道是咋个一回事。后来，大家得出一个结论是：兴安镇庙子出神仙了！

有一天，一位白发老太拄着木棍，在女儿的搀扶下，来给这口井前挂红，把很大一匹红缎子挂在井边的那棵皂角树上，还烧了一堆香烛纸钱，对着井口作揖磕头，口中念念有词。原来她是邛崃县东岳镇人，去年走亲戚在这里烧香拜佛时，喝了这口井里的水。正因为喝了这口井里的水，她失明两年的双眼竟渐渐地看得见东西了。这个消息很快传开，附近十里八乡的眼疾患者都纷纷来取水回家。附近几里的人都来这里挑水回家食用。为了满足大家的需要，苗青法师又喊大家挖了第三口井。这就是三眼神泉的来历。后来，由于"众家店"的名气越来越大，就代替了"兴安镇"这个名字了。

刘王氏讲"三眼神泉"的来历，王胡听得入神。已经讲完了，他还陶醉在故事里，一动也不动。

铁头和尚一步跨进了门，双手抱拳说："义士幸会，贫僧拜见！"

"师父在上，寒士回礼！"王胡拱手还礼。

铁头和尚突然出现，令王胡十分警觉，心存疑虑，又不便多问。

"自从我儿媳妇到成都后，多亏这位师父经常到我们家来照看，才没有歹人来欺负我们。"老奶奶对王胡说。

"师父有此善举，寒士十分敬佩。大家请便，我到众家店取水，后会有期。"王胡向大家拱手告辞。

屋子里的人恭恭敬敬地把王胡送出大门，依依惜别。

王胡径直到了众家店，看到不少善男信女正在庙里烧香拜佛，还有不少人在小摊上买东西。有些人见如此武士背着凶器进庙堂，都用惊异的目光盯着他。他没顾得那么多，就在井边用木桶打上水后，装满随身所带的玻璃酒瓶，就离开了众家店。

他穿过唐场正街，到了斜江河畔，站在码头边上等待江中载人的乌篷船慢慢向这边撑渡。

这正是春潮时节，满江碧波荡漾，两岸桃红柳绿，好一幅水乡美景。王胡悠闲自得，精神抖擞，何等惬意。

只见乌篷船缓缓撑到码头边上，等船上的人们上船后，王胡跟随等船的人们，依次上船。

三个身背大朴刀的壮士从船上走上岸后，其中一位额头上有个横刀疤的人棱眼盯了王胡一眼，扭头对身边的两位同行者悄声说一句"重新上船"，两位同行者对视一瞬，挤了一下眼睛，就心领神会地重新上了船。

在船上，王胡盯了那位额头上有刀疤的壮汉一眼，见他身上背着大朴刀，想到他和另外两个背大朴刀的壮汉重新返船的反常行为，脑海里立刻跳出两年前那晚在"兴盛客栈"与歹徒厮杀的情景。狭路相逢勇者胜，王胡胆大手痒，又迎来一次大显身手的难得机会！

乌篷船在王胡的急切盼望中终于抵达了彼岸，人们都纷纷上了岸。

王胡上岸时，那三个手持大朴刀的壮汉连忙跑到他的前面，在铺满鹅卵石的河坝里等着他过来。

王胡手持寒光闪烁的大朴刀，昂首阔步地向他们走去。

额头上有横刀疤的壮汉上前两步后说："冤有头，债有主，今天就是你的死期。不过，我要你死，也要你死个明白。两年前，你在兴盛客栈贷了两死一伤的血债，今天就要你用一条命来抵偿，这笔生意你是赚了的！"

"废话少说，看刀！老子还要赚你这三条狗命才回成都！"王胡大喝一声，就向前方冲去。

对方来不及搭话，就见王胡持着大朴刀冲杀过来。

四把大朴刀交叉砍杀，只见刀光晃来晃去，人影进退躲闪，"嚓嚓"声接连响起，砍杀得十分惨烈。

站在远处周围的人们，发出阵阵喝彩声。

王胡刀起刀落，"唰"的一声，额头上有刀疤的壮汉的右耳掉在了地上，鲜血淋淋。他痛得龇牙咧嘴，仍坚持与王胡对刀厮杀。

战了50多个回合，王胡三面迎敌，稍有闪失，就会死于这伙强盗的刀下。他已累得浑身是汗，气喘吁吁，站立不稳。绝处逢生，他瞅准时机，使尽浑身招数，奋起一刀，将额头上有刀疤的壮汉砍得脑花四溅，瘫在沙滩上不再动弹。那两位强盗见状，吓得魂飞魄散，抱头鼠窜。

第九章

建厂风波

1

王胡回到成都已是傍晚时分，在四川机器厂的住所将身上溅满血点的衣服脱下来换上了干净衣服。他又急忙到赵文生的寓所，将那个装满井水的玻璃酒瓶交给了他并向他禀报这次在唐场遇到的情况。赵文生拿到瓶子后，摇了又摇，看了又看，如获至宝。

赵文生的寓所很高大，也很宽阔，在成都老南门外的锦江河畔，是省府一位王姓官员调任京城后留下的府邸。这里除了住着赵文生，还有三位省府官员。

赵文生除了在四川机器厂办公室办公时，平素都在这里看书和做学问。

这时，他正坐在书房里听王胡禀告情况。王胡就坐在他的对面绘声绘色地讲得眉飞色舞、唾沫四溅。他也听得津津有味。

赵文生尤其对王胡所讲的"众家店三眼神泉"的故事很感兴趣，听着听着便扯出玻璃瓶木塞，将瓶里的水倒一些在小碗里。白花花的水清澈透明，他将小碗端到嘴边，轻轻喝一点进嘴里，觉得甘润淡甜，回味爽口，连连说："好水好水。"

"仅凭口感，我也觉得与红牌楼的水有很大区别。"王胡说。

"三眼神泉，太好了。那地方我们上次一同去了的，离刘兴发家只有两条田坎那么远。"赵文生笑着说。

"你说的意思我知道，三眼神泉离刘家很近，那么，地下的暗水是相通的。"王胡说。

"嗯，就是这个意思，我们如果在刘家侧边建个豆腐乳制造厂，挖个井的水质肯定与众家店里的三眼神泉是一样的。"赵文生说。

王胡频频点头，表示同意。

"你这次到唐场众家店取水收获不小，虽然遇上了冤家对头，但是凭你的高超武艺也已化险为夷，值得庆幸。又恰巧遇到了扶困救危的铁头和尚，有他保护刘家的安全，我们就完全放心了。"赵文生说。

翌日，赵文生与王兆伦一道到总督府，将王胡所说的全部情况如实向丁总督禀报。还将王胡从唐场众家店带回来的水，从玻璃瓶里倒在碗里让大家品味，都说："好水好水。"

丁总督同意赵文生和王兆伦提出的关于在唐场众家店附近的刘兴发家侧边修建"唐桥豆腐乳厂"的方案。

在四川机器厂饭堂吃早餐时，赵文生走过来对刘兴发说了厂里决定在他老家侧边的田里修建豆腐乳厂的事。刘兴发一听就非常高兴，但是，后来一想他就真的犯愁了，一桩心事让他整晚都睡不好觉。当初，家宅侧边的两亩田是以田抵债，写了纸约卖给"太平钱庄"庄主钱洪泰的，而且是瞒着母亲和奶奶，由自己一人做主与钱庄的管事王安清代表双方办理的手续。隐瞒了这么多年，现在要告诉母亲和奶奶，岂不被她们骂为"出卖家产的败家子"吗？若不告诉她们，动工后钱洪泰岂肯善罢甘休？四川机器厂也不会退让半分，岂不是要大动干戈？

隔了一天，赵文生派办公室的小辫子秘书到刘兴发的手枪车间，通知他立即到办公室。他到了办公室后，还没坐下，赵文生就告诉他："厂里已经决定在你家侧边修建唐桥豆腐乳厂，由你任厂长，刘家宗任技术副厂长，刘王氏任技术总监。建厂图纸由刘家宗和你负责绘制，与红牌楼的豆腐乳作坊布局基本一致。这个厂的产权完全属于你的家庭所有。建厂和一切启动资金由四川机器厂垫支，待投产盈利后归还。四川机器厂订购唐桥豆腐乳的数量和价格由双方协商决定，做到公平、公正，订立合同文书，长期保持购销关系。希望你们厂生产的唐桥豆腐乳走出四川、走向全国，让更多的人吃到这一味经典美食。"

"赵主任，你说要我担当厂长重任，能行吗？"刘兴发越听越觉得心里像压了块大石头，抹了把汗说。

"你行，你肯定行。这个厂是你家私人的，我只能给你提建议，但是，你是个难得的人才，你家有制作豆腐乳的祖传中药配制秘方，不发扬光大太可惜了。这样的美食不让更多的人享受也太可惜了。你说是不是？"赵文生说。

"你说得很有道理，我只是怀疑我有没有当这个豆腐乳厂厂长的能力。"刘兴发仍然信心不足。

"我们通过你在新津三渡水即使面临溺水危险也坚持救人，看出你有舍己救人的精神，是一个大善人；通过你被匪徒绑架关进土牢，也保全了性命，看出你在生死关头表现出了非凡的忍耐力和谋略；当你被陷害而推上杀场也临危不惧，表现出了你的英雄气概。所以，你完全有能力胜任豆腐乳厂厂长的职务哦。"赵文生说。

"赵主任，要在我家宅的侧边建豆腐乳厂首先就遇到一个很大的难题难以解决……"刘兴发说。

"有啥难题？有我们支持你，没有解决不了的难题。"赵文生用右手食指和拇指轻轻捻了捻他颏下的那撮痣胡子说。

"就是那个我家宅侧边的土地问题，那是已经卖给人家了的，现在不能在上面建豆腐乳厂。"刘兴发说。

"这有何难？重新买回来不就行了吗？"赵文生笑着说。

"买不回来了。那是在老虎口中去取牙骨，肯定买不回来了的。"刘兴发说。

"那就用你家另外的土地建厂房也行嘛。"赵文生说。

"我家只那块卖了的两亩土地，其余就没有了。"刘兴发无可奈何地说。

"那你说说为何买不回来了呢？"赵文生说。

"那家人有钱有势，有土匪武装，杀人放火，抢劫财物，无恶不作，谁也惹不起！"刘兴发说。

"别人惹不起，我们也惹不起？这种邪神野鬼，那是最怕正神的！"赵文生说。

"那我先找他的管账先生王安清谈一下，看他有啥好主意。"刘兴发说。

"他的管账先生能为你出好主意吗？"赵文生说。

"能，他是个好人。"刘兴发说。

"哦，这是怎么一回事呢？你说说看。"赵文生觉得有点蹊跷。

接着，他就向赵文生讲述了他家两亩地如何卖给"太平钱庄"庄主钱洪泰的来龙去脉。

说准确点，其实那两亩地不是卖给钱洪泰，是以田抵债的。这与刘兴发的父亲欠了钱洪泰大笔债务有关。刘兴发的家很穷，除了耕种两亩地的庄稼，就靠他的父亲推鸡公车帮人运货为生。有一次帮大邑县城一家酒厂用鸡公车推煤炭，好不容易翻过了孙家坡，哪知下坡快到山脚时已经精疲力竭，脚弯一闪，眼前一黑，脑子一晕，车头一偏，便连人带车栽下了山崖。钱洪泰坐着滑竿、带着保镖，立即将他救起，请人抬到县城医馆治疗，全部药费由钱洪泰借付。两月后未愈回家。待钱洪泰派管事王安清到刘家索账时，恰逢刘兴发的父亲前一天亡故，还在床上无钱安葬。王安清非常同情刘家的不幸遭遇，回去求钱洪泰再借一笔安葬费给刘家处理死者后事，等待刘兴发到外做苦工挣钱后归还。钱洪泰要王安清到刘家逼其以田抵债，写纸约文书，将家宅侧边的两亩土地划归钱洪泰所有。王安清晓之以理、动之以情，苦苦相劝仍无济于事，钱洪泰还说当初借钱给刘兴发父亲医伤，就是盯上了刘家的两亩土地。王安清百般无奈，只好向刘兴发吐露真情。刘兴发非常理解王安清的苦衷，就在纸约上画了押，也按了手印。从此，这刘家仅有的一块良田就永远归钱家所有了。

赵文生听了刘兴发的一番心酸的讲述，长长地吁了一口气。

刘兴发也忍不住抹了一把泪水。

"还有一个最大的问题是，当时我是瞒着母亲和奶奶偷偷与王安清签的纸约，现在如果把这件事的真相说出来，咋个才能得到她们的谅解？"刘兴发说。

"当初签以田抵债的文约时，你为啥要瞒着她们？"赵文生说。

"当时如果告诉她们，她们肯定不同意的，就无法归还钱洪泰的债务。我是想暂时把那一船撑过去，我到成都卖工，拼死老命也要挣钱回家把那两亩地赎回来。"刘兴发说。

"那你刚才为啥还说赎不回来？"赵文生说。

"我知道他穷凶极恶的本性，我们要把那块田赎回来，好比从老虎嘴里取牙骨，那真是难上加难哟！"

"你的能力还没有爆发出来，现在，你应该相信你的能力会把摆在面前的一切疑难问题，都处理得巴巴适适的。"赵文生说。

"那我试试看。"刘兴发的脑子稍微有点开窍了，渐渐地增强了信心和勇气。

"从今天起，你就不在这里上班了，回去新建个唐桥豆腐乳厂，你当厂长。你的前程是很宽广的。"赵文生说。

当天刘兴发就在四川机器厂结清了劳资账目，带着一个装满银圆的布囊回家了。

回家后，他似乎胸有成竹，见了全家亲人后，第一件事就是去拜访钱洪泰的管账先生王安清。

2

王安清的家住在安仁镇三柏洞桥边的一个独院里。

这是一座古雅、阔绰的四合院，龙门高耸，上挂金匾书写着"华栋凌云"四个大字。

龙门两旁各有两棵桢楠古树苍劲挺拔，冠盖蔽天。前面是一道画着雄狮的屏墙，成为一道尤为壮观的风景线。

王安清的父亲王远疆是咸丰年间的一位清官，因受奸臣所害，革职为民，在此养老告终。他谆谆教诲子孙，要多行善举，救困扶危，切不可欺软怕恶、为虎作伥。按他的遗嘱，死后将此宅捐给国家。现在已是成都的一家养老院，收留赡养30多个孤寡老人。王安清担任这里的管账先生，还被钱洪泰聘为管账先生。他平时也住在这里。

刘兴发来时，他正在一间屋子里翻开账簿，打着算盘算账。

他抬头看到刘兴发，心想这人无事不登三宝殿，肯定遇到啥棘手问题了，便连忙招呼刘兴发坐下，还倒了一杯热茶。

他俩寒暄后，刘兴发便开门见山地说："王先生，我想把几年前以田抵债给钱庄主的两亩地赎回来，这要烦劳你多多帮忙。"刘兴发说。

"你这几年到成都闯荡，找到钱窝窝了吗？"王安清上下打量着刘兴发，用赞赏的眼光盯着刘兴发说，"咦，看不出来嘛。"

"在成都打零工，没有挣到钱，现在只好回家耕种田土为生，但是已经连打老鸹的一块土巴也没有了，全家人咋个生活？所以，我恳求王先生在钱庄主那里美言几句，帮我把那两亩祖业赎回来。"刘兴发没有把建厂的真情告诉他，使他能理直气壮地到钱洪泰那里为自己说话。

"那你有钱去赎回土地吗？"王安清问。

"有的，我在几家亲戚那里借来凑合的。"刘兴发说。

"我隐约还记得，当初好像是 20 两白银哟，这笔数也不小咧。"王安清的言下之意是：如果不够，我还可以借点给你凑数。

"是的，我已经借足了 20 两白银。"刘兴发说。

"你这件事很重要，明天我就到太平钱庄去找钱庄主谈这件事，我想不会有多大问题的。"王安清说。

"多谢多谢，王先生，劳神之处，日后酬谢。拜托了。暂别，我改天再来拜访。"刘兴发拱手告辞。王安清将他送出了大门，双方同时拱手告别。

刘兴发前脚一走，王安清后脚就去找钱洪泰。王安清这人的性格是：只要受人之托，就会当成自己的事去做，绝不敷衍塞责。他是骑着一匹小白马去的。到了太平钱庄大门外，把马拴在石桩上，正要进大门，就见钱洪泰带着两个大朴刀手从大门出来。他见王安清急急忙忙的样子，便问："王先生有何急事？"

"有一件很重要的事，我正要与你相商。"王安清说。

"我有急事出去一趟，回来再与你商量。"钱洪泰也很着急的样子。

王安清不知道他有啥急事，也不便打听，只望着他带着两个大朴刀手骑着马渐渐远去的背影，心里五味杂陈，不知究竟是何种滋味。

当晚，王安清又去找钱洪泰，刚在大门外的石桩上拴好那匹小白马，走到大门口时，守门的壮汉告诉他说庄主刚刚回家。他径直走进客堂，见钱洪泰正坐在正堂的那把铺着虎皮的太师椅上，满脸的杀气，让人望而生畏。只见钱洪泰面前的桌案上放着一张帕子，帕子上面放着一只血迹模糊的人耳。他惊愕万分，似乎听到脑子里"嗡"的一声，心脏怦怦乱跳，几乎要晕了过去。

"看到了吗？这就是欠账不还者的下场。这些家伙真是不见棺材不掉泪，把耳朵给他割下来，他到别处去借钱也得把欠我的钱全部还清了。"钱洪泰说。

王安清被吓得目瞪口呆，一时还未回过神来。

"谁不怕死？我还没有见过不怕死的人，我割了他的耳朵，如果再不还钱，我就把他的膀子下了。如果再不还钱，我就把他的身体当成一部机器，把零件一块一块卸下来。"

"你割了他的耳朵还拿回来干啥？怪吓人的。"王安清似乎这才清醒过来。

"明天我们还要去张大义家收烂账，如果他不知趣，我就把这只耳朵给他看，看他还敢不还钱吗！"钱洪泰说。

"庄主，搞这些血淋淋的事，你何必亲自动手，喊一个手下的人去干，不就了事了？"王安清说。

"他们能有我的杀气吗？我出马才镇得住堂子！他们还嫩了点，我不出马不行！"钱洪泰说。

"庄主威震四方，所向披靡，谁敢反其道而行之？谁也不敢。"王安清说。

"你今天就来找我两次，有啥要事？"钱洪泰说。

"前年，刘兴发已经将他家的两亩土地以田抵债，签了纸约文书，属于你的产权了。之后，他到成都卖苦力为生，难以度日，现在他又回来了……"王安清说。

"他回来与我有啥相干？你就告诉我这些鸡毛蒜皮的事吗？"钱洪泰有些不耐烦地说。

"他是想把两亩地赎回去耕种。"王安清不慌不忙地说。

"他哪有钱赎回去？"钱洪泰说。

"我也是这么想的，就问他，他说是向几家亲戚借来凑合的。"王安清说。

"你还记得吗？那是 20 两白银哟。"钱洪泰说。

"记得记得，完全记得，当时我代表你与他签的纸约文书，印象很深很深的。"王安清说。

"纸约我还放在匣子里的。"钱洪泰说。

王安清看见过那个匣子，匣子是铁铸的，里面专门放着一些非常重要的法律文书。钱洪泰将匣子钥匙放在一个非常秘密的地方，连他的家人也不知道。

"庄主，你放心，刘兴发要赎回那两亩土地，还是那 20 两白银，一个边边角角也不能少。这个包在我身上，我会把今天在你这里看到的人耳朵说给他听，我也不相信世间上有不怕死的人！"王安清说。

"你听他说话的口气是不是非要赎回这两亩土地不可？"钱洪泰挠了挠头说。

"这个……"王安清也挠了挠头，考虑咋个回答。

"如果他非要赎回不可的话，那就不是原价可以赎回的，至少要他 30 两银子。"钱洪泰说。

"呵呵，这个穷光蛋，就这 20 两银子都把他逼慌了，30 两银子会把他逼上吊的。"王安清愁眉苦脸地说。

"不管他那么多，30 两就是 30 两，就这个数，你去告诉他，少个边边角角休想把那块风水宝地赎回去！"钱洪泰斩钉截铁地说。

"钱庄主，你家大业大的，就放这个穷鬼一马吧。30两白银，他拼上全家人的性命也拿不出来呀！"王安清哭丧着脸说。

"干竹篙也会熬出油来，钱不够就由他去想办法吧！你给我当管账先生就一定要维护我的利益。那天我对你说过，家大业大也是这样从一点一滴积累起来的嘛。"钱洪泰说。

王安清还要说点啥，但一时想不好该说啥。

"就这样吧，要说的都说了。"钱洪泰说。

王安清非常沮丧地离开太平钱庄时，反转身子盯了大门上楣那块金字招牌"太平钱庄"四个大字，鼻孔里发出"哼"的一声，心里想着这太平钱庄总是不太平哟！

他慢吞吞地解开石桩上的马绳，骑着小白马没精打采地往回走。

他知道钱洪泰这人，为了钱财，会不择手段地玩弄各种花样。唯恐钱洪泰再次生变，第二天，他就与刘兴发一起带着30两白花花的银子来见钱洪泰，要与他签订赎回两亩土地的纸约文书。

3

烟雨蒙蒙，天昏地暗，好像给刘兴发的心里也蒙上了一层阴影。刘兴发挎着一个黑色布囊，跟随王安清徒步来到太平钱庄。守门的壮汉告诉王安清说庄主在庄上。王安清带着刘兴发进了大门，径直走进了厅堂。

钱洪泰斜躺在虎皮太师椅上，微闭着双眼，舒坦地享受着一位妙龄少女给他捏肩按摩。

他坐了起来，轻轻向少女打了个手势，少女便像水中的一尾小鱼一样轻轻地游走了。

庄主好，我把刘兴发带来了。"王安清非常礼貌地躬了一下身子说。

这就是你说的那个刘兴发？你带他来干啥？"钱洪泰故意铁着脸说。

昨天我与你说好的，要他带30两银子来赎回那两亩土地嘛。"王安清说。

不是我要他来，你昨天说是他要来嘛。"钱洪泰说。

昨天，我是说他要用原价20两银子赎回那两亩土地，你要30两银子，他现在已经带来了。"王安清转身对刘兴发说，你把布囊里的30两银子点给他。"

刘兴发迟疑着没有动弹，唯恐交了钱后对方再生变。

30两？有那么便宜的吗？"钱洪泰说。

钱庄主，昨天说好的嘛，今天他已经把银子带来了，就不再变了吧。"王安清的脸都气青了，说话也显得没有了神气。

昨天说的？那只管昨天嘛，今天不说昨天话。"钱洪泰说。钱庄主，你咋个变得那么快？唉？"王安清有些绝望的感觉。

变得快？我这是一天一个价嘛，那市场上的青菜萝卜还一天几个价咧。"钱洪泰得意扬扬地说。

小刘，你看这个情况咋个办？"王安清非常难为情地对刘兴发说。

我这30两银子都是东借点西借点凑成的。再加一分我也没有了。"刘兴发说。

那你就把田赎不回去了，你甘心吗？"钱洪泰问刘兴发。

"这是没有办法的事，我只有认命了。庄主，告辞，后会有期。"刘兴发说着，拱手告辞。

刘兴发刚走两步，王安清上前拉住他的衣袖。

"王先生，我不赎回这两亩土地也好，免得再借亲戚那么多债。我还是到成都抬滑竿算了。"刘兴发哭丧着脸无可奈何地说。

"好说好商量，你不能走，人家钱庄主也不稀罕你那点血汗钱的。"王安清转面对钱洪泰说，"钱庄主，30两就30两吧，算了算

173

了，就这样定了。我给你们写纸约。"

钱洪泰不置可否，两眼盯住手腕上的玉圈在变颜色。王安清摆好砚台和笔墨纸张。刘兴发站在侧边给他磨墨。王安清开始写纸约文书。过了一会儿，王安清写好了，拿到钱洪泰面前请他画押和按手印。

"看在王先生的面子上，今天我算是打让手了，吃大亏了。哎？王先生，你说是不是？"钱洪泰居然如此说。

"多积德，会有好报的。"王安清说。

钱洪泰在纸约文书上画了押和按了手印。

刘兴发也在纸约文书上画了押和按了手印。

"钱呢？拿来！"钱洪泰对刘兴发伸出手掌说。

刘兴发将布囊里的银圆倒在桌案上，数给钱洪泰。

"刘兴发，我这么便宜就把田退给你了，你千万别忘了我的大恩大德哟。"钱洪泰说。

"当然记在心里的。"刘兴发说。

刘兴发与王安清一道走了。

钱洪泰盯着桌案上的这一堆闪闪发亮的银圆发呆。

走出大门不多远，刘兴发就问王安清："王先生，我非常冒昧地问你一个问题，但又怕你不高兴。"刘兴发吞吞吐吐地说。

"你说吧，你有话就尽管说吧。"

"这钱洪泰这么坏，你为啥还心甘情愿地在他那里当管账先生？"刘兴发说。

"我原先不知道他有这么坏，只知道他是方圆几十里内的大富豪。后来在他那里干了一段时间账务管理后，才知道他是个雁过拔毛的无耻小人！"王安清说。

"那你知道他是这样的人后，为啥还不离开这个虎狼之地？"刘兴发说。

"我一开始就签订了三年的纸约文书呀，咋能中途离开呢？一万个不可能的。"王安清说。

"你家也是个豪门大户，为啥你还稀罕挣那点管账先生的银子呢？"刘兴发说。

"我家的大宅已经捐给地方政府办养老院，我当管账先生所得的银两也悉数捐给养老院了。"王安清说。

"王先生，你的高尚品质值得晚辈学习。将来有一天我翻稍发迹了，也会像你一样多为社会做贡献的。"刘兴发说。

"有你这句话我就放心了，看来我真的没有看错人。"王安清说。

刘兴发像从老虎嘴里取牙骨，好不容易才用 30 两银子从钱洪泰那里赎回了几年前"以田抵债"的两亩良田。这下就要正式建豆腐乳厂了。

当晚，刘兴发请足智多谋、见多识广的王安清先生留下，把母亲刘王氏和幺爸刘家宗召集在堂屋里商谈此事。他提出的第一个问题是：这个豆腐乳厂应当取个啥子名字才巴适。大家都不吭气，闷着头动脑筋。

王安清说："名不正则言不顺，新建的豆腐乳厂取个啥子名字十分重要。"

刘兴发说："是的，我就在想把厂名取好，打出一个百年老店的老招牌！"

刘家宗说："干脆就叫'唐桥豆腐乳厂'吧，其实这已经是老招牌了，当初你祖父在那块地方建个小作坊就是叫'唐桥豆腐乳厂'这是个响当当的老招牌。"

刘王氏有些激动地说："是呀，我在众家店的阶沿上卖这么多年泥豆腐，是出了名的'唐桥泥豆腐'嘛。"

刘家宗说："'泥豆腐'，就是豆腐乳嘛。"

王安清："我知道你们为啥要用'唐桥'，这个地名作为豆腐乳厂的名称了。"

刘兴发笑了，说："走，我们出去看夜景吧。"

圆圆的月亮像铜镜挂在天边，月光如水，洗白了大地。

他们出得门来，慢慢向不远处泉水河上的一座红砂石拱桥走去。

他们站在桥上，观赏这里的夜景。桥下的河水翻卷着银色微波，感觉整个世界都十分清静。

这座红砂石桥就是"唐桥"——"唐桥豆腐乳"食品的发源地！

4

创业难。

建唐桥豆腐乳厂，从绘制建筑图样，到打夯地基购置建筑材料组织泥木雕解各门类工匠，再到正式开工建设，最后装潢涂抹等一系列的工序，历经两个多月，才建成了一座完整的厂房。然后，就是购置石磨大坛等多种制造豆腐乳的工具，组织制作豆腐乳所需工匠的班子。

这些日子，刘兴发一直都忙得晕头转向，他这才深切感觉到王兰花在这个家庭中的重要作用。

刘兴发知道，前段时间母亲到成都的豆腐乳作坊当技师，幸好有王兰花在家照顾奶奶的生活起居，假如奶奶稍有不测—病了，她还会很好地护理，帮忙请医看病。这就让他和母亲都非常放心。如今，母亲和他都回老家来修建唐桥豆腐乳厂了，眼下正在筹备投产的事，这一连串的活路千头万绪，照顾老奶奶的事，仍然离不开王兰花。

刘兴发和母亲每天都忙得焦头烂额，王兰花看在眼里，疼在心里，在照顾老奶奶的当儿，总想为发哥和婶娘做点事。只要见他们有换下来的衣服，她就赶快拿到井台边上去打水在木盆里洗了。这眼井是刚挖成、砌好的，白花花的水很清澈，尝一口还有一丝淡淡的甜味。过去，他家几代人都像附近几个林盘的乡亲们一样，每天清晨都要担着水桶，到众家店庙里排着队取神泉里的水回家食用，挺费神的。

这眼新井是豆腐乳厂专门用来制造豆腐乳用的，上面加了木制盖板，还加了铜锁。

王兰花在这井台边上洗衣服的时候，每次都要站在井口前，看井里自己娇小乖巧的倒影。有时，她在不经意间瞥见刘兴发在远处看她，她慌忙去洗衣服，有些手忙脚乱，心里"咚咚"乱跳，脸也变成了桃红色。

这天早晨，婶娘还未起床，王兰花就将一碗冒着热气的荷包蛋放在床头木柜上。

刘兴发的心里只装着一座崭新的豆腐乳厂和那些刚买回来的生产设备和工具。他还在内心谋算下一步如何进行生产，将会遇到何种难题等。他跟着母亲走，母亲像一根无形的绳线牵着他，母亲走到哪里，他就走到哪里。他们拐左弯，顺着一条流淌着清澈水花的河慢慢往下走。这条河的名称就叫"泉水河"。

刘兴发以为母亲约他出来是要谈豆腐乳厂的事，便笑着说："这座桥会因为我们在这里建豆腐乳厂而名扬千古的。"

"你觉得兰花花这人咋样？"刘王氏突然问。

"你咋问起她来了？"刘兴发很诧异地说。

这时，突然有个人影走过来。

刘兴发和母亲等来人走到近处时，才看清是王安清。

王安清蹲下身子，在朦胧夜色中扫视一下周围动静，看是否有可疑迹象。他的突然出现，使刘王氏母子俩都感到十分诧异，没有说啥。

"你们母子俩在这里干啥？快到你家里去，我有重要事情给你们说。"王安清惊惊慌慌地说。

"王先生，就在这里说不行吗？"刘王氏说。

"王先生说不行，肯定不行，那就进屋去说吧。"刘兴发说。

他们到了屋里，王安清将双扇门闩上。

"是这样的，钱洪泰已经知道你建了豆腐乳制造厂，还派钱二侠

177

暗中来看过，你们是不知道的。"

"他究竟想要干啥子？"刘兴发有些着急地问。

"明天他就会派钱二侠来找你。"王安清说。

"他找我干啥子？"刘兴发又打断了对方的话。

"借钱给你，放高利贷。利滚利，要不了几年，你辛辛苦苦挣来的钱，全是他的了。"王安清说。

"天底下哪有这本书卖？"刘兴发有些愠怒地说。

"咋不是？当初你爸爸推鸡公车出事，他借钱给你爸爸医病，就是那利滚利，把我的家业全部出脱在他手里了。"刘王氏说。

"就是这么回事。"王安清说。

"王先生，你来告诉我们这些，是啥子意思？"刘王氏说。

"你是不是怕我们再次上他的当？"刘兴发说。

"就是这个意思。"王安清说，"我事前给你们通个气，明天钱二侠来，你们就晓得咋个应付了。"

王安清还告诉刘王氏母子俩钱二侠是何等角色：中年汉子，在清兵营盘中当过师爷，人称"笑面虎"，面善心毒，稍不提防，就有可能会被他的暗箭所伤。

王安清走后，刘王氏闷闷不乐，预感到又一场大祸即将临头。刘兴发也颇为踌躇：要借钱呢，肯定会被钱洪泰的高利贷整得倾家荡产；要是不借呢，钱洪泰以为我家藏万贯，会将家里洗劫一空。

第二天，钱二侠带着两个随从来到刘兴发家里。刘王氏和王兰花正在拣择簸箕里黄豆的烂霉颗粒。刘兴发连忙给他们拿烟倒茶。

"哈哈……"钱二侠未开言就打了两个干哈哈。刘兴发见这人窄脸，细眉，螃蟹眼睛，一副老奸巨猾的样子。

刘兴发和母亲都不开腔，看对方玩什么戏法。

钱二侠从腰上拴着的"伴肚子"荷包里取出3块银圆，轻轻放在桌上。

"哈哈！"钱二侠又打了个干哈哈说，"小意思哈，钱庄主要我给你们带来的。"

"钱先生，请你暂时将这份厚礼留着，等到我们豆腐乳厂举行开张酒宴时，再来交吧。"刘兴发非常客气地说。

"哈哈，大礼？"钱二侠狡黠地抿嘴一笑说，"今天我来不仅是给你带来了三块大洋的小礼物，还给你带来一笔很大礼物的消息。哈哈！"

刘兴发知道对方说的是啥子意思，只与母亲对视一下，啥也不说。

"不容易啊，你们母子俩白手起家，建起了这个厂。钱庄主非常担心你们，亲自派我登门拜访，看你们有啥困难，他会帮你们解决的。哈哈。"钱二侠说。

"钱先生，麻烦你回去告诉钱庄主，就说我们一家人感谢他的大礼，下辈子也忘不了他的大恩大德……"刘王氏说。

刘王氏想起了丈夫死后，在钱庄主那里借了利滚利的高利贷和被人逼债的情景，便泪眼婆娑，禁不住抹了一把泪。

"哈哈。"钱二侠一下就激动起来，"嫂子是一个知道感恩的人，一说起钱庄主就激动成那个样儿。嫂子，别激动，钱庄主会继续帮助你们一家人的。"

刘兴发垂着头，不知说啥好。

"小刘，哈哈。"钱二侠把双螃蟹眼骨碌碌转了两圈后，盯着刘兴发说，年轻人，干脆点，就等你的一句话。你说需要多少钱？你说一下，你这个豆腐乳厂还需要多少钱才能开工做出豆腐乳？"

"钱先生，我们借了亲戚朋友的钱，凑凑合合算是把厂房修起来了。这下要生产豆腐乳，亲戚朋友又伸出手来再拉我们一把，连我们都不好意思了。"刘兴发说。

"这就是你们的不对了。明明钱庄主这么多年来一直在扶持你们，你们却去麻烦亲戚朋友干啥？"钱二侠说。

"不是我们要去麻烦他们，是他们撵上门来送钱，推都推不出去呀！"刘兴发微笑着说。

"我想你也没有富亲戚,人家勒紧裤带把钱借给你,你要好久才能归还人家?把人家拖得半死不活的,你们两娘母其心何忍?还是把钱退给人家吧。"钱二侠说。

"我们也有个把富亲戚的,钱先生,这你就不知道了。"刘兴发说。

"哈哈,你说得太传奇了,像你们这样的农家小户也有富亲戚?你说这话只有 3 岁孩童才相信。"钱二侠用有点讥讽的口吻说。

"你不相信,就等到我们厂办开张酒宴那天,你来看嘛。哈哈!"刘兴发说。

"哈哈,好吧。真是茅草房还有灯来要嘞!哈哈!"钱二侠说。就是,就是,你说得太好了!"刘兴发说。

"那你的意思是,真的不需要钱庄主借钱给你了?"钱二侠用威逼的目光盯着对方说。

刘王氏实在忍受不了,想说话又被儿子打手势制止了。

"妈,你去休息吧。"刘兴发说。

刘王氏很不高兴地进内室去了。

"那你的意思是,你们厂举办开张酒宴时,你那位富亲戚肯定会到场吗?"钱二侠说。

"肯定会到场的。"刘兴发非常肯定地说。

"好吧,那我就耐心等那一天来大开眼界吧。"钱二侠再次用讥讽的口吻说。

"欢迎你届时光临指导。"刘兴发说。

"哈哈,到时候不仅是我要来,就连家财万贯的钱庄主也会来的。"钱二侠说。

"那就更好。"刘兴发说。

"刘兴发,那我还不得不告诉你:钱庄主还会带着他那 10 个大朴刀手亲临现场的!"钱二侠再次威逼对方说。

"不请自来,唯恐他们不来呢!"刘兴发面无惧色地说。

"刘兴发，你好大的口气！哈哈！"钱二侠的眼里露出一丝凶光。

"哈哈！刘先生，你抬高我了！"刘兴发说。

"哼，我才不会抬高你呢，哈哈！"钱二侠说。

"哈哈！"刘兴发也打了个干哈哈。

"哈哈！"钱二侠又打了个干哈哈后，咬紧牙关，双脚在地上跺得咚咚响，恶狠狠地走了。

第九章　建厂风波

第十章

蹊跷送礼

1

刘王氏急忙从内室走出来非常焦急地站在儿子面前。

"刚过两天太平日子看来祸水又要冒出来了。"刘王氏满脸愁苦的样子急得泪水在眼眶里转。

"妈别急现在的情况已经与前几年不一样了。"刘兴发安慰母亲说。

"我晓得你是说有省上那位痣胡子先生撑腰嘛。"刘王氏有气无力地说。

"岂止是痣胡子哟还有丁总督咧!"刘兴发说。

"你甭想得那么好那是远水救不了近火哟!"刘王氏说。

王兰花从内室走出来在刘王氏耳边悄悄说了两句话就走了。刘王氏跟着也进了内室。

这时外边传来一位女子十分凄惨的叫声:"打死人哟救人哟!"

刘兴发正要往外走王兰花从内屋出来告诉他奶奶病了。

他急忙来到奶奶的床前见奶奶十分痛苦地呻吟着便问奶奶哪里痛奶奶说不出话只伸出右手的食指和中指。刘兴发见奶奶的手指都有些乌黑心里顿时觉得有些隐痛知道奶奶的病已经很严重了。刘王氏见老娘的两根指头老是没有收回去冥思苦想了多时也猜不出是啥意思。

刘兴发知道奶奶伸出两根指头是啥意思但他就是不想说出口。他盯了一眼王兰花她的面颊突然飞过一团红晕很不好意思地把脸转向一边。

刘兴发要母亲和王兰花暂时出去一会儿。

刘王氏和王兰花都觉得莫名其妙对视一眼后都出去了。

刘兴发走到门口伸头向外看一眼母亲和王兰花已经走出大门外几丈远。他这才走到奶奶的床前,对奶奶说:"奶奶,你别担心我与兰花花的事，等到豆腐乳厂正式投产，生产走上正路后，我就与兰花花完婚。"老奶奶听了孙儿的这番表述后，就把两根指头收拢了。可能是回光返照吧，她的脸上掠过一丝淡淡的笑容，然后就永远凝固了。

突然，一个披头散发的女人从外面闯了进来，见这家里死了人，全家人都在号啕大哭，便慌忙逃走了。这位年轻女子是在男人死后不满百日，就与媒婆一起去相亲，公婆知晓后，就请人对她进行一阵暴打。这时，她到刘兴发家来是在寻求避难之所。后来，她钻进了新建豆腐乳厂的仓库里，才逃过了这一劫。晚上，刘王氏问明了情况，就把她留下，让她在豆腐乳厂做工。她的名字叫刘桂兰，30多岁，圆盘脸形，浓眉大眼，脑后绾着个大发髻，是个勤快节俭的好农妇。

这刘家在豆腐乳厂开张生产前，死了老人家，给全家人的心里都蒙上了一层阴影。按照风俗习惯和现在的家境，刘兴发买了那上等棺椁，做了7天大道场，唐氏家族几十人都为这个丧事忙得跑上跑下，尤其是刘家宗，因为是她的亲侄儿，硬是这次办丧事的顶梁柱。

王兰花原本是在刘家母子都到成都谋生时，家里无人照顾老人家的饮食起居，才来到刘家照顾老人的。这下老人去世了，但也得留在刘家，这是老人临终时用两根指头的"遗嘱"就定了的。何况，刘王氏也挺喜欢这个未来的儿媳妇。王兰花当然是巴心巴肝为这个家庭好的。

日子也过得真快，一晃又过了两个月。明天，新建的唐桥豆腐乳厂就要举办开张仪式，今晚唐场正街太平钱庄内灯火通明，警戒森严，如临大敌。

钱洪泰与钱二侠正在密室里策划怎样对付这次唐桥豆腐乳厂举办开张仪式的事情。

这是一次十分秘密的商谈，在这件事情上，钱洪泰除了信得过钱二侠，对任何人也不相信，尤其是王安清是他最为防备的。前年，他派王安清去刘家办理以田抵债的文约画押时，他发觉王安清是同情刘家，偏向刘家的。所以，这次以后在与刘家交涉时，就完全不向王安清泄露一点风声。

这时，钱洪泰正赤着上身，只穿一条内裤，肥胖的身躯像一只肥猪躺在一把十分精致的竹木睡椅上，右手扇着一把大纸扇，左手拿着一张白色手巾不时擦一下身上的汗水。钱二侠是个干瘪人，全身瘦得稍比猴子强一些，也热，但不像钱洪泰那么难受，手里的蒲扇也扇得不是那么的起劲。

"这口恶气我很难咽下！"钱洪泰"啪"一声把纸扇甩在身边的茶几上，"这么些年来，在唐场这块地盘上还没有哪个敢在我钱某人面前摆个谱！"

那天钱二侠受钱洪泰指使到刘家说愿意借钱给刘兴发，出乎钱洪泰的意料，竟然遭到刘兴发的婉言拒绝。钱洪泰与钱二侠商量，想趁着刘兴发明天举办豆腐乳厂开张仪式的机会，打他一个措手不及。

"庄主，我看他刘兴发敢于硬顶，是不是他的背后真的有一个硬后台给他支撑起的？我们都应该把问题看得复杂点才行。"钱二侠转动着那双螃蟹眼睛说。

"你说他那天说的只不过是有一个有钱的亲戚嘛，那算啥子硬后台？"钱洪泰吸着铜烟袋嘴里的水烟，吐了一串烟圈后，用鄙夷不屑的眼光盯了一眼钱二侠说。

"是的，那天他只说是有一个富亲戚，没有说过有当官背景的亲戚。"钱二侠扇了两下蒲扇后说。

"现而今这个世道，没有硬后台，只有一个富亲戚顶个球用！"钱洪泰又抓起茶几上的纸扇狠狠地扇了几下。

"我看就别理他那么多。"钱二侠说。

"你说这话是啥子意思？"钱洪泰诧异地望着钱二侠。

"这个……"钱二侠张口说不出个道道来。

"我告诉你，你不要像王安清一样，我要你去刘家办的事，你暗中却在维护他。手肘子不能往外弯哟！"钱洪泰铁着脸厉声说。

"哪里哪里，我是掏心掏肺为庄主做事的哟！以性命担保，我钱二侠是忠心保主，绝无二心！"钱二侠脸都吓青，差点给钱洪泰跪下磕头了。

"那你的意思究竟是啥子？咋个对付这刘家的豆腐乳厂开张仪式？"钱洪泰跷着二郎腿，轻轻抖动了几下。

"我刚才说的不理他，就是不在乎他说了些啥子，我们该咋个整就咋个整，想咋个整就咋个整。"钱二侠的脑筋急忙转弯，知道对方需要啥子就说啥子。

"这还差不多，那你说应该咋个整？"钱洪泰乐意了，脸色转阴为晴。

"我说嘛，准备两手。"钱二侠胸有成竹地说。

"哪两手？你继续说吧。"钱洪泰说。

"这两手嘛……"钱二侠搔了搔头皮说，"硬的和软的嘛。"

"你说具体点嘛！"钱洪泰说。

"硬的就是把10个大朴刀手调去，吓死人哟；软的就是假装去赶礼，给他一个大红包，实际上就是来个死鬼拍门，虽然他心中不想收下，但也不好拒绝。今后就用这笔钱为底数，来个连滚翻，利滚利，他开豆腐乳厂赚的钱也等于替你干……"钱二侠越说越起劲，越说越玄乎。

"啪"的一声，钱洪泰将纸扇在茶几上一拍，高声吼道："胆大钱二侠！你难道要把钱某人当成猴子耍？"

"钱庄主，小人不敢，小人不敢，只是小人才疏学浅，胡说八道，等于放屁，大人不计小人过，要打要骂，由庄主随便。"钱二侠躬身站着，腿脚也有点颤抖。

钱洪泰闭着眼睛，躺在睡椅上像是在养神。

这间密室里很静，很静，只听到门外传来"笃笃"的脚步声，接着就有轻轻的敲门声。

钱洪泰一下警觉起来，知道若非有何重大情况，是没有人敢来随便敲这密室门的。他向钱二侠递了个眼色，钱二侠知趣地开门走了。

一位穿白绸汗衫的中年壮汉，向钱洪泰双手打拱后，用手捂住半边嘴角在钱洪泰耳边叽里咕噜说了几句，钱洪泰只是点头不说话。那人走后，钱二侠又进屋来了。凡是有人来与钱洪泰谈事，钱二侠都得离开，这是规矩。何况来者是钱洪泰的情报主事，本名叫包大廷，外号叫"包打听"，实际上他就是钱洪泰的耳目和探子，在唐场内外是出了名的，难怪人们只要见了他都会避而远之。

这一次，钱洪泰向钱二侠告诉了"包打听"刚才来禀告的紧急情报：刚才有一队骑着高头大马、背上都背着大朴刀的武士从唐场街上穿场而过，把大家都震惊了。"包打听"也未亲眼见到，只是听人家说的，但是他每次向钱庄主报告的情况都十分可靠，基本做到万无一失。只是他还未弄清楚那个马队究竟有几个人，钱洪泰要他再去打听个准确数字。

钱洪泰也在钱二侠耳边眉飞色舞地悄声说了一阵，钱二侠就像领到了圣旨，心满意足地走了。

2

早晨，东方的树梢挂着一颗磨盘大的火球。正在新建豆腐乳厂里扫地的刘桂兰，拿着高粱秆扫帚走到大门外，刚扫了两下地上的树叶，就仰视东方一眼说："好大的太阳哟，今天硬是好日子嘞！"

刘桂兰是邛崃石坡人，家里穷得叮当响，丈夫牟兴顺得了肺痨无钱医疗，拖了三年后死亡。没有子女，公婆不让她改嫁，强行要留下她供养二老直至养老送终。她背着二老经亲戚撮合改嫁给唐场袁坎的老光棍袁老三。袁老三是靠推鸡公车维持生计的本分人。不料牟家以她在丈夫死后不满百日改嫁、败坏门风为由请了几个打手在夜间将刘桂兰从袁家劫走后来她逃到豆腐乳厂避祸被刘王氏留下来当职工。

她到豆腐乳厂后天天清晨鸡叫就起床扫地把厂房内外打扫得干干净净。她每天在厂里无论推磨、拣烂豆子都很认真非常勤快动作也很敏捷。

这时一位中年和尚闯进了厂门。她以为是高峰寺僧伦青也就没太在意因为僧伦青是个道行很高的武僧人称"铁头和尚"他的脑袋能盾钢刀臂力过人力挺千斤。他是刘兴发的保护神刘桂兰对他已很熟悉。忽然她心生疑虑：不对从未见铁头和尚这么早就来厂里何况现在刘兴发也未到厂里。她一盯他的背影嗯这不是铁头和尚。她大吼一声："站住！"那人转身过来一个箭步扑向刘桂兰正要举拳向她的头部劈去她抓起地上的一把泥沙向他撒去泥沙入眼他难受万分他用手捂住一只眼睛仓皇夺路而逃。当真正的铁头和尚赶到时那位假铁头和尚已跑得不见了踪影。

这进一步引起了刘兴发的警惕。他与刘家宗分析这位假铁头和尚可能是到厂里来投毒的。厂里通宵有人值班上班时间一直有人在唯一的空白点就是早晨上班前的时间所以坏人就选择在这个时间点上作案。幸好今早刘桂兰扫地起得早而且脑筋也灵活才避免了这场祸事的发生。

红日当空骄阳似火整个大地都像一个火炉。新建的唐桥豆腐乳厂在这火红的日子举办开张仪式厂房内外都挤满了人。

首先是厂房大门外坝子上的狮灯表演。在欢快、节奏感很强的锣鼓声中一个头戴大头和尚面具的人和一个脸上戴着猴子面具的人都手执篾扇栽桩打滚表演了很多武术动作还相互玩耍嬉戏搞了一些逗趣情节。一个"狮子"睡在屏墙前的地上，趁"和尚"与"猴子"玩耍不留意间，将"和尚"的扇子藏于身下。后来，"和尚与"猴子"到处找扇未果，"和尚"感到束手无策，还是"猴子"精灵，怀疑是"狮子"偷藏于身下。"狮子"躺在地上一点也不动，他俩去推"狮子"，也推不动。如何才能把"狮子"逗起身？"和尚"与"猴子"打哑谜，做了各种滑稽的动作，把围观的人们逗得哈哈大笑。

接下来，就是"狮子""和尚"与"猴子"表演招财进宝。在欢快悦耳的锣鼓声中，故作憨态的"和尚"右手牵着"狮子"的耳朵，左手扇着扇子，踏着锣鼓声的节奏往厂里走去。"猴子"则骑在"狮子"的背上，扇着扇子，扭动身子，做着"猴子"搔耳挠腮的各种可笑动作。"狮子"在厅坝里舞动，打了个滚将"猴子"从背上甩了下来，"猴子"做了一些表示痛苦的动作。有人抛出一个硕大的棉球，"狮子"跳上去将它衔在口里，"和尚"与"猴子"都上去争相抢夺棉球。有人高声喊着："招财进宝，招财进宝！请主人家出来接宝！"

刘兴发出来了，接过"狮子"口里衔着的棉球。"狮子""和尚"和"猴子"都一齐向他躬身行礼。

刘兴发向大家致谢。他说："父老乡亲、兄弟姐妹们，我刘兴发创建这个唐桥豆腐乳厂全靠大家的帮助。我永远也忘不了你们的大恩大德，我代表全家谢谢你们了！"他哽咽着，热泪盈眶，向四方作揖磕头。

一位肥头大耳的胖子从人群中走出来引起了大家的注意。这是谁？大家都在交头接耳，窃窃私语。他讲话了："我是四川机器厂厂长王兆伦……"

人群中一下躁动起来，大家定睛一看，是三个手持大朴刀的壮汉从大门闯了进来。

王兆伦目不斜视，若无其事地继续讲话："首先热烈祝贺唐桥豆腐乳厂开张鸿发，兴旺发达！"

一阵欢快的锣鼓声表示响应后，王兆伦又说："四川机器厂永远做唐桥豆腐乳厂的忠实顾客！"

还有江西馆、湖广馆、陕西馆、贵州馆等会馆的馆主，炉城帮几个帮主，几十户大小商家都纷纷前来祝贺。

190

一位上唇留着八字胡的王老先生在大门口的方桌上铺开万年红纸的礼单，摆好笔墨，正襟危坐地开始收礼了。

赵文生的下颌上长着非常惹眼的痣胡子。他提着一个沉甸甸的布囊从人群中走出来，慢条斯理地将布囊中的白花花的银圆倒在桌上。王老先生问他尊姓大名，他说是代表四川机器厂交的礼钱。王老先生问他总共是多少，他要王老先生亲自清点。王老先生说你只说个数就行了，那么多银圆点起来要费很多时间的。刘兴发喊来外号人称"精灵鬼"的王三张，帮助清点银圆。

交礼钱的人们排成了长队，都等着王三张清点那位痣胡子所交的银圆。有人等得不耐烦了，嘀咕着要帮王三张数银圆，却被王老先生婉拒了。

好不容易才等到王三张数完了痣胡子交的银圆。王老先生问王三张总共多少钱，王三张伸出三个指头，王老先生会心地微笑着点了点头，就照实写上了。

后面还有一些大礼，只是没有四川机器厂的数目大，中礼和小礼占多数。礼单上写了那么一长串名字，王老先生最后数了一下，共98个名字，收到银圆、铜圆共两大箩筐。

那三个提着大朴刀的壮汉，如芒刺在背，如坐针毡，看情况不妙，相互递了个眼色，就要溜走。他们刚走出大门外的屏墙脚下，却被身背大朴刀的王胡拦住了去路。

王胡手执大朴刀大吼一声："三个歹人哪里走！"

三个大朴刀手一见王胡大吃一惊，他们都与他交过几次锋，知道他的刀法十分厉害。他们连忙一齐单脚下跪，连说："大师饶命，大师饶命！"

王胡用大朴刀在他们的面前晃动着说："今后，如果这个豆腐乳厂出了点什么事情，我这把大朴刀不是吃素的！"

刘兴发早就站在门口，他走过来对王胡说："王大师，这次就放他们一马吧，这几个兄弟伙今后要保护我的豆腐乳厂安全的。"

他们三个都结结巴巴地说："我们就是来保护这个厂的。"

王胡厉声问："你们真是来保护这个厂的吗？"

他们三个接连点头，脚弯都在打闪闪。

王胡说："看在刘厂长的面子上，这次就饶了你们三个的命，如果再有下次，我就饶不了你们啰！"

他们慌忙拔腿便走，刘兴发高声喊道："三位兄长留步，吃了午餐再走！"

唯恐逃窜不及，哪敢冒着生命危险贪吃一顿午餐，他们不肯停留半步！

他们回到太平钱庄。钱洪泰正等待他们归来传递消息。

他们将今天在唐桥豆腐乳厂开张仪式上亲眼所见的全部情况，你一言我一语地详详细细说了一遍。钱洪泰听着听着，几次长吁短叹，锁紧了眉头，又几次摇了摇头。他连忙叫来钱二侠。

钱洪泰用疑惑的目光盯着钱二侠问："你今天早上真的钻进了刘兴发的豆腐乳厂里了吗？"

钱二侠说："真真实实的，要不是那个扫地的女人眼尖，她会把我认成铁头和尚的。"

钱洪泰说："你已经剃成了光头，也穿了和尚衣服，她咋个能把你认出来不是铁头和尚？"

钱二侠说："铁头和尚比较肥胖，我的身子比较单薄。人家只要稍微留意一下，就不会逃过他们的眼睛。"

钱洪泰问："那你为啥没有看到那个姓王的大朴刀手？也不见有四川机器厂来的那一拨人？"

钱二侠说："除了那个扫地的女人，没有看到再有第二个人。"

钱洪泰用手摸着下巴，转动着眼珠子说："这个……"

钱二侠说："可能是太早的缘故吧，大多数人还在睡懒觉咧。"

钱洪泰又问："人家包大廷昨晚已经打听到，有队人骑着马从唐场街上穿街而过的嘛，那肯定就是成都来的那拨人。你到豆腐乳厂里也没有看到，那他们是藏在啥子地方，咋又突然冒出来了呢？"

钱二侠答不上来。

钱洪泰有些气馁地说："有四川机器厂为刘兴发做后盾，看来从今以后我们惹不起刘兴发了！"

钱二侠问："情况有这门子严重吗？"

钱洪泰在桌上"啪"地拍了一下说："哼！你晓得四川机器厂的靠山是哪一位吗？"

钱二侠问："是哪路神仙？"

钱洪泰又"哼"了一声说："你还不晓得，说出来吓死人！"

钱二侠问："唔喂，那么凶险，究竟是哪一位？"

钱洪泰又"啪"地在桌上拍了一巴掌说："丁—宝—桢！"

钱二侠被吓得身子一震，倒退了两步，差点摔倒。

钱洪泰非常沮丧地说："弄得不好，我可能就栽倒在刘兴发这娃娃的手头！"

钱二侠搔了搔已经剃光了的脑瓜子，安慰钱洪泰说："庄主，办法是人想出来的，我们慢慢想办法吧。"

钱洪泰好似突然猛醒过来："不能再慢了，赶快去拿大洋到刘家送礼去，跑快点，不然就赶不上酒宴了！"

钱二侠问："拿多少？"

钱洪泰把五个手指并成一撮。

钱二侠点了头后，就到管账先生王安清那里领钱去了。

3

临行前，钱洪泰再三叮嘱钱二侠，在刘家的酒席宴上千万不要贪杯。钱二侠频频点头，连连应声说知道知道，钱洪泰这才勉强放心了。

　　钱二侠骑着黑马将一个装着白银的黑色布囊驮到唐桥豆腐乳厂时，那里的酒宴还未散席。他将那匹黑马拴在屏墙侧边的那棵桂花树上，肩上搭着沉甸甸的黑色布囊，刚跨进大门就被守门的大汉挡住。这大汉名叫张大斧，生得横眉棱眼、五大三粗，一看就知道是个赤胆忠心的把门将军。他问钱二侠是干啥的，钱二侠说是来送礼的。他说鬼才相信你会送这么多礼物，这是不是一包炸药？

　　刘兴发听外边有人在大声武气地吵闹啥子，连忙出去看。问明来由后，他将钱二侠接到堂屋，要钱二侠先吃了饭后再说这一布囊银子的事。钱二侠说他已经在太平钱庄吃了午饭，刘兴发哪里肯依，非要他喝酒不可。

　　大厅里的八仙桌上，一会儿就摆了满满一桌上等好菜，还有一碟唐桥豆腐乳。这是刘兴发特别奉陪钱二侠的单独酒宴，双方都有一些非常重要的话要向对方倾吐。

　　刘兴发给钱二侠斟了满满一杯白花花的陈年老窖酒。

　　钱二侠满腹狐疑，一不小心便将酒杯弄倒了，酒水在桌上流淌。刘兴发微笑着又给他斟了满满一杯。

　　钱二侠东张西望，若有所思，刘兴发与他碰杯时，他似乎心不在焉，有点走神的样子。

　　"钱先生，你带了多少银子来？"刘兴发问。

　　"不不不，是钱庄主委托我来向刘厂长恭贺豆腐乳厂开张道喜的。不多，仅这个数。"钱二侠将五个手指并成一撮说。

　　"钱先生，这礼太重了，今后我还不起呀！"刘兴发说。

　　"是送礼，纯粹送礼，不还的，绝对不还的。"钱二侠又连忙摇头摆手地说。

　　"我受之有愧呀！"刘兴发说。

　　"钱庄主要我转告你：如果今后有用得着的地方，只要你这个厂长打个招呼，他一定全力帮助你的。"钱二侠说。

　　"这就好了，请钱先生转告钱庄主：今天早上有一个光头、穿和尚衣的假和尚，闯进我的厂里来，被我厂职工及时发现，慌忙逃走了。"刘兴发说着，两眼直愣愣地盯着钱二侠。

"哦，这我就不知道那个吃了豹子胆的人是哪一个了！"钱二侠故作镇静地咳嗽了两声，就仰头喝干了杯中的酒。他将杯底朝天，给刘兴发看。

"好酒量，好酒量！"刘兴发竖起了大拇指。

厅房里、厅坝里和四边阶沿上的几十桌人都纷纷散席了，只剩下刘兴发和钱二侠在堂屋里饮酒。钱二侠已喝得酩酊大醉，站起来走路也有点偏偏倒倒。

天下没有不散的筵席，钱二侠终于要回太平钱庄了。唯恐酒醉犯事，刘兴发不让他骑马，由刘家宗替他牵马与他一并走着，他跟跟跄跄地走着，口里还哼着"哩格儿喃格当"的小调。

走到离太平钱庄只有半条街了，刘家宗便把缰绳交给钱二侠，转身便走。

钱二侠牵着缰绳，得意扬扬地走进了大门，将马拴在后面的马栏里，去见钱洪泰。

钱洪泰正坐在后花园水池边的水阁凉亭里，赤着上身，只穿一条短裤，躺在竹木睡椅上，扇着篾扇，喝着凉茶，耐心等待着钱二侠归来报告在豆腐乳厂的详细情况。

"你又喝得云里雾里的，还晓得你是哪个吗？"钱洪泰面露愠色，出言讥讽。

"庄主，非常高兴，我把你交给的要事办得十分稳妥。"钱二侠说。

"所以，你就喝成这般模样？"钱洪泰说。

"庄主，我把握了分寸的，只要完成了你交办的要务，喝点酒又何妨？"钱二侠瓮声瓮气地说。

钱洪泰转念一想：是呀，只要办好了事，何必硬要在喝酒这件小事上纠缠不休？

"你究竟办得如何？"钱洪泰语气有些缓和地说。

"万万没有想到我受到了高规格的礼遇……"钱二侠终于缓了一口气，有些激动地说。

"我还担心那位成都来的大朴刀手留下你的脑袋瓜子咧。"

接着，钱二侠就将刘兴发单独把他请到堂屋里的上八位上，二人对饮，十分尊敬他的情况说了一遍。说得眉飞色舞，唾沫四溅，很是得意。

"那些拿去送礼的大洋，刘兴发可有返还一部分给你？"钱洪泰提醒他。

"啥子？拿去送礼的大洋？"钱二侠一时摸不着头脑，不知该怎么说才好。

"拿给刘兴发了吗？"钱洪泰问。

"刘兴发拿大洋给我？"钱二侠问。

"嗯？"钱洪泰有些惊讶。

"没有，他绝对没拿过银子给我。"钱二侠赌咒发誓地说，"庄主，请你一百个放心，我绝对不会收受他的银子中饱私囊。"

"啪！"钱洪泰实在憋不住气了，在桌上使劲拍了一巴掌后说："大胆钱二侠，你把我交给你送礼的大洋弄到哪里去了？"

钱二侠吓得身子一抖，这才清醒过来。他用手摸了一下颈项，感觉到脑袋还在自己身上。

"哦，庄主说的是你要我带去送礼的白银吗？"钱二侠怯生生地盯着对方说。

"你说呢？"钱洪泰很不耐烦地盯了他一眼说。

"那份大礼，我是亲手交给刘兴发的。千真万确。"钱二侠故作镇静地挺着胸脯说。

他越是这样做作，钱洪泰越是用怀疑的目光审视着他。在这一点上，钱二侠问心无愧，毫不畏惧。

"如果你没有把大洋交到刘兴发手里，又当作何处理？"钱洪泰恶狠狠地盯着他说。

钱二侠想：我冒着被砍头的风险为你去办事，办好了事，不但没有得到你的表扬，你还用如此粗暴的态度对我。他很不服气，露出一副桀骜不驯的神态，撇着嘴巴，把头扭向一边。

"如果我没有把你的银圆交给刘兴发，你就宰了我的脑壳吧，反正我的狗命是不值钱的！"钱二侠也是个有点火气的汉子。

"哼，你敢拿脑壳来打赌，你的火气还有点大嘞！你不后悔吗？"钱洪泰冷笑两声后说。

"我不后悔！绝不后悔！"钱二侠咬紧牙关说。

只见喂马的老魏从马棚里走过来。钱二侠瞪大眼睛，一眼不眨地盯着他手里提的那个沉甸甸的黑色布囊。钱洪泰心中知道是怎么回事，眼里露出凶光，恶狠狠地盯着钱二侠。钱二侠的眼里闪过一道慌乱的目光。

老魏是这里喂马的长工，已经年逾六旬，走路显得老态龙钟。他把布囊交给钱洪泰说，这是从那匹黑马背上取下来的，说完就走了。

钱洪泰一下从睡椅子上站起来，在桌上又拍了"啪"的一声，走到钱二侠的面前。

"你这个瓜娃子，拿脑袋来吧！"钱洪泰将手伸到钱二侠的胸前说。

钱二侠吓得向后退了一步，傻眼了，差点被脚边的一颗卵石绊倒。

钱二侠顿时就蒙了：记得清清楚楚的，本来已经把这布囊亲手交给刘兴发了嘛，为啥又像变戏法似的还在马背上呢？这可怎么得了实在无话可说了。

"拿脑壳来嘛！"钱洪泰又把手伸到钱二侠的胸前。

"这一定是有人在捣鬼不然那么多银子会长了翅膀飞到马背上去？"钱二侠无可奈何地说。

"怪谁？"钱洪泰问。

"都怪刘兴发太狡诈了！"钱二侠说"都怪那个酒鬼不知趣，见了酒就不晓得自己是谁了。"钱洪泰说。

"那我重新给他送去，不就行了吗？天又不会垮下来！"钱二侠说。

"你误了我的大事，今天老子非要你的脑袋不可，说到做到！"钱洪泰气得暴跳如雷，恨不得立即把钱二侠劈成八块。

钱二侠是钱洪泰的亲侄子，他的父亲是钱洪泰的亲哥哥。钱洪泰当年犯抢劫案被官府捉拿丢监，是钱二侠的父亲用钱将他保释后逃到西岭雪山的深山里潜藏半年，才幸免了一场牢狱之灾的。因此，尽管这次钱洪泰对他如此愤怒他也不惊不诧，稳坐钓鱼台。现在看到他气得近乎疯狂，钱二侠吓得缩成一团，觉得立刻就有掉脑袋的危险。

"啪！"钱洪泰十分气愤地又在桌上拍了一巴掌后，却突然转身向前走了几步。原来是袁独手向他走来了袁独手人称"袁神算"，自称是唐朝著名相师袁天罡之后裔，精通《推背图》，能准确预测人的吉凶祸福，也能画符化解人的三灾八难。他是钱洪泰的座上常客和贵宾，说来也奇怪，往往在钱洪泰遇到疑难之际，他就似从天而降般突然出现在钱洪泰面前。

4

钱洪泰一见到袁神算，心里就舒坦了许多，仿佛一切焦虑和难题都随之烟消云散了。

钱二侠见到袁神算突然而至，知道钱洪泰会把一门心思都集中在袁神算的身上。呃，算是来了大救星，他这才长吁了一口气。

钱洪泰急忙给袁神算摆座。袁神算刚坐下，钱二侠就将一盅热茶摆在他面前的桌上。

"神算，你真是及时雨哟！来得这么巧，我遇到急事想到你，你马上就出现在我的面前。"钱洪泰的眼睛笑得眯成一条缝，话音里也蕴藏着一种难以言说的侥幸心理。

"近日你应蚀一笔大财，因酒神阻隔而未成灾，幸哉，汝也！"神算用两根指头轻轻捻着鼻下的两撇八字胡摇晃着脑袋说。

"哦!"钱洪泰大惊,他扫了一眼低垂着头的钱二侠。钱二侠一下就抬起头来,振作了精神,眼睛也有了光泽。

"嗯,经大师这一指点,我这才知道这是好事一桩,好事一桩。"钱洪泰频频点头说。

那么,神算是不是真的知道钱二侠吃酒误事,没有把大洋送给刘兴发这件事呢?钱洪泰一点也没有这方面猜疑。

对于钱二侠来说,袁神算来了就全然化解了钱洪泰对他的严厉追究,是天上掉下来的活菩萨,高兴得无与伦比,哪还有半点猜疑?

"请问神算,我这段时间的运气如何?有何凶吉?"钱洪泰问。

"这段时间,你应当事事、处处小心谨慎才是,头!"神算用忧郁的目光盯着钱洪泰说。

"哦,神算大师,那我如何才能逃过这一关?"钱洪泰愁眉苦脸地说。

"若要硬拼,你不是他们的对手。"神算说。

不然你将大祸临钱洪泰愁眉苦脸"那就来暗的?"钱洪泰说。

"明斗暗斗,你都不是他们的对手,双方力量悬殊十万八千里。"神算说。

"那就任其宰割吗?"钱洪泰说。

"我赠送你八个字,你就会平安无事,逍遥渡过。"神算说。

"哪八个字?"钱洪泰问。

"放下屠刀,立地成佛。"神算说。

神算要走,钱洪泰无论怎么劝阻也挽留不住。

钱洪泰连忙把两个银圆塞进袁独手随身所拷的布囊里。刚把袁独手送出大门,就回到凉亭里,要钱二侠把管事王安清请来。

约莫过了一个时辰,王安清来了,他热得满头大汗,扇着一把黑纸扇,气喘吁吁地用蓝色汗褂的衣角揩着汗。钱洪泰十分恭敬地给他摆座,他非常礼貌地躬了一下身子后才坐下。

"今天请王师爷来,请教一个问题……"钱洪泰说。

"庄主有吩咐，但说无妨。"王安清说。

"你最近到过刘兴发的豆腐乳厂吗？"钱洪泰用审视的目光盯着王安清问。

"没有。"王安清不知对方问这句话的意图，很谨慎地回答道。

"凭你所知袁神算与刘兴发有没有交往关系？"钱洪泰问。

"这我可不得而知了。"王安清说。

"王师爷，我知道你最近在养老院的事情很忙，我这庄里有些小事儿就不便惊动你老人家了。"钱洪泰说。

"这倒不在乎的，只要你派人把事情办好就行了。"

"这……"钱洪泰欲言又忍，摇了摇头。

"庄主有何为难，可否说出来我帮你考虑考虑？"王安清说。

钱洪泰沉默了一会儿，躺在睡椅上扇了几下扇子，又站起来，扇了几下扇子后，又躺在睡椅上。可能是他的身体太肥胖，这次躺在椅上用力大了些，把睡椅也压得"嘎嘎"响。

"就这样吧，王师爷。"钱洪泰说。

王安清走了，钱洪泰与钱二侠秘密私语。

钱洪泰本来觉得袁独手的话是非常中听的。但袁独手提出要他"放下屠刀，立地成佛"的说法，他怀疑袁独手可能是与刘兴发串通。

的他想直接将此事告诉王安清，又怕王安清也与刘兴发是暗中相通的所以，他只好与钱二侠商量此事，总想找个与刘兴发较量的正确途径本来在唐场这地面，完全是他的码头，这乌蚌旗子高高飘扬就是霸气和王道的象征这下突然冒出个唐桥豆腐乳厂，而且与四川机器厂联系紧密，四川机器厂又是总督丁宝桢开办的兵工厂，这唐桥豆腐乳厂是刘兴发当厂长，那倒了两个拐，刘兴发这娃儿也与丁总督搭上了钩？这是肯定的。

袁独手要我'放下屠刀，立地成佛'，是不是怕我对刘兴发设卡，从而惹动了丁总督，会将我置于死地？钱洪泰满腹愁肠，十分焦虑地说。

"嗯，看来袁独手说得很有道理。"钱二侠点头说。

"如果将来唐桥豆腐乳厂的生意越做越大，刘兴发的势力也肯定会越来越大他在省上有那么大个后台，那时候我成了小虾米，他成了大螃蟹，随便用他那钳子一样的爪爪就把我夹来甩了！"钱洪泰有些悲观地说。

"球，远水救不了近火！"钱二侠一拍脑门说。

"你说咋个整？"钱洪泰眼睛一亮，好像从对方十分自信的语气中看到了一点希望。

"依靠赵团练，对付刘兴发！"钱二侠的语气更加有力度。

"嗯。"钱洪泰也很有信心地点着头。

经钱二侠这么一提醒，钱洪泰的脑子豁然开朗。其实，他一直与赵团练保持着非常密切的联系，他在唐场为非作歹、称王称霸、十分嚣张，就是因为背后有这么一个硬靠山。但在遇到刘兴发有更大靠山的情况下，若非钱二侠点拨，他还真不知赵团练这把板斧仍然可以用的。

赵团练本名赵云堂，是一位退役管带。自从前年任职团练以来，在治安管理、兴修水利、催收田赋等方面做了一些实事。老百姓对他的印象是有能力、干实事，做事还算公平、公正，不徇私情。大家对他有点不满的是，对于钱洪泰这样以开钱庄为名，肆无忌惮地胡作非为的人，他睁只眼闭只眼，任其逍遥法外。大家以为他只是抹不开情面，或者只重哥们儿义气，其实，钱洪泰已经通过软硬兼施的手段将他拖下了水，变为自己的保护伞。

自从清朝咸丰元年（1851）爆发太平天国运动后，咸丰皇帝为镇压这一运动，加强对人民的统治，下令全国各地乡镇大办团练，对青壮年进行基本军事训练并负责地方治安。钱洪泰的那些大朴刀手就是赵云堂在团练中培养出来的。赵云堂是负责唐场团练的长官，所以，人称"赵团练"。

整夜惊雷滚滚，经过暴雨倾盆的冲刷，暴热的肆虐已经收敛了许多。

第二天，阴雨绵绵，四下里灰雾溟蒙的，钱洪泰与钱二侠吃了早饭后，就去赵云堂府上登门拜访。

赵团练的府邸在唐场正街往北走，出场口不到两里路的麻柳湾。他俩是步行去的，没有带保镖。在唐场这块地盘上，任何人也不敢动钱洪泰一根毫毛。一般情况下，钱洪泰是不会亲自走动去拜访谁的，这次由他亲自出马到赵团练的府上拜访，可见此事之重要，非比一般。

钱二侠的肩上挎个黑色大布囊，里面装着白花花的硬通货。他走在前面，钱洪泰跟在后面。

"麻柳湾"就是一条河在这里绕了个约五里长的大弧形，自然形成的一个大河湾，而这个河两岸都栽上了密密麻麻的麻柳树，上百年的麻柳树在这夏天开着鲜艳的白花，甚是壮观。在这麻柳湾里住着几十户都是贫家小户，最惹人注目的就要数赵云堂的府邸。

这座四合院加围房的高大建筑物，是赵云堂三年前从兵营里的管带官职退伍回家后，大兴土木修了两年零三个月才竣工落成的。

高大的龙门上楣挂着黑底红字的"赵府"两个大字。

钱洪泰和钱二侠到了龙门前时，一只大黄狗从厅房冲出，瞬间就来到他俩的面前。

大黄狗"汪汪汪"地连声大吼，后脚一蹬，跳了一人多高，着地时趴在地上，张着龇出利牙的口腔向钱洪泰冲去。钱洪泰很胖，动作显得很笨拙。正当大黄狗就要咬住钱洪泰的大胯时，钱二侠使尽全身力气用右脚向大黄狗踢去，正好踢在大黄狗的尾椎骨上，大黄狗痛得"嗷嗷"叫着在地上打了个滚，就夹着尾巴逃跑了。钱洪泰唯恐因此而得罪了赵团练，非常焦急地骂了钱二侠。

赵团练从龙门走出来。他身材魁梧，浓眉、口方，腰宽背圆，站着像一个塔。

"狗咬了你们？"赵团练的声音非常洪亮，也很客气。

"不是，是黄犬在迎接我们。"钱洪泰谄笑着说。

他们来到厅房里落座后，钱洪泰将装着银圆的布囊双手捧给赵团练，请他收下。

"咋个又来这一套？"赵团练把脸一沉后说。

钱洪泰的双脚一软，两手都在微微发抖，侧脸看一眼钱二侠，不知如何是好。

"赵团练，银子是少了点，只是表示一下我钱老幺孝敬你老人家的心意，请收下吧。"

"从今以后，你不能再在唐场这个地盘上为非作歹了。作为团练，我要确保唐场这块地盘平安无事！"

"那我咋个办呢？"钱洪泰仰面乞问赵团练。

"放下屠刀，立地成佛。否则，你难保项上人头！"赵团练说话掷地有声，很有威慑力。

钱洪泰和钱二侠碰了满鼻子的灰，拿起装着银子的布囊，垂头丧气地离开了赵府。

赵团练对钱洪泰态度的大转弯，使他感到十分纠结和悲观。一路上，他有很多话要对钱二侠说，但又不想说，只是低着头默默地走路。

钱二侠非常理解他的心情，想安慰他，又一时不知应当从何说起，走了一程，想了多时，终于找到切入点了。

"庄主，千万别灰心，他刘兴发的豆腐乳厂也才刚起步，无论他咋个整，哪里顶得住你钱庄主家大业大，你还是全唐场的这个嘛！"钱二侠向他竖起了大拇指。

"每次给赵团练的银子，他都收下的。这次，他不但不收，反而还说了那些要脑袋的话。我弄不懂，他今天为啥来个大转弯呢？莫非是刘兴发收买了他？"钱洪泰有气无力地说，情绪很低落。

"刘兴发收买了他？我看未必。只怕他已经知道刘兴发的背景，如果要顺藤理上去，那真的是个了不得的大东西。他不给你点颜色看，不把话说狠一点，你不知天高地厚，还要去碰那个豆腐乳厂。"钱二侠说。

"嗯，你说得有道理。"钱洪泰点了点头。

"他在兵营里混了那么久，很看得准风向和气候呀！"钱二侠说。

"碰不得的东西，他也怕受牵连咧。谁不怕掉脑袋？他也是为了保护自己呀！"钱二侠说。

"嗯，我知道应该咋个整了。"钱洪泰的心情稍微舒缓了些。

第十一章

双喜临门

1

这刘家真是双喜临门。前几天刚刚举行过唐桥豆腐乳厂的开张仪式，鞭炮的硝烟还未散尽，又迎来了宴尔新婚之大喜。

对于这门婚事，刘兴发本来还来不及考虑，只是一门心思想咋个把豆腐乳厂经营好，发展好，谁知上个月突然闯进来一位媒婆金大妈。

金大妈个子不高，瘦削的脸庞，一张蓝色围腰帕拴在胸前挡住单薄的身子。脑后发髻别着的银簪闪闪发亮。她的眼睛非常灵动，一眸一眨间都会告诉你没有说出的话。

她是在豆腐乳厂里找到刘王氏的。当时，刘王氏正在一间屋子里向儿子刘兴发口传豆腐乳制作中的 13 味中药调料秘方。刘兴发见金大妈来了，他就离开去磨浆房检查出浆情况去了。

刘王氏知道这是方圆几十里大名鼎鼎的"金媒婆"，无事不登三宝殿，今天肯定是来给儿子提亲的。哪知她一开口却不提刘兴发半句话，而是一个劲儿夸那个王兰花。夸王兰花，刘王氏打心眼里高兴，可是，她不是要把王兰花说给刘兴发，而是要把她说给麻柳湾赵府的傻瓜儿子当婆娘。刘王氏一听就很不高兴，说这是害了这个黄花闺女，千万不要做这个损阴丧德的事哟。金媒婆把嘴一撇说："哟哟哟，别说那么多，现而今啥都没有有权有钱更重要。人家倒是个瓜娃子，但是人家的老倌儿是个大团练，要权有权，要钱有钱，不说在唐场找不到第二家，就是打起灯笼火把找遍大邑县也很难找到这样殷实的人家哟。"刘王氏始终不同意，说："你这是把王兰花往火坑里推哟！"金媒婆说："我晓得你对王兰花有感情，已经把她当成亲生女对待，不愿她离开你们的家庭，那就这样吧，把她说给你的儿子刘兴发，你们同不同意？"刘王氏沉默了。她本来早就有这个想法，上次晚上约儿子到沟边上就是要谈这件事，不料走到唐桥脚下时，遇到太平钱庄的管事王安清赶来找刘兴发告密钱洪泰将派人来借给"滚滚钱"的事，打断了她向儿子谈与王兰花的婚事。现在，金媒婆又把话说到这个方面来，刘王氏不便直接答应她，推口说跟儿子商量一下再说。金媒婆急于要刘王氏马上找儿子谈此事，刘王氏说要等三天才能回答她。她走时留下一串脆生生的笑声。

那个社会，谈婚论嫁要讲究明媒正娶的，在金媒婆的撮合下，刘兴发与王兰花的婚事就促成了。

其实，刘兴发也早就有这门心思。他与母亲离家到四川机器厂的豆腐乳厂谋职，王兰花把老奶奶照顾得那么精细，那么让老奶奶安稳、舒心，他从心眼里就非常感激。奶奶病故后，从建厂开工到竣工，王兰花跟随他熬更守夜，在衣食方面给他打理得很好，非常可心、如意。他也渐渐知晓了王兰花的不幸身世：

她的家在唐场碑亭河边的一座三合院子里。父亲王元江是一位白面书生，全家生计全靠他设私馆教书支撑。十年前，因土豪甘孟凡霸占邻居杨甘氏良田两亩，请王元江书写状纸到县府控告甘孟凡，甘孟凡请了两个穿黑衫的蒙面杀手，于一个雷雨交加之夜潜入王家，用大朴刀将王元江夫妇砍死在床上，10多个强盗抢走了王家全部钱财。恰逢王兰花当晚到上安镇街上的外婆家未归，才逃过了杀身之祸。当时她才8岁，亲人没有了，有家不能归，成了一个孤女子。唯恐仇敌要对王家斩草除根，她先到外婆家避难两年，再到邛崃原先父亲供职的张文清家里的私塾继续读书和务工。张文清是她父亲的同窗好友，非常同情她家的不幸遭遇。几年后，她又回到唐场在众家店庙宇里做一些打杂活路。后来，到刘家宗的饭馆打过临工。由于她从小就生活在诗礼之家，熟读诗书，后来在张文清私塾也在继续读书。她受过良好的教育，气质温文尔雅，很有书卷气。所以，刘兴发很看重她，她在刘家最需要帮助的时候到刘家来，可能是冥冥之中有神灵的安排吧，与刘兴发的姻缘真是天作之合。

举行婚礼这天，真是热闹非凡，如此热烈的气氛可以说是一扫刘家这么多年沉积的暮气，给人以焕然一新的感觉。

往昔的平家小户，如今的婚庆排场完全是当时上流社会的格局。

婚宴就在新建的唐桥豆腐乳厂里举行。头天晚上，天还未黑尽就放起了鞭炮和焰火。人噼里啪啦"人咚咚咚"的响声时快时慢、时大时小，好像在向世人述说刘家的兴旺就此开始，过去的苦难已经一去不复返了。

天刚微微发亮，刘兴发和一支接亲队伍就从刘家出发，到碑亭王兰花的伯父家接亲。

本来是应当到王兰花家接亲的。但是，由于十年前她的父母遭了凶杀，至今还滞留着一股阴气，给人以阴森恐怖的感觉。据邻居传言，凡是到了雷雨交加的夜晚，就会隐隐听到王家三合院里有鬼哭神号的声音。按习俗规矩，又必须在王家出亲，这事只好由刘兴发出面与王兰花的大伯商量，在他家出亲。她大伯王元水与王兰花的父亲王元江是同胞兄弟，所以，这事一说便成。

刘家亲戚和朋友来了很多人，更惹人注目的是四川机器厂厂长王兆伦、主任赵文生和武士王胡，还有赵团练这样的头面人物也来恭贺这场婚庆。姗姗来迟的还有太平钱庄的管事王安清先生。

豆腐乳厂内外都挤满了人，大家都喜笑颜开地等待着接亲队伍的归来。小娃儿们跑进跑出，比过新年还兴奋。

有个调皮的小娃儿丑石子从大门跑进屋大声喊叫：人听到远处的锣鼓声了，刘厂长把新娘子接回来了！"人们像潮水般涌出大门外。大家都非常惊奇地竖耳静听，多时也没有听到一点乐器的声息。大家正在七嘴八舌地纷纷责怪丑石子时，丑石子又高声喊起来：人你们听吧，这回是真的听到锣鼓声了！"

人呜呜呜呜哇呜咚咚锵锵锵——呜哇呜哇——咣咣当——咣咣咣当当当——"鼓乐声越来越近。

人噼里啪啦咚，噼里啪啦咚咚咚咚，咚咚咚咚咚——"大门外的屏墙前后响起了惊天动地的各种火炮声。娃儿们等待已久的时刻到了，他们不怕危险，奋不顾身地冲进震耳欲聋的火炮声中抢闷炮——也叫"哑炮"即没有爆炸的火炮：

锣鼓声越来越近：大家渐渐看到了接亲的队伍，像一条长龙在田野间的小路上摆成几道弯几倒拐，慢慢蠕动着前进：

媒婆的黑色小轿、抬新娘的八抬大轿、敲锣打鼓的鼓乐队、八面迎风飘扬的彩旗、刘兴发率领的接亲人马，渐行渐近，人们看得越来越清晰。

当接亲的八抬花轿被八个轿夫抬拢时，刘家亲友早已迎候在大门之外，唢呐声声，锣鼓喧天，鞭炮齐鸣，连那只温顺的小花狗也在人前人后蹦蹦跳跳，十分兴奋：

人们的目光从八抬大轿，转向盯着面前的"叫礼"先生。他叫李泉清，40多岁，个子不高，相当精明，很有文墨，嗓音洪亮，口齿伶俐，多才多艺。白事能做祭文，红事能"叫礼"，人称"诡聪明"，在方圆几十里都很有名气。

这"叫礼"先生就相当于一台文娱节目的主持人，是个非常重要的角色。大家都很喜欢叫礼先生李泉清那几段十分风趣而精彩的"叫礼"词。

这时，只见李泉清面对贴着"一路福星"红纸的轿帘，高声朗诵道："大红花轿八人抬，轿中牡丹为谁开，新人到堂不下轿单等婆家迎轿来。"

轿夫们故意不放下花轿，左右晃荡，原地打转踏脚。刘家亲朋一齐拥向花轿表示欢迎，新郎刘兴发满面春风，分别给八位轿夫发"利市"。那时所谓的"利市"就是现在流行的"小费"或"红包"。

轿夫拿到"利市"后，李泉清高声朗诵道："一朵红云落宝宅鼓乐喧天接新客花轿拢屋瑞气升带来好运百业兴。"

轿夫们将花轿放在地上后，全场喝彩，高声叫喊："落轿！落轿！"大家都懂得这"落轿"即是"落教"的谐音。而"落教"是川西坝子的江湖语言，即"很懂规矩"的意思。

李泉清又即兴朗诵道："大红花轿众人夸，抬来富贵和荣华，掀开轿帘迎新人，哪个？不好意思下轿嗦，那就请人拉—搀新人出轿！"

由娶亲娘子刘桂兰搀扶新娘王兰花下轿向堂屋走去时，李泉清又高声朗诵道："新娘恰似花一朵，赛过牡丹与芍药，新郎犹如吃蜜糖，嘴巴笑到耳门坡。"

当新郎刘兴发和新娘王兰花进入堂屋时，众亲友也随之涌入。李泉清又高声朗诵道："堂屋内外肃静，闲杂人等回避，有事者各执其事，无事者不得喧哗！堂前鸣炮，堂内发烛，各就各位，婚礼开始！"

新郎新娘站好位置后，叫礼先生李泉清又高声朗诵道："东方一朵紫云开，西方一朵紫云来，两朵紫云来会彩，华堂迎出新人来。——新人就位！"

新郎新娘在堂屋正中，分男左女右两旁站立好后，李泉清又高声朗诵道："桃之夭夭配凤凰，之子于归正相当，牛郎织女鹊桥会，夫妻双双来拜堂。先拜天地，跪——一拜皇天后土，二拜日月三光，三拜天长地久，四拜地久天长—起！再拜高堂，跪——一拜双亲双福寿，二拜家门聚宝盆，三拜麒麟珍珠玉，四拜四季大发财—起！夫妻对拜——一拜白头到老，二拜相敬如宾，三拜多福多寿，四拜儿孙满堂。"

新郎和新娘一直随着叫礼先生那口令似的朗诵词，亦步亦趋地进行跪拜。

叫礼先生李泉清继续礼赞道："一根红绸长又长，右牵女来左牵郎，中间一个同心结，恩爱夫妻百年长。"

新郎牵着红绸，引导新娘缓缓进入洞房。

2

这场宴会在这个小镇上有着非同凡响的特殊意义和轰动效应。首先是规模之大，与本地豪门绅士的喜庆酒宴可等量齐观，不相上下。

再就规格之高，在这小镇上也属无与伦比。

厂内厂外都挤满了人。到处都摆满了酒席，轮换着吃，接连摆了三轮，大门外还有不少等候上一轮下桌席的客人。

堂屋里坐着的是特邀贵宾，不过其中有两位是不速之客：一个是本镇团练赵云堂。因为刘兴发不谙社会码头规矩——要想在社会立脚，必先要把地头蛇和四脚地神摆平，所以，没有邀请他。今天他为何来了？刘兴发心里也不得其解，但是既然他来了，当然要热情迎接。第二个是王安清，他是钱洪泰的管事和师爷。上次钱洪泰派他到刘家办理以田抵债的事，流露出了同情刘家的感情，钱洪泰对他大为不满；第二次想借高利贷给刘家的事就不再用他，而让钱二侠办理。哪知钱二侠把此事弄得很糟糕，气坏了钱洪泰。现在，钱洪泰已经知道刘兴发后面站着的是他根本惹不起的大靠山，只好派王安清来送礼拉关系。当然，刘兴发对于他是一如既往的信任和尊敬。

这应该把谁推到上八位？刘兴发颇费踌躇，他紧锁眉头。有资格坐上八位的，是在座的最受人尊敬或社会地位最高的人。思考片刻后，刘兴发要赵团练坐上八位。

赵团练今天的装束比较惹人注目，高大的身躯穿着灰色短打武士行头，一看就知道他是行伍出身，十分威武。他浓眉一竖，咧着方口"嘿嘿"笑着，抱拳回敬刘兴发道："多谢厂长，还是让成都来的客人居上吧。"

大家看到刘兴发从厅房的木圈椅上拉着一位胖子的袖口，笑眯眯地直往堂屋里走。到了堂屋后，他说："王厂长，今天的上八位非你莫属。"

王兆伦非常礼貌地躬了一下身子说："刘厂长，你母亲为了这个家吃了那么多苦，最大的功劳是把制造豆腐乳厂的祖传工艺和中药作料配方传给你，才有你今天的豆腐乳厂和今后的辉煌，我觉得应当请你的母亲大人坐上八位才最适合。"

王安清把刘兴发拉到侧边，附耳悄悄地说："这人啷个喊你是厂长？我蒙了：究竟他是厂长，还是你是厂长？"

刘兴发说："他是四川机器厂的厂长。"

王安清眼睛一亮，有些惊讶地说："哦，原来如此，那我知道了，这个人物非常重要。"

刘王氏走过来对儿子说："你还是请王厂长坐上八位吧。"

刘兴发请王厂长坐上八位，王厂长再三推托。在大家的恭请声中，王厂长终于坐在了上八位，与他并坐的是赵团练。赵文生、王胡、铁头和尚、刘王氏和刘家宗等依次落座。

绛红色的八仙桌上摆满了佳肴美酒，最醒目的是那独具川西酒宴风味的九大碗菜品。还有，青花碟子里的豆腐乳不是点缀，它那鲜艳的色彩和馥郁的香气，魅力四射。

新郎刘兴发和新娘王兰花到堂屋来给贵客们斟酒了。是新人带来的一股香风，还是酒瓶里散发出的酒香陶醉了诸君？反正大家都似乎未喝先醉，有的已经醉眼迷离。其实，都是为这个久经磨难家庭的命运有了转机而激动和庆幸。

刘兴发携王兰花给各位贵宾斟酒。王兰花手执铜壶，非常矜持而优雅地给每一位贵宾斟酒时都轻声说："尊辈请用酒。"对方都很礼貌地起身表示谢意。

王兰花斟完全桌的一遍酒后，刘兴发接过铜壶，又从上八位的王兆伦厂长起，挨次给大家斟酒，说："感谢诸位尊辈对小辈的栽培和帮助，为欢迎你们的光临，干杯！"

大家都表示为刘兴发夫妇永结同心、白头偕老，干杯！

大家干杯后，刘兴发又给大家斟了第二遍酒。

王兆伦厂长举起酒杯说："恭贺刘兴发与王兰花喜结良缘，唐桥豆腐乳厂开张鸿发，双喜临门，干杯！"

赵团练举着酒杯说："祝刘兴发宴尔新婚，福寿绵绵；祝唐桥豆腐乳名扬天下，百年辉煌！"

刘家宗对赵团练笑着说："你是官府竖在唐场的泰山石敢当，你要保护好这方平安哟!"

赵团练浓眉蠕动,张着方口"嘿嘿"笑着说:"当然当然,我定然保护一方平安!尤其要保护好唐桥豆腐乳厂的安全!"

刘家宗举着酒杯说:"我借刘兴发的喜酒,敬你一杯!"

刘兴发手执铜壶,给赵团练和刘家宗都斟满了杯。

刘兴发对赵团练和么爸刘家宗都表示了谢意。

王兰花又手执铜壶,给在座的全体贵宾斟了一遍酒。

刘兴发举起酒杯说:"我代表全家人感谢各位贵宾的光临,干杯!"

大家都站起来,一饮而尽。

王兰花又手执铜壶给在座的贵宾斟了一遍酒。

赵文生举起酒杯,对大家说:"以这次刘家双喜为起点,从此,天时、地利、人和、顺风顺水,我提议我们全体客人为唐桥豆腐乳厂越办越红火,唐桥豆腐乳食品香飘千里,流芳百代,干杯!"

大门外突然响起了噼里啪啦的鞭炮声。

有人高声喊道:"请新郎、新娘出来接福!"

刘兴发和王兰花从堂屋里出来,听到一阵欢快的锣鼓声,大门外有一群人舞着龙灯和狮灯在交叉腾跃。

一位手提白纱灯笼的扁嘴老汉又在高声喊道:"请新郎、新娘赶快来接福!"

刘兴发与王兰花已经站在大门外了,一位书童模样的少年双手提着一幅展开的万年红纸,上面写着一个斗大的"福"字。

扁嘴老汉说道:"请新郎、新娘双手接福!"

刘兴发递给扁嘴老汉一个红包后,与王兰花一起双手接过"福"字。扁嘴老汉高声唱道:"刘家双喜从天降,吉星高照焕门庭。豆腐香乳传百世,蜀川内外扬美名。"

王兰花又递一个红包给扁嘴老汉。

狮灯和龙灯从龙门外一路翻滚和腾跃,进了龙门、厅房,到厅坝里,在敲锣打鼓声中交叉舞动,给这场婚礼平添了无穷的喜气。

3

唐桥豆腐乳厂真是开张鸿发，一批又一批篾笼装着的豆腐乳运往成都。篾笼呈罐形，内外都糊了一层油纸，黄灿灿的，看起来非常精致。运输工具是鸡公车，每天都听到唐桥豆腐乳厂大门外的路上，有"叽里咕噜"的鸡公车车轮滚动的声音。一条鸡公车运输线从唐桥豆腐乳厂大门慢慢向成都方向伸去。

这刘家也未脱离那时当地的习俗：男主外，女主内。刘兴发管黄豆的购买、销售业务和职工招聘，王兰花管生产流程、产品质量、全体人员管理、发货包装等业务。

王兰花的脑子很灵活，在婆婆娘刘王氏的调教下，一学就会，一会便熟练，使唐桥豆腐乳被四川机器厂食堂誉为放心食品、优质食品。

唐桥豆腐乳厂的生产和销售很快就红火起来，声名远播，财源广进。

初秋的一天，王安清兴致勃勃地来到唐桥豆腐乳厂。他穿一件府绸汗衫，上面套一件黑色马褂。那条蓝色单裤的裤脚大了些，裤裆往下吊了，就显得有些宽敞。尽管有阵阵凉风吹过，他的额头也沁出细微的汗珠。

一进门就看到王兰花从厅房里走出来，他一时脑子短路，不知咋个称呼王兰花才恰当，张了几下嘴，却吐不出一个字来。倒是王兰花先招呼了他："王先生，你找……"

王安清说："我找刘掌柜。"

王兰花说："他出差了，你有话就对我说吧。"

这可为难了王安清，他想：这妇道人家，说话能算数吗？便说："那，就算了，等他回来时我再来吧。"

王安清说着就要离开，王兰花喊住了他。他趑趄转过来，向前走了两步。

王兰花说："王先生，你有啥事就给我说吧。"

王安清看她那么自信，说话那么肯定，就说："我要对刘掌柜说，很想到你们这个豆腐乳厂里来做点事情。"

王兰花说："好呀，我们厂还缺管账先生和师爷，你来了正好。"

王安清说："刘掌柜回来时你告诉他，如果他同意的话，我就来管账。"

王兰花说："你来就一身兼两职，既当管账先生，也当师爷。我听发哥说过，你这人很正直，很有才学，很稳重谨慎，办事能力强。"

王安清说："过奖了，过奖了。掌柜娘，那我走了，改天再来。"

王兰花说："王先生，我晓得你在太平钱庄谋职，如果你要离开那里，那位钱庄主会同意吗？"

王安清说："我已经离开那里十多天了，他管不了我的。"

就这样，王安清到豆腐乳厂就任管账先生和师爷的事便定了下来，第二天就来上任了。

王安清万万没有想到，这王兰花虽然是个女流之辈，在厂里却能独当一面，办事能力强，有主见，是个很好的内当家。

隔三天，刘兴发从成都回来了，一见王安清就很高兴，连声夸奖王兰花会办事。王兰花受到夫君的赞赏，有点不好意思，脸上泛起了红晕。

王安清也觉得奇怪，这对夫妻已经结婚这么多天了，为啥还不改口，仍然在喊"兰花花"和"发哥"。说起这事来，刘兴发说喊惯了难改口，王兰花则是抿嘴一笑，转身走进了磨浆房，看豆浆情况去了。

刘兴发向王安清问起了最近一段时间钱洪泰的情况。

王安清说："可能是他知道你在成都的靠山后，对你就不敢再有非分之想了。"

刘兴发说："他就这样轻易收手了吗？"

王安清摇了摇头说："吃屎的狗是断不了那条路的，只是老鹰不打窝下食罢了。"

刘兴发叹了口气说："唉，他不敢再与我生事就好。只是他到外面为非作歹，我们也真把他莫奈何哟！"

王安清说："你在成都有靠山，赵团练的腰杆也硬得起了，不然，他也惧怕钱洪泰三分咧！"

刘兴发有些诧异地问："为啥？"

王安清说："这明摆着的嘛，虽然他是唐场的总舵把子，但是，他的实力哪有钱洪泰强呢？不外乎就是几个团丁嘛，要保这方平安，他还得依赖钱洪泰维持，最怕他生事咧。你说是吗？而今就不同了，他姓钱的最怕把事情闹大，最怕你把事情捅大，最怕省上来硬的一手给他一个一锅端！"

刘兴发说："王先生，你告诉我一个实话，你为啥要离开他的钱庄，而到我这个地方来？"

王安清笑着说："我说话不怕你笑，我这人有个怪德行，一旦觉得那个地方不舒服，我就巴不得立刻离开那里，甚至一刻也待不下去了。"

刘兴发也笑着说："那你不是在那里待几年了吗？为啥现在一刻也待不下去了？"

王安清笑了说："开头我不晓得他的本性，慢慢识破他的真面目后，就想离开，但是，我是签了纸约文书的，走不脱呀！"

刘兴发说："现在满期了吗？"

王安清说："还有半年，我给他说是到唐桥豆腐乳厂来当管账先生的，他就不敢阻拦我了。"

刘兴发哈哈大笑起来。

王安清没有笑，但他很高兴地在大腿上拍了一下，激动地站起来哼起了小调："人逢喜事精神爽，月到十五分外光……"

216

刘兴发说："王先生，你今天咋个这么激动？"

王安清说："能不激动吗？当年，我受钱洪泰的派遣，到你家来写以田抵债的纸约文书，那光景甚是凄凉啊！"

王安清的这句话，一下将刘兴发的思绪引向了当年父亲死后，钱洪泰加紧逼债的往事。他将泪水咽进肚里，说不出一句话来。

王安清非常理解他的心情，沉默了一会儿又说："当时，我对你说过，你家的祖传豆腐乳是个好东西，你今后一定要把它做强、做大，你还记得吗？"

刘兴发频频点头说："记得，记得。这么多年来，我一直牢记在心，今天我能创建唐桥豆腐乳厂，多亏你当初在我的心灵深处播下一颗种子后开花结果。"

王安清越说越起劲："你把你的母亲、妻子，还有你的刘家宗幺爸找来，我们磋商磋商一下这唐桥豆腐乳的百年发展大计。"

刘兴发也来了劲："对，还有那位铁头和尚。我马上去找他们过来共谋发展大业！"

刘兴发走了。王安清心潮起伏，思绪万千难以平静。他压在内心深处的一句话，几次想说出来也未出口，那就是："我毛遂自荐到你这里来当算账先生和师爷，是不要你分文薪水的。"如果他将这句话告诉刘兴发，刘兴发肯定是难以接受的。不如压在心里吧，等干了一段时间后，在适当的时候再慢慢向刘兴发吐露心声。他的内人已归阴三载，先后有三个媒人上门谈续弦之事，都被他婉言拒绝。

儿子设私馆教书育人，女儿随夫在杭州经商。他已经将祖业房廊捐公办养老院，前几年在太平钱庄所挣的薪酬也全部捐给了养老院。他就靠斜江边上的5亩良田收租吃饭，也绰绰有余，就将所余部分全部捐给了养老院。他常说："银子钱米，生不带来，死不带去。每个人都是赤裸裸地来，赤裸裸地去，啥也不是自己的，只有良心才是自己的。"其实，书也是他自己的，无论他在家里还是在太平钱庄，一有闲暇他就看书，这次到唐桥豆腐乳厂来，他也是搬来了几大木箱书籍。刚才，刘兴发刚一离开，他沉思了一会儿后，觉得闲不住，就翻开了一本《菜根谭》细细品味起来。这部书，他不知读过多少遍了，但他觉得每读一次都会咀嚼出一点不同的味道，真可谓百读不厌。

等了约莫半个时辰，刘兴发将母亲刘王氏、幺爸刘家宗和铁头和尚都找来了。他们在堂屋里坐定后，刘兴发讲了几句开场白："多谢王安清先生到我们唐桥豆腐乳厂来任职管账先生和师爷，现在，就请他给我们谈点如何发展壮大的宝贵意见。"

大家都躬身致敬。王安清也站起身来抱拳致礼后坐下。

"创业难，但是我们的难关已经过去了。你们听清楚，我说的是'我们'而不是'你们'从今后我们就是一家人了……"王安清说。

"有了王先生，唐桥豆腐乳厂就如虎添翼了，哈哈，真是我们唐桥豆腐乳厂的福气哟！"刘兴发说。

"当年刘备三请诸葛亮才请来个大军师，眼下，我的贤侄也请来个孔明先生啰，哈哈，好得很咧！"刘家宗吧嗒着叶子烟说。

"我是不请自来，这说明唐桥豆腐乳厂对我很有吸引力呀！"王安清说着，便哈哈大笑。

大家也一齐哈哈大笑起来。

"兴发是才刚办厂的毛桃子娃娃，有王先生的亲自点拨，我就一万个放心了。"刘王氏说。

"只要有用得着我的地方，你们随便派个人到高峰寺来给我打个招呼，我即刻就到。"铁头和尚说。

王安清把刘兴发拉到侧边悄声问这人是干啥的。刘兴发告诉他，这个是铁头和尚，武功好得很，连锄头挖他，他也不怕，他的脑袋瓜子还溅出火星子。

可能是铁头和尚听到了王安清与刘兴发的悄声对话，他皱紧了眉头，想要说话。

"假如有歹人来侵犯，我对付他就行了，绝不手软，三两下解决问题，就这么简单！"

"你是这唐桥豆腐乳厂的保护神啊，真不简单！"王安清说，"看来这唐桥豆腐乳厂的全套人马都匹配好了，人心齐，泰山移！发展起来很有后劲！"

接着，王安清就谈了唐桥豆腐乳厂的发展计划，勾画出了未来发展的宏伟蓝图。

突然，一阵雷鸣电闪，随着天摇地动，整个世界似乎会毁灭在顷刻之间。

大家都惊呆了。

王安清想起当年受钱洪泰的派遣到刘家催收债务，那场暴风骤雨中，刘家床上还躺着死人无钱安葬，那十分凄惨的场景。

刘兴发也想起了那段暗无天日的日子，难道那般苦难就一去不复返了吗？

刘王氏听到这般震耳欲聋的滚滚雷声，觉得这似乎是一种不祥之兆，今后的日子不会是刚才想象的那么顺畅、那么如意。

"今后，不管遇到何种障碍，你千万不要泄气，一定要一鼓作气地往前冲。自古以来凡是干大事者，都是非常之人，必有非凡之志，才会获得巨大成功！"王安清说。

"我来了！"刘兴发大叫一声，勇敢地冲进了雷鸣电闪的倾盆大雨中。

4

第二天雨过天晴后，王安清与刘兴发在唐桥豆腐乳厂大门外的一条小溪边慢慢散步，慢慢走上了这座远近闻名的红砂石拱桥—唐桥。

"你昨天为何要冲进雷雨电闪中？不怕丧命吗？"王安清偏着头问刘兴发说。

"我在测验一下我的意志力。"刘兴发笑着说。

"嗯,你的意志是非常坚强的!这我知道了。"王安清说。

"我要让唐桥豆腐乳厂发展壮大,没有敢于上刀山下火海的决心,是根本不行的。"刘兴发十分严肃地说。

刘兴发没有告诉王安清有关自己曾经被土匪绑架,后来又被推上杀场,差点掉了脑袋的传奇经历。他想,还是暂时不讲吧,因为到现在自己也弄不清自己为啥被推上杀场的。不过,总有一天他非弄清楚不可!

"是的,天有不测风云,人有旦夕祸福。本来这是秋天,一般来说不会有狂风暴雨,但是昨天老天爷就在突然间变了脸,发了个大脾气,真是不得了!"王安清根本不知道刘兴发在想些什么,只接着刚才的话头往下说。

小溪流水淙淙,像是在窃窃私语,品味这两个人对话中的深刻含义。

在王安清的心目中,刘兴发就是自己的徒弟,他有义不容辞的责任辅佐他在人生道路上走稳每一步。

有个人忙忙慌慌地走了过来。

"哎呀,刘掌柜,好不容易才把你找到了。刚才我到厂里没有找到你,你的掌柜娘说你在外面散步。"来人说。

这人五短身材,圆脸浅眉,小眼,牙齿微龅,一副精明能干的神情。刘兴发盯一眼他,似乎觉得有点面熟,但又一时想不起在哪里见过,更叫不出名字。

"哎呀,你把我忘了吗?我叫马大兴嘛。"来人说。"我真的想不起了,对不起。"刘兴发搔了搔头皮说。

"那些年我与你父亲一起推鸡公车时,曾经到过你家里来。不过,你那时还是小娃娃,我也只是个毛头小伙子。"马大兴说。

"哦,我想起来了。有一次你到我家来还给过我一坨麻糖咧。"刘兴发终于想起来了。

马大兴哈哈大笑。

"马幺爸，多年不见了，稀客，稀客。我们到厂里去坐吧。"刘兴发说。

他们到了厅房里坐下。刘兴发给马大兴和王安清各倒了一盅雾山茶。

"我听说你创建了唐桥豆腐乳厂后，好生吃惊，觉得这简直了不得，眼见为实，就亲自来看一下。你的豆腐乳生意是咋个在成都火起来的？"马大兴说。

"说来话长，总的一句话就是，我家做的豆腐乳味道好，被丁总督称为食品中的上品。"刘兴发说。

"哦，那了不得哟，我要冒昧地问一句，你能回答我吗？"马大兴说。

"马幺爸，你尽管问吧，我会回答你的。"刘兴发说。"我要问的是：你家做豆腐乳的诀窍在哪里？"马大兴说。"一是水质很好，二是家传中药配方作料好。"刘兴发说。

"你家做豆腐乳有中药作料配方，这个我听说过；水嘛，众家店有三眼神泉我也晓得，你的家就紧挨众家店，现在你建这个厂也紧挨你家。"马大兴说。

"马幺爸，今天你来还有啥子话要指教侄儿呢，你要好好帮助侄儿哟，你说是吗？"

"我晓得你的豆腐乳眼下还只是定点卖给四川机器厂的职工食堂，我觉得财路越多越好嘛，多多益善。很想给你开辟另外的一条财路，说帮助，算不上，只是看在你父亲当年与我的那份情义上，我应为你做点事……"马大兴说。

"好呀，你这个当幺爸的真是这个哟。"王安清竖起了大拇指笑着说。

刘兴发洗耳恭听马大兴继续说。

"我们唐场有个炉城帮，你知道吗？"马大兴说。

"因为前几年我和母亲一直都在成都谋生，对于老家的情况不太清楚。但是，'炉城帮'这个帮口我听说过。"刘兴发说。

"炉城帮就是我们唐场到炉城做生意的人结成的帮口，帮口里面又分几个商号，我就是大兴号。懂了吗？"马大兴说。

"懂了。"刘兴发点头说。

"别把话扯远了，还是言归正传：我想把你的唐桥豆腐乳卖到炉城去，然后，再沿着茶马古道，再往里头的藏区卖。"马大兴说。

"你尝过我的豆腐乳味道吗？"刘兴发问。

"哈哈，咋个没有尝过？你的母亲在众家店摆小摊卖那么多年豆腐乳，我们家里经常买，口味很好，全家人都离不开它咧！"马大兴说。

"我厂里生产的豆腐乳有金钩、白菜、红豆腐等品种，我不知道那里的人喜欢吃哪种豆腐乳。"刘兴发说。

"那里居住的有藏人和汉人，还有好几个民族的人，以藏人为主。这样吧，我带你亲自去了解一下他们喜欢啥子味道的豆腐乳。"马大兴说。

"好呀，我亲自去一下就晓得了。"刘兴发对于到炉城去了解情况的事，很感兴趣。

"沿途爬山过水，很艰险的，你吃得消吗？"马大兴说。

"只要能办好豆腐乳厂的事，我上刀山下火海都不怕！"刘兴发说"一般的年轻人只是嘴硬，遇到困难就软了。我们把丑话说在前头，你甭铁嘴豆腐脚，在半路上爬不动了。是继续向前走，还是退回来，我可没有办法呀。"马大兴说。

"开弓没有回头箭，大丈夫说话算话！"刘兴发斩钉截铁地说。

"那就说好，后天我们就启程。这已是深秋季节，炉城的天气比这里冷一些，你要带点防寒的衣服去。"马大兴说。

"我穿夹衫，再带一件薄棉衣去。"刘兴发说。

"千万不要忘了，多带几种豆腐乳去给人家品尝，看那里的买主喜欢吃啥子口味的。"马大兴说。

"当然啰，主要是去卖豆腐乳的，不带豆腐乳去，岂不是白跑一趟？哈哈哈哈！"刘兴发说着哈哈大笑。

马大兴也哈哈大笑起来。

事毕，马大兴起身告辞，刘兴发将他送出了大门。

王安清早就知道马大兴是"大兴号"掌柜，是唐场炉城帮的一个干将当时，大邑县属邛州府管辖，所谓"炉城帮"，泛指邛州包括大邑在炉城经商的大小商贩形成的总帮口，而下面的各个码头又有支帮口，比如唐场的"炉城帮"、临邛的"炉城帮"、蒲江的"炉城帮"等。

唐场的"炉城帮"，主要是雇佣一些劳工肩挑背负，马驮骡运，将一些针头麻线、布匹、茶叶、干海椒、腌菜等土特产品和本地作坊生产的、藏民用的哈达和祈布运到炉城，再由炉城那边的商贩沿着茶马古道向藏区的纵深处向内贩运回来时，则运回藏区所产的虫草、贝母、鹿茸、麝香、藏红花等珍贵药材和藏花椒、虎豹兽皮等物品。

唐场的"炉城帮"先后有20多家商号，有的很快就暴富。"大兴号"在唐场"炉城帮"中属于中等偏上的规格，是靠诚信经商，中规中矩逐渐积累财富发展起来的。掌柜马大兴出身卑微，是个心地善良、助人为乐的大好人。

这次，他主要是把一批刚收购的哈达，雇用10个脚夫运到炉城更重要的是要带领刘兴发将他的唐桥豆腐乳运点样品到炉城找销路。

刘兴发在做着与马大兴一起到炉城的准备。他的母亲不同意他去，主要原因是现在就集中精力把供应四川机器厂食堂的豆腐乳搞好，要发展也得慢慢来。炉城的藏人喜不喜欢豆腐乳还一点也不晓得，如果人家不喜欢吃豆腐乳，岂不是白跑一趟？何况，那里山高路险，是虎狼出没之地，如果把性命丢在那里就不值了！那王兰花呢？她的想法与夫君非常一致：要想谋得豆腐乳厂的更大发展，就不能前怕狼、后怕虎的，就要一鼓作气往前冲！何况，人家马幺爸发现了在炉城开辟市场的商机，又愿意帮忙联系，有了这么好的机会如果不抓住，就错过了良机，机不可失，时不再来呀。

刘兴发认准了的事，就要坚决干下去，十条牯牛也拉不住。他将金钩豆腐乳、白菜豆腐乳和红豆腐乳每种穿三篾笼，再多加一篾笼红豆腐，总共就是10个篾笼。他要用一根刚买回的柏木扁担挑篾笼，一头5篾笼。

马大兴劝他别亲自做这种苦力活了："如今你是老板，老板就应该做起个老板的样子。你这样亲力亲为，自己认为当了老板也保持着原来卖苦力时的本色，结果，人家不但不赞美你，而且还认为你这人很窝囊，肯定会看不起你，这会影响你的形象和生意。当初我也像你这样做的，结果我处处碰壁，操不起走了，我才悟出了这个道理。"

刘兴发觉得马幺爸说得有道理，就按他说的办，请了一名脚夫专门为他挑这副有点沉重的豆腐乳担子。

第十二章

土司官寨

1

这位脚夫叫杨大山，是与唐场挨界的上安镇人，个头高大，腰宽背圆，剑眉倒竖，声如洪钟，是个做苦力的大汉胚子。无论酷暑严寒，只要他挑担子，就全身脱光，只剩一条短裤遮羞。他在附近的几个乡场是出了名的大力汉，尤其在唐场是"炉城帮"几家商号争相雇用的热门对象。

家有贤妻真是男人的福气。王兰花对夫君体贴入微，她把刘兴发的单衫、夹衫、单裤、夹裤都各备了两件，以便换洗。她说出门在外，在人前人后都要干净整洁，才不失体面，何况要出外经商更别让人家看不起。她把这些衣物折叠得巴巴适适的，装进一个黑色布囊里。

刘王氏千叮咛万嘱咐儿子一定要注意安全，还请了河坝街的李端公给他画了一道护身符带在身上。

王安清要刘兴发一定向马大兴学习藏族人待人接物的一般规矩。

刘兴发知道，还应当懂得藏人的风俗习惯，千万不能在这方面出了差错，惹一些不必要的麻烦。他用一个小本子，把这些逐一记在上面。马大兴说还有没想到的，随时都可以问他。本来刘兴发的记忆力就很强，马大兴告诉他后，他记在本子上，默念了几遍，自然就烂熟于心了。

这一天，红日当空，秋高气爽，这帮人就要从唐场向炉城进发。马大兴自然成为首领，一切都由他发号施令，不光是他的"炉城帮"脚夫，就连刘兴发也得听他的安排。这一路到炉城，是刘兴发第一次留下脚印，人生地不熟，可以说出外经商还得从零开始。

马大兴脑后吊着一根粗而短的辫子，一副商人打扮，衣料质地上乘，外套一件绅士马褂，宽大的裤脚打褶用一根黑丝带拴着。全身黑色衣裤，显得庄重沉稳。

刘兴发的脑后也吊着长辫，穿着就比较随意、简洁，全身衣裤都是蓝色，让人一看就知道是个精明强干的实干家。

莽汉杨大山把衣服脱下塞进一个布囊，将布囊挂在扁担的一端，肩上搭一条黑色毛巾，光溜溜的胸背凸显雄健的肌肉。他挑起担子就走，担子的两端各挂五个装着豆腐乳的蔑笼，对他来说可谓"举重若轻"，没有感到任何压力。

还是那10个挑着哈达的脚夫比较老练，他们自由自在地踏着合拍的步伐，在扁担闪悠闪悠的"嘎咕嘎咕"声中有节奏地行走。

他们挑着的哈达，全是唐场的几家作坊制造，是马大兴收购的。

哈达是藏族人作为礼物赠送的长条丝巾和纱巾，一般是白色和蓝色的，也有绿色、黄色和彩色的。白色代表白云，蓝色代表蓝天，绿色代表江水，黄色象征大地。五彩哈达是献给菩萨和近亲做彩箭用的，是最珍贵的礼物。

哈达这么重要，马大兴唯恐在运送过程中稍有闪失，就会弄出点滴污损。如果遇到下雨必须躲避。当然，那些挑哈达的脚夫都是老油子了，很有经验，可以说万无一失。

这帮人当晚宿在邛州，过了邛州就爬坡上坎全是山路了，第二晚宿百丈。过了百丈山坡越来越陡，翻金鸡关上坡15里，下坡15里，好不容易才到了雅州，第三晚就宿雅州。雅州是个雨城，尤其在这秋季，几乎每天都烟雨溟蒙的，有时还会细雨绵绵，整个城市都像泡在水里似的。这一天还算运气好，他们来到时，没有下雨，可能头天才下过雨，感觉到处都湿漉漉的。

当晚，住在进城门洞走半条街的"雨城客店"。这是邛（州）、蒲（江）、大（邑）"炉城帮"过往客商在雅州的常驻客店。在本城，这家客店属于中档级别，庭院格局，飞檐拱角，雕花格门，虽然显得有些斑驳，但也留下些许当年曾经辉煌的痕迹。店主是个很斯文的精瘦老头，他那一双晶亮的眼珠像菩提果似的转动着，流露出精明、睿智的目光。

怎么会有这样的客店？这老头究竟是何等样人？出于好奇，刘兴发走进了他的小厅与他搭讪，慢慢攀谈起来。

"先生，你好。你这府邸好阔气，真令人羡慕。"刘兴发微笑着说。

"嗯，阔气的日子像流水一样，一去不复返了。唉！"老者的眼里流露出怀旧和伤感的情绪。

"当初老人家绝非等闲之辈。"刘兴发的直觉溢于言表。

"算你好眼力……"老者有些自负地说。

他吧嗒着叶子烟，慢悠悠地谈起了自己的过去：

他姓刘名乾坤，祖父刘学德是大名鼎鼎的"雨城牌"豆腐乳创始人。刘乾坤的父亲刘恒丰从其父刘学德手中接过家业后，使"雨城牌"豆腐乳卖到西藏、印度和缅甸，事业蒸蒸日上，家业更加兴旺。但是树大招风，接踵而来的是各级官府对其层层盘剥、巧立名目加码抽取油水，使"雨城牌"豆腐乳产业实在难以支撑最终倒闭。本来刘恒丰一心想儿子从小就读书上进，步入仕途，扭转乾坤，因此取名"乾坤"。刘乾坤虽然饱读诗书，从小就有报国之志，但眼见本家上两代人经营豆腐乳从创业到衰败的全过程，看透清朝江山已腐朽不堪，摇摇欲坠。因而万念俱灰，无所事事，开一个客店蹉跎岁月，了此残生。

刘兴发听了刘乾坤的这番饱含着血与泪的讲述，联想到未来唐桥豆腐乳的发展命运，感触良多，不无忧虑。

"老先生，你家祖传的'雨城牌'豆腐乳品牌没有传承下来，实在太可惜了！"刘兴发说。

"难啊，在这个世道要想把好的东西留下来，谈何容易啊！"刘乾坤摇了摇头说。

刘兴发回到客房，马大兴问他与店主谈了些啥，他如实相告。马大兴说："你听了他的话，是不是对于你那唐桥豆腐乳的发展也丧失了信心？"

刘兴发说："我哪里会如此脆弱？人就是要善于在夹缝中生存

和发展。"

马大兴拍了一下大腿说："你说得好！有胆识！有志气！"

听了刘乾坤的话，让刘兴发更有信心的是：当年"雨城牌"豆腐乳可以卖到西藏和印度去，那唐桥豆腐乳也可以卖到那些很远的地方，甚至异国他乡去！

当晚，他睡得很安稳，虽然脚夫们在睡梦中传来此起彼伏的呼噜声。他在梦里看到王兰花躺在床上，痛得哭叫着滚来滚去，是在难产的关键时刻，母亲站在床前也束手无策，非常焦急。他慌忙跑去，不慎绊了一跤，醒了方知是梦，好久也回不过神，不免对王兰花、母亲和厂里的一连串事情都有些担心。

2

王兰花自从夫君出门后，就一直担心他的安危，还在梦里见到他哭愁愁的样子，但不敢把梦里见到的情景告诉老母亲，怕增加她对儿子的担心。这一天下午，她正与王安清师爷在厅堂里谈这段时间豆腐乳很好的销售情况，心情非常愉悦，满脸笑得像后花园绽放得十分可爱的芙蓉花。王安清夸她脑子灵醒，办事干练，可谓"女中帅才"。她非常幽默地说："全靠你这位军师的鹅毛扇子扇得好哇，我还没来得及给你发奖状咧，你倒先夸奖起我来了，真是把拐棍弄来倒起拄了，这就千万要不得。"

王兰花和王安清都哈哈大笑起来。

一位绰号叫"好吃嘴"的鸡公车夫突然闯了进来。他本名何承祖，平时最爱吃唐场台子坝卤肉店的鸭脑壳，他母亲说他是"好吃嘴"，慢慢这个绰号就出了名。他是唐桥豆腐乳厂鸡公车运输队的头儿，由他全权负责管理鸡公车队的食宿、安全和与四川机器厂食堂交接豆腐乳的相关手续。这人忠诚老实，办事可靠，也爱开一些荤素相杂的玩笑，有时调侃起来，会把人逗得前仰后合，一不小心还会岔气的。

这次他却一反常态，一进门就板起一张脸，还未开腔，王兰花就晓得不对劲，肯定出了啥问题。

"何哥，哪个惹你生气了？你板起脸干啥呢？"王兰花问。

"出问题了！出大问题了！"何承祖说着，很泄气地往旁边的黑漆木圈椅上一坐，身子也好像比平时重了许多。

"好大的问题嘛，看你气得那个样儿。"王兰花说。

"问题大得不得了，快要冲破天了！你们信不信？"

"快说快说。"王兰花说。

"这次运去的豆腐乳，质量出大问题了！"何承祖说。

"出了啥子大问题？你说吧。"王安清说。

"我们刚把豆腐乳运到四川机器厂食堂，就将装着豆腐乳的一个个蔑笼从鸡公车上卸下来。刘司务长用指头点着蔑笼的数目后，用一把尖刀划开了蔑笼封口的油纸，捏着竹筷从蔑笼口子夹出一块豆腐乳放在青花瓷小碟里，然后夹一小块豆腐乳放在嘴里慢慢品味后，很不高兴地说，你们这回运来的豆腐乳，味道没有前几次的好，还是给你们收下，如果下次再这样，对不起，我就要让你们原货退回。"

"情况这么严重？"王安清说。

"嗯，情况是很严重的。"王兰花说。

"你以为问题出在哪个地方？"王安清问何承祖。

"我也弄不醒豁。"何承祖一脸的无奈，用手搔了搔头说。

"你们那晚是在双流县城住宿吗？"王兰花问。

"是的，就是城外路边的那家'广都客栈'住宿。"何承祖说。

"你们放豆腐乳的鸡公车离你们住宿的地方有多远？"王兰花问。

"远哩，我们载着豆腐乳的20部鸡公车，就放在刚进客栈大门的那间大屋子里。我们这些车夫就安排在后房的一排下等客房里住宿。"何承祖说。

"那间大屋子里，除了放着你们的鸡公车，还放的有啥子呢？"王兰花问。

"还放有一些旅客的杂七杂八的东西，比如马车、滑竿、背篓、收荒匠的担担、补锅匠的一些器皿……"何承祖慢慢回忆，慢慢说着。

"别说了，别说了，我都知道了。"王兰花有些不耐烦地打了个制止的手势。

何承祖盯了一眼王安清，看王安清的态度怎样。

王安清沉默不语，像在思考什么。

"那间大屋子里的四面都有墙壁吗？很牢固吗？"王兰花问。

"四面都有墙壁，是不是很牢固，我们没有注意到这一点。"何承祖说。

"你们回转时在哪个客店住宿？"王兰花问。

"回转时，我们在新津五津镇的'江畔客栈'住宿。"何承祖说。

"好了，我已经晓得全部情况了。你明天通知你的兄弟伙，组织 30 部鸡公车到厂里来运载豆腐乳到成都。"王兰花说。

"这……还要去吗？"何承祖的眼里流露出疑虑的目光。

"一切都得听从我的安排。"王兰花说。

"不怕人家不收吗？"何承祖很不放心地又问了一句。

"这事不用你担心，你管好运输队伍就行了。"

何承祖走了，王兰花向王安清说了几句话后，王安清就到太平钱庄去了。

这时，钱洪泰正躺在大厅里的淡黄色柏木睡椅上，跷着二郎腿对站在面前的钱二侠谈话。钱二侠转动着螃蟹似的眼珠，面有难色。见王安清来了，钱洪泰急忙坐起来招呼王安清，给钱二侠递个眼色，钱二侠那瘦猴模样的身子向下一躬，往后退了两步，就像一片影子似的隐身了。

"王先生，是哪股风把你这条大鲤鱼吹到我这个浅水滩来了？"钱洪泰不乏风趣地与王安清调侃起来。

"钱庄主，是我这条干虾子又回归你这个肥水沱来了。哈哈!"王安清两眼笑得像豌豆角，说着还打了两声干哈哈。

钱洪泰请王安清坐下，还亲自给他泡了鹤山毛峰茶。

"庄主，玩笑归玩笑，今天我真是来搬你这位大神去镇妖孽的哟。"王安清揭起茶盖，轻轻吹着茶盅里泛在水面上的茶叶说。

"现而今刘兴发家大业大，红得发烫。你面前就是真神，何须再求远方的菩萨?"钱洪泰说。

"今天是真心来给你这位大神烧香的噢。"王安清一脸肃然地说。

"王先生，你有话就直说。如果有何难处，需要我出面的地方，只要你招呼一声，我一定全力效劳。"

"实不相瞒，刘兴发又遇到了个大问题，他委托我来向你求救。你一定要赏脸哟!"王安清说。

"你快说。"钱洪泰说。

"他这一次运了一批豆腐乳到成都，人家一尝，味道不如前几次的好。"王安清说。

"味道稍微比上几次差了点，有啥不得了?我怎么能救他?你真会开玩笑哟!"钱洪泰不以为然地笑着说。

"他运豆腐乳是请一批帮工用鸡公车推去的，当晚在双流的客店住宿时，被强盗调了包。"王安清说。

王安清说着，两眼直勾勾地盯着钱洪泰，看他是啥表情。钱洪泰的眼睛掠过一丝诧异的目光，但很快又趋于平静。

"调包?不可能吧。"钱洪泰摇了摇头说。

"的确是调了包的。"王安清非常肯定地说。

"这与我有啥相干?你找我干啥?"钱洪泰皱着眉头说。

"我是请你派两个大朴刀手，明天跟随唐桥豆腐乳厂的鸡公车运货队到成都。"王安清说。

"哦，你说的是这个哟，可能不得行哟!"钱洪泰皱着眉头，忧心忡忡的样子。

"行，肯定行，这样就会保住豆腐乳万无一失。这是要给你奉上辛苦费的哟！"王安清说。

"好吧，这个忙我帮定了！"钱洪泰用拳头在桌子上一击说。

钱洪泰倒是非常慷慨地答应了，可是第二天他却以"大朴刀手另有紧迫任务不能前往相助"为由而反悔了。王兰花与王安清师爷就这个问题分析个中原因。

在厅房里，王兰花和王安清坐在一张黑漆八仙桌的两边。

"王先生，你对这个问题是咋样看的？"王兰花说。

"在我看来，这次的豆腐乳调包与钱洪泰有一定关系。"王安清说。

"为啥这样说呢？"王兰花问。

"这次与钱洪泰见面时我说到豆腐乳被调包的事，虽然是一眨眼间我留神他的眼神和表情都有些诧异，又加以他答应派大朴刀手保护运送豆腐乳鸡公车队又突然倒拐，这中间肯定有啥蹊跷事。"王安清说。

"这样吧，你去请铁头和尚亲自出马保护……"王兰花还未说完就捂住肚子"唷喂唷喂"地呻吟起来。

王安清赶快去喊来刘王氏，就找铁头和尚去了。

刘王氏赶到时，王兰花痛苦地挣扎着，满头大汗，是要分娩了。她见媳妇儿如此难受，自己也急出一身冷汗。张产婆住在三柏洞桥头侧边的院子里，去请她也来不及了。咋个办呢？这是人命关天呀！

"娘，你别急，快去拿剪刀来，在茶壶里倒一盆热水来。"王兰花痛得火星子颤，仍然咬紧牙关对刘王氏说。

本来刘王氏这个年龄的过来人，遇到如此临产情况，应当胸有成竹，冷静处理的，只是她考虑到有这么个打起灯笼火把也难找到的好媳妇，假如临盆出了问题，咋个对得起自己的儿子和未出生的孙儿？更对不起这家里顶了半边天的好媳妇呀，那简直是面临天塌下来的感觉。所以，她心绪一乱，就战战兢兢，手忙脚乱。

当听媳妇喊拿剪刀和端热水时，看到媳妇临阵不乱，那么镇定，一下就来了勇气，很快就拿来剪刀，又端来一木盆冒着热气的水。

王兰花伏在一块方凳子上，紧闭着嘴，用尽全身力气，使劲挣得面红耳赤，觉得胎儿在往下坠，就要生出来了，苦于始终挣不出。她就不相信这个宝贝生不出来……

3

炉城商埠的老板戴明星是一位汉人，原本在老家眉山经营干鲜食材和豆腐、豆干、豆豉、豆瓣、海椒、酸菜等腌制食品。12 年前在炉城打出"炉城商埠"的招牌，生意越做越大，形成现在的规模，在炉城同类商号中可谓首屈一指。

戴明星与马大兴是生意场中的朋友，已经交往 10 多年。初次见面，刘兴发就有遇到故人的感觉，很是亲近。

戴明星身材矮胖，圆脸，笑起来就眯着眼睛，像一尊弥勒佛。

"马二哥，你这次带个兄弟伙来，又有啥子好门道？"戴明星说话的语速很快，像爆炒豆似的。

"我们当地的土特产品唐桥豆腐乳想在炉城打开销路，老弟一定要给我这个小兄弟搭把手，扶一扶哟！"马大兴说。

"唐桥豆腐乳？我听说过，没有见到过。我正想找这个厂家，但不知道咋个联系，你们来得正好。"戴明星说。

"你先尝一下口味再说。"马大兴说。

刘兴发到门外叫杨大山拿一蔑笼豆腐乳进来，要他撬开封口的油纸，取出一块放在碗里。戴明星用竹筷夹一坨放进嘴里，慢慢品味。

"嗯，味道太好了，细嫩、柔润、清香。"戴明星赞不绝口。

他连忙唤来娇妻品尝美食。这是一位藏族美女，全身珠围翠绕，显得有点娇贵。她一出来，就使大家的眼睛一亮，产生一种仙女下凡的感觉。戴明星用筷子夹一小块豆腐乳放进她嘴里，她闭着蚌壳双眼，边品味，边点头，吞下后又张开了口。戴明星懂得她是还要再吃，便又夹一坨给她放进嘴里。如此，又夹了几坨，她都很乐意地吃了，还用丝绢揩了嘴，说要买一蓂笼豆腐乳。刘兴发很懂板眼，叫杨大山去拿了一蓂笼给她，她要给钱，刘兴发微笑着婉拒了，她抿嘴一笑说一声"托及其"就走了。

刘兴发和马大兴对视了一瞬，没说啥。

"你们晓得她说的啥子意思吗？"戴明星笑嘻嘻地问他俩。

他俩都摇着头。

"她说的是藏语，'托及其'就是'谢谢'的意思。"戴明星说。

"哦，很好听的，但是不好学。"刘兴发说。

"你要在这炉城做生意，还得学会藏语才行。"戴明星说。

"嗯，今后我就跟你学藏语吧。"刘兴发说。

戴明星要他俩在炉城商埠前面的阶沿上摆个方桌，把豆腐乳蓂笼放在桌面上，让来往行人品尝。

一会儿就围上来一大堆人。刘兴发请大家品尝"唐桥豆腐乳"的味道。刹那间，只听到一片藏语和汉语混杂的声音在人堆里碰撞：

"名卡热（这是啥）？""酒挚日（吃）。""尼（买）。""奴古吧（要钱）。""尼格因（我买了）。""没吞油（同意）。"……

杨大山非常忙碌地用筷子夹豆腐乳给大家品尝，刘兴发则负责卖豆腐乳和收钱。

突然，一位古铜色脸庞、头上缠着长辫的藏族壮汉双手劈开人缝，钻进人堆，走到桌前指着装豆腐乳的两个蓂笼说："不用卖这些豆腐乳了，你们全部带上，跟我走一趟。"

刘兴发很是诧异地问戴明星是咋个一回事。戴明星说这人是炉城土司扎西曲措的家政尼玛登巴。"家政"就是管家，所以一般人都称呼他是"管家"。

尼玛登巴很紧迫的样子，连续催促刘兴发赶快收拾起全部豆腐乳跟他一起走。

　　杨大山非常愤怒地瞪大眼睛，举起有力的拳头，刘兴发急忙拉住他的手臂。

　　戴明星像一个和事佬，不笑也像一尊弥勒佛，他尽量在中间打圆场。

　　"管家，这位刘小弟是我的小伙计，你看在我的面子上，千万不要给他过不去啊！"戴明星苦苦恳求。

　　"我把他带到土司官寨，对他只有好处，没有坏处。"尼玛登巴说。

　　"这是咋个一回事？你应该向他讲清楚。"戴明星说。"土司官寨里的事，是不能对外散布的。"尼玛登巴说。戴明星再不敢多问了。

　　刘兴发想，事已至此，也只好听天由命了，就是上刀山下油锅也只能上，不能下。反正自己是被推上过杀场，从鬼门关回来的人，最凶不过一死，还有啥可怕的呢！

　　刚才送了戴明星的夫人1篾笼豆腐乳，又卖了3个篾笼的豆腐乳。刘兴发叫杨大山将剩下的6个篾笼的豆腐乳背着。

　　谁敢惹土司官寨的人呢，尤其不敢小看这个管家。大家不敢吱声，眼睁睁地看着刘兴发和背着篾笼的杨大山，跟在尼玛登巴的后面默默地离开了。

　　"从来没有听说过世上有啥官寨，更没见过官寨是啥模样，为啥这官寨的管家要来管我？是啥原因把我与官寨牵扯上的？这回可能又像当初落入白虎寨土牢，差点掉了人头的灾难可能要再次重演了。"他拍了一下自己的脑袋，在心里默默惊呼，"刘兴发呀刘兴发，自从迷上这块唐桥豆腐乳，还会有几次被推进鬼门关？"

　　刘兴发感到一切都异常陌生，一路上碰到不少藏族人。他们最明显的特征就是穿着露出半边臂膀的衣服和长筒靴子。男子别着腰刀、打火镰、鼻烟壶等用具；妇女的头发与红绿丝线混编，还佩戴一些金银玉石珠宝镶嵌的胸饰、腰饰、首饰和耳环等。

　　这里的街道与家乡唐场的不一样，除了3条真正意义上的街道外，其余的几条街都比较零散，相互没有连接的。似乎到处都可闻到一股股冲鼻的膻味，混合着酥油味道，觉得有些闷头，很不是滋味。

总觉得地上有些湿润，脚踩在地上像是有点软绵。这时下起了小雨，有点溜滑。管家仍然那么从容不迫地走着，杨大山背着那么几个篾笼也若无其事地往前走。

前面究竟是天堂，还是地狱？像一团迷雾遮住了刘兴发的视线，他深感迷惘和困惑，心里像吊着个啥子东西，七上八下的。

这是在向一座大山走去。老远就看到一座拱形山脚下，有一座城堡式的建筑物，高大，宽阔，造型别具一格，与整个城镇建设的格调迥异，形成鲜明的对比，好像是另一个世界。刘兴发一方面感到无比好奇，一方面又不知这位管家心里装着啥子鬼花样。

不知不觉来到这座"城堡"前。难道管家要带他俩跨进大门内？刘兴发简直不敢相信自己的眼睛，但是，他还来不及细想，就跨进了大门。

管家带着他俩在官寨里穿堂走室、七弯八拐，走了多时，登上一个木梯，再拐几道弯，才走进一个大厅。这里的内部装潢十分豪华：铺拼花硬木地板，北墙上满装壁柜直至梁底，柱梁上全是雕刻花纹、油漆彩画，还有沥粉贴金。刘兴发觉得有点眼花缭乱，云里雾里的。尼玛登巴管家叫他在一把雕花木椅子上坐下，叫杨大山把背上的六个篾笼卸下来，放在墙角的一张木桌上。杨大山坐在一个圆形绛色木凳上。

他们就这样静静地坐着，像是在等待一个很重要的人物出场。

刘兴发也不敢多问。杨大山如坐针毡，又是搓手，又是跺脚，一会儿又站起来。尼玛登巴管家给他打了个手势，要他坐下。他说他的尿胀了要去屙尿，管家说他说话太粗鲁。他说他找不到茅屎边，尼玛登巴管家说他太土气。管家正要带他去厕所，一位高个子藏人从侧门的屏风后面走了出来。

这就是土司扎西曲措。他穿着彩色锦缎藏袍，右手提着藏袍的下摆，昂着头踱着方步走出来，一副器宇轩昂的神情。管家连忙要刘兴发和杨大山规规矩矩地站起来。刘兴发心里只觉得好奇，但非常稳重，神态自然。杨大山则显得手足无措，神情忐忑不安。

扎西曲措土司前额微凸，下颏有一撮山羊胡，双目炯炯有神。他双手往下一按，管家就叫刘兴发和杨大山坐下。

扎西曲措土司在一把高高的红漆木椅上稳稳地坐着，双目紧紧盯着刘兴发，像要从面貌看透他的五脏六腑似的，多时也不开腔。刘兴发双目平视，镇定自若地挺胸坐着，像一尊雕像。杨大山用警觉的目光死死盯着土司，看他究竟想要干啥。

扎西曲措土司的右臂向上一抬又放下，刘兴发弄不懂他的这个动作是啥子含义。

"把你带来的豆腐乳给我尝一尝。"土司用汉语说。

尼玛登巴管家说扎西曲措土司要的就是这东西，连忙去拿来土碟和筷子。刘兴发与杨大山将篾笼打开，用筷子夹了一坨豆腐乳放在土碟里。管家左手端着土碟，右手用筷子挑一坨豆腐乳放进土司嘴里。扎西曲措土司闭着双眼，像一尊泥塑菩萨，慈眉善目，很是舒心的神态。他的嘴唇微微翕动，慢慢品味豆腐乳后，举着拇指啧啧称赞：人味道好，好味道！"

"爵爷，只要合你的口味就好。"尼玛登巴管家非常高兴地望着土司说。

"把他们带来的豆腐乳全部留下。"扎西曲措土司又把右臂向上一抬后说。

"爵爷，是是是。"尼玛登巴管家连忙站起来，向土司躬身说。杨大山慌了，霍地站起来抡着两个拳头。刘兴发慌忙按住他的双肩，要他不准轻举妄动。他只好很不情愿地坐下。

"他想干啥？"扎西曲措土司诧异地盯着杨大山说。

"爵爷，他尿胀了不舒服。"尼玛登巴管家连忙为杨大山辩解说。

"你咋个晓得他的尿胀了？"扎西曲措土司盯着管家说。

尼玛登巴管家张了张嘴，一时回答不上来，面带苦笑。

"他的尿胀了，就是这样的。"刘兴发一边说着，一边给杨大山递个眼色，"你去厕尿吧。"

杨大山去了。

4

这些豆腐乳是拿来给人品尝，是要在藏族地区打开销路的，却像落进了虎口，一下就被土司吞掉了，这该如何是好？刘兴发茫然不知所措。

杨大山去解手过来了，愁眉不展地坐回原来的凳上，不断盯着刘兴发，意思是看你哪个办。

尼玛登巴登管家瞥一眼扎西曲措土司，又瞥一眼刘兴发，想从他们的脸色看出一点啥子名堂。

扎西曲措土司好像看出了刘兴发的心事，又抬起右臂后放下。

"把全部豆腐乳留下，是要给你钱的。不然，我就成为棒老二，抢你的东西了。"扎西曲措土司的脸上露出了难得的笑容说。

"土司大人……"刘兴发壮着胆子说。

尼玛登巴管家连忙给刘兴发打个手势，不让他继续说下去。

"你不能叫他'土司'，要叫他'爵爷'。"管家走到刘兴发身边附耳说。

"爵爷，我带来的这些豆腐乳是拿给买主品尝，要在炉城打开销路的。"刘兴发说。

"你说这话我懂你的意思，那我就只留下 3 个篾笼的豆腐乳，剩下的你拿去找买主好吗？"土司非常大度地说。

"多谢爵爷！"刘兴发站起来躬身说。

扎西曲措土司打个手势，刘兴发又躬了一下身后坐下。

"你就在炉城建一个生产豆腐乳的作坊吧。"扎西曲措土司对刘兴发说。

"爵爷，我制造的唐桥豆腐乳，只能在唐场生产，其他地方都不行。"刘兴发说。

"为啥？"扎西曲措土司有些不悦地说。

接着，刘兴发解释道：唐桥豆腐乳之所以清香柔嫩、可口化渣，成为丁宝桢总督所说的"美食中之上品"，主要是生产豆腐乳的水源水质关系。唐场众家店自古以来就有三眼神泉，唐桥豆腐乳厂就建在众家店附近，水源是相通的。用同样的技术在四川机器厂建的豆腐乳厂制造的豆腐乳，味道却与唐场造的豆腐乳相差较大，差别就在水源水质上。

扎西曲措土司知道唐桥豆腐乳的味道好，是由于唐场的水质好后，他想，真是的，几年前炉城东门外不是来了一位邛崃人在那里开了一家泥豆腐作坊，不到半年就砸锅倒灶了吗？也就是味道不好嘛，可能这炉城的水质硬是没有唐场的好。

扎西曲措土司有三房妻妾，前两房是藏人，第三房是汉人。她的名字叫赵小姣，就凭她那诱人的姿色使他如痴似醉，将前两房妻子晾在一边。他与赵小姣朝朝暮暮的烟花风月，蜂狂蝶乱，好生滋润尽情享受。

赵小姣是尼玛登巴管家三年前从崇州三江口一家破败豪绅家里买回来，敬献给扎西曲措土司的难得礼物。

扎西曲措土司对赵小姣百依百顺，甚至献媚讨好。她无论要啥，除了天上的星星摘不下来，其余他都会尽量满足她。她最爱吃的就是唐桥豆腐乳。说也奇怪，还是这位尼玛登巴管家两年前随炉城的"炉城帮"，到唐场春分会采购当地的土特产品，其中就买回了一篓笼豆腐乳。那是在众家店阶沿边的小摊上买的，那里卖豆腐乳的就刘王氏独家，那肯定就是买了刘王氏的豆腐乳。买回来后，赵小姣最爱吃，因此，除了每个人只尝了一点味道后，就全部让给赵小姣一人独享美味了。

之后，扎西曲措土司通过"炉城帮"到唐场众家店又买回了豆腐乳，哪知，赵小姣用筷子尖醮了针尖大点儿放在舌尖上抿了抿后，大惊小怪地说味道不对头有杂味，就"呸呸呸"地吐了，其实啥也没有吐出，地上连一丝渣儿也没有。如此一来，扎西曲措土司就疑心有歹人在豆腐乳中下了毒，再也不敢委托"炉城帮"买豆腐乳了。尼玛登巴管家当然知道这些详情，所以他在炉城商埠大门外的阶沿上见到摊子上正在销售唐桥豆腐乳，就毫不犹豫地将刘兴发和杨大山背上装着豆腐乳的几个篾笼带到这土司官寨来了。

虽然不能在炉城建豆腐乳作坊，但是，扎西曲措土司仍然把刘兴发当成贵宾对待，这就使刘兴发像丈二的金刚一摸不着头脑了。土司要刘兴发放宽心在官寨里多要几天，人家一片美意，刘兴发还真的不好推辞。但是，他巴不得很快在炉城联系好豆腐乳销路就回家，心里很是挂念身怀六甲的爱妻，算了一下日子，她可能就这几天要临盆了……

他们在大厅里见面后的第二天，扎西曲措土司要尼玛登巴管家带领刘兴发和杨大山观赏土司官寨的气派建筑。刘兴发真的揣测不出土司是何用意，心里不免有些烦躁，有点误入虎口的感觉，但是，这阵身不由己，还得亦步亦趋地跟着尼玛登巴管家走。

尼玛登巴管家将刘兴发和杨大山带出大门外，让他俩仔细观赏这座土司官寨的全貌，刘兴发真弄不懂对方究竟出于何种用意。他想，这样也好，不然，做梦也想不到自己会亲眼看到这些祖宗十八代从来没有机会看到的东西。就连刚进官寨大门到二楼大厅见到土司扎西曲措，也是懵懵懂懂的，如坠五里云中根本没有看清是些啥子东西。

这时，他们站在官寨大门外。看就看吧，刘兴发这次一定要挨一挨二地看个仔细。

官寨大门高阔宽阔，是由桦木精工做成，上面雕刻有奇禽怪兽和象征吉祥福寿的藏族图腾。大门上楣用藏文和汉文分成两排，藏文在前，汉文在后，用红漆木条镶嵌的"官寨"两个斗大的字样，特别惹人注目，也蕴含着官寨豪气的意味。

官寨外边的不远处，东、西、北部的三个地方都屹立着一座高耸的碉楼，里面昼夜驻守着瞭望的哨兵，保卫官寨的安宁。

尼玛登巴管家带领他俩重新走进了官寨大门。

走过一个前壁挂着三个野牛头骨的天井，进入一道椭圆形木门便是一个铺着藏毡的厅堂，门旁站着一个手执藏刀的彪形大汉。这是一位满脸黝黑、眼似铜铃的把门将军，一看就知道他是藏人。把刘兴发吓了一跳：咦，这里也有武士警卫，如果有歹人从大门混入，必然成为刀下亡魂！

边走边看，边看边听尼玛登巴管家讲解这官寨的方方面面，刘兴发感到非常新奇，问这问那。杨大山则像一个木头人，抿着嘴，不吭一声，只是跟着他们走。

官寨内部有前后两个天井，中有隔墙，形成前后两个院落。穿过一个铺满红砂石地面的坝子，就走到一幢楼房的底层。这就是前院，共三层楼。

后院建筑五层。四周外墙及前后院之间的隔墙均为土筑，外墙底厚有 2 尺，五层总高 7 丈多。内外院之间在中间隔墙上辟门，在外院东、西两端的北头设楼梯间，各设活动板梯一架，一旦发生什么状况，便将板梯抽上楼去，关闭前后院隔墙上的门户，不但上下层之间不相通，前后院也隔绝。刘兴发想，这官寨壁垒森严，巧设机关，真像一座城堡。

底层前院为差役、奴隶用房，念经时僧人的厨房，以及牲畜圈房等；后院是粮食及杂物贮藏室。第二层前后院相通，前后天井周围有外廊和阳台联系各房间；后院北端正中有一间 20 根柱子的经堂，经堂西侧有一间 16 根柱子的佛堂，内部空间直贯第 3 层。第二层其余房间平时空置，仅在土司家念大经时供僧人临时使用。第三层也是前后院相通，前院为差役、奴隶等住房；后院为公堂、办事人员、管家、头人等的住房及客房、贮藏室、厨房等。第四层仅后院的东、西、北三面有房间，其中有土司的冬室、夏室、小经堂，随员和管家卧室，以及客房、贮藏室等，南面有宽敞的屋顶平台可供室外活动。第五层仅后院的北面有一排房间，供卫队使用。从顶层屋顶用独木梯可通达其下各层屋顶，以便巡视及防守。

　　整座官寨为土木混合结构，平屋顶，外墙顶部均挑出短檐，以防雨水浸湿墙顶。内部由木梁柱承重，层层叠架而上。用半圆木做井干式照壁墙，木板壁做内隔墙。各层楼面除厨房外，都在泥楼面上铺设木地面；土司的冬室、小经堂及客厅等室内铺拼花硬木地板；在冬室、佛堂、经堂等室的北墙上，满装壁柜直到梁底，柱梁等施以雕刻、油漆、彩画，甚至是沥粉贴金，内部装饰极为奢华。

　　刘兴发觉得像进入了一个迷宫，也像一场梦游，好奇与幻觉交织，这是他从来没有过的奇妙感觉。

第十二章　土司官寨

第十三章

古镇风情

1

尼玛登巴管家再次把刘兴发和杨大山带领到上次去过的前院二楼大厅里。上次是在那里枯坐着等待扎西曲措土司，这次是扎西曲措土司早就坐在那个高木椅上等待他们的到来。

扎西曲措土司见他们进来，便连忙站起来招呼他们坐下，待人还是很礼貌的。

"你们把官寨转完了吗？"扎西曲措土司微笑着问。

尼玛登巴管家一下站起来。

"回禀爵爷，我带领他们转完了官寨，他们很高兴。"尼玛登巴管家说。

刘兴发微笑着点头。

杨大山仍然抿着嘴，木讷地坐着。

"坐下，坐下，大家都坐下。"扎西曲措土司把右臂往上一抬，要大家坐下。

"这炉城是个好地方，你们可以再耍几天。"扎西曲措慢条斯理地用右手提了一下藏袍的下摆，缓慢地说。

刘兴发实在憋不住了，急得面红筋涨地盯了一眼尼玛登巴管家，就要说话。他急于在炉城打开豆腐乳的销路，更要命的是王兰花马上就要分娩，如果有三长两短，那还了得？

尼玛登巴管家急忙摆了几下手，刘兴发只好把已经滚到嘴边的话又吞了下去。

"你们到炉城来，不领略一下炉城的地域风情和美丽风光是很可惜的。"扎西曲措土司说。

"嗯，就是就是，这里是个好地方。"尼玛登巴管家连忙附和着说。

"这炉城就是康定城，三国蜀汉时称为 6 打箭炉，是一个历史非常悠久的城市。这里是多个民族和谐共居的大家庭，除了藏、汉民族外，还有彝、蒙古、羌、苗、壮、布依、满、瑶、白、土家族和纳西人等民族……"扎西曲措土司说。

刘兴发听得很专注，似乎也来了兴趣。

"这是一座高原古城，三山环抱，二水夹流，折多河贯穿城中，富有民族风格的各式建筑错落有致地散布于河两岸，悠悠民歌声，翩翩民族舞，极富特色。"扎西曲措土司说。

刘兴发听了扎西曲措土司这么一说很想留下来一睹为快。但是，他的头脑非常清醒，深知发展豆腐乳事业的重任在肩，更不能将非常巴家的得力助手妻子王兰花晾在一边，更担心她在分娩时出了危险！他抬手拍了一下自己的脑袋告诫自己：刘兴发呀刘兴发，你千万不能乐而忘返哟！

正当他苦于被扎西曲措土司热情挽留，无法脱身之际，扎西曲措突然盯了一眼门口，霍地站了起来。刘兴发一看，走进来这人稍微有点胖，圆脸，笑起来像尊弥勒佛，这不是炉城商埠的老板戴明星吗？他咋个跑到这里来了呢？

戴明星恭恭敬敬地走到扎西曲措土司面前，双手合十，身子略微往下躬着。

"爵爷，在下戴明星。"戴明星的声音小得像蚊子的叫声。

"你坐下再说。"扎西曲措土司的右手向上抬了一下说。

尼玛登巴管家指了一下杨大山侧边的一个木凳，示意戴明星坐下。

戴明星手足无措地坐下后，扫视一下大家，又怯生生地瞅瞅扎西曲措土司，似乎要从他的脸色中判断自己这次无端被押到这里来所面临的凶吉祸福。他的确是被土司官寨里两个经常捉拿罪犯的差役押送到这里来的。初见这两个面色黝黑、横眉竖眼像恶鬼一样的差役，他出了一身冷汗，不知犯了土司大人的哪桩王法，该不会遭到剖肚剐油的酷刑？他的精神好像有点支撑不住了，好想倒在地上昏死过去。

"戴老板，今天请你来是要与你商量一件大事……"扎西曲措土司面带微笑，非常客气地说。

这是请我来的吗？戴明星很不以为然地耸了耸肩，心里感到不舒坦，但不敢说出口。

其实，这是一个误会。扎西曲措当时对尼玛登巴管家说："把炉城商埠的老板找来。"尼玛登巴土司不知道扎西曲措土司的用意，就随便找了两个差役把戴明星老板押来，戴明星觉得受了莫大的羞辱。

"这个嘛，关系到炉城和康巴区域庶民百姓的生活问题，那就是唐桥豆腐乳这么好的食品，由你统一负责进货和销售。不仅在炉城销售，还要通过炉城这个茶马古道的大驿站，卖到西藏，甚至卖到印度支那和东南亚……"扎西曲措土司说得很激动，一下从坐着的高椅子上站了起来，还打着手势。

戴明星听着听着，也激动得几乎流出了眼泪，原先的一些怨气和屈辱感觉都随之烟消云散、一扫而光了！

这是一笔大买卖哟！而且是永久性的生财之道哟！要不是扎西曲措土司开恩，这天上掉下来的馅饼是无论如何都不会落到他姓戴的头上的。权力哟，它多么像一个妖魔，既能呼风唤雨，又可给人财富和灾难。戴明星想到这里，按捺不住似烈火一样燃烧的激情，猛地冲到扎西曲措土司面前，把在场的人都惊呆了。

"多谢爵爷大恩大德，在下戴明星永世不忘，定会力尽犬马之劳！"戴明星"咚"的一声跪在地上说。

扎西曲措土司连忙上前将戴明星扶起，请戴明星仍然坐下。

"为官一任，造福一方，本土司理当如此，不必如此在意。将这么好的食品推广到更远的地方，让更多人享受，也是出于本能的善心，多多益善，善莫大焉！"扎西曲措土司双手合十，闭目冥思，口中念念有词。

扎西曲措土司是一个藏传佛教的忠实信徒。他在少年时候就受父亲扎西达尼土司的影响，广结善缘，力所能及地救困扶危。父亲还将他送到蒲江镇鹤山书院攻读"四书""五经"，以及《史记》《左传》等文化典籍，所以他成为晚清时期非常独特的文化土司，受到老百姓的尊崇和拥戴。

其实，真正最为感激扎西曲措土司的莫过于刘兴发了。

他似乎看到了唐桥豆腐乳像一只大鹏鸟从故土飞向高高的蓝天，搏击长空，翱翔于更加高远的地方。

没有做任何慷慨激昂的陈述和表白，他在想如何扩大豆腐乳厂的生产规模，如何与戴明星老板磋商运作豆腐乳以及销售合同细则问题。他非常懂得"有恩须当报"的做人准则，只是不挂在嘴边，要用实际行动。

"爵爷，从今后，我委托老家唐场的'炉城帮'大兴号老板马大兴指定专人，给你的官寨长期赠送唐桥豆腐乳。这样，就会对这些豆腐乳的质量和卫生都绝对保证，请爵爷大大放心。"刘兴发非常诚恳地说。

"咋个是赠送呢？出钱买货，是社会规矩，我一定要付钱的，不然这社会就会乱套了！"扎西曲措土司也非常诚恳地说。

扎西曲措土司知道刘兴发一心扑在唐桥豆腐乳的事业发展上，也牵挂着非常重要的妻子临盆的事情，当然没有心思游山玩水，也就不再挽留他了。

刘兴发带着杨大山在炉城商埠与戴明星老板就具体销售唐桥豆腐乳的合作问题，商谈了一天，订立合同文约后，第二天就踏上返程的道路了。

从土司官寨出来，刘兴发有一种像鸟儿飞出笼子的感觉，归心似箭，恨不得插上双翅飞到妻子面前，看她生个啥样的小宝宝，也想见到十分担心儿子安危的老母亲。豆腐乳厂的生产情况咋个样？他越想心里越着急。

刘兴发大步流星地走在前面，走在后面的杨大山肩上扛着一条柏木扁担。他叫杨大山把扁担丢了，走路轻松些。杨大山舍不得丢，说这根扁担已经跟随他几十年，这就是个铁饭碗。

夜幕慢慢降临，天色逐渐暗下来。只见不远处的雅安城万家灯火星星点点，似繁星眨眼。这里两山相夹，一夫当关，万夫莫开。来时路过这里，听马大兴说过这里就是远近闻名的"鬼门关"。常在这茶马古道上奔波的马夫和挑夫中间流传着一首民谣："有命莫闯飞仙关，有钱难过鬼门关。丢命舍财不要紧，丢下妻儿谁照管！"

想到这些，刘兴发的心绪一阵比一阵紊乱。杨大山就没有想得那么复杂，反正随时把肩上的扁担握紧，如果遇到了歹徒就打得他屁滚尿流，喊爹叫娘，毫不手软！

不料，只听得"笃笃"两声，两个黑影从山边的崖壁洞中跳出，站在他俩的面前，挡住了去路。

这分明是拦路抢劫的乡野蟊贼。他俩的个子一高一矮，高个子冬瓜脸，矮个子猴子脸，都戴着烂边草帽，像鬼魂一样抹成黑脸，高个子举着张飞式的丈八长矛，干号一声："拿下买路钱！"矮个子举起大朴刀在刘兴发面前晃了几下，用嘶哑的声音吼叫着："没有钱，就把命丢下！"

杨大山竖眉瞪眼，就要抢起扁担狂打乱砍，刘兴发急忙拉住他的扁担。

2

刘兴发一听到这嘶哑的吼叫声，一怔，觉得这声音有点熟，一时也想不起来在啥地方听到过。

矮个子瘦猴把大朴刀架在刘兴发的颈上吼叫："哪方来的野鬼？叫啥名字？"

"唐场人氏，本名刘兴发。"刘兴发说。

瘦猴也觉得对方的声音有点耳熟，偏着头左看右看刘兴发的脸后，心中有了数。

"胡说，啥子刘兴发，你就是刘老幺嘛，别装疯迷窍地哄我们哟！"瘦猴说。

刘兴发这才恍然大悟，想起那年夜里自己从老君山寺的王道姑那里偷跑出来，就是被这个瘦猴押解到"白虎寨"匪巢去的，之后差点掉脑袋。真是往事不堪回首，"不是冤家不聚头"，眼下又不幸落入这虎狼之口，怕是在劫难逃了！

不料，瘦猴这次不是号叫，而是说话了："哼哼，刘老幺，万万没有想到你上次大难不死，算你的命大！不料今天会在这鬼门关前见到你，你还想不想继续活下去？"

瘦猴的声音仍然有点嘶哑，但柔和了许多。

"大哥，我家里还有老母和妻儿，需要我到外面下苦力供养，恳求你刀下留人，祝你长命百岁，后代儿孙兴旺发达！"刘兴发哽咽着说。

说到他的后代儿孙，好像触动了瘦猴的软肋，他念头一转，立即释放了刘兴发和杨大山。

刘兴发和杨大山刚走两步，听到大喝一声，他俩便立即站住。刘兴发心头一紧，吧，是不是瘦猴又反水了？哪知，瘦猴向他吐露了这些年来一直藏在刘兴发心里难以解开的死结：前几年，张白虎这个大匪首将他关在土牢一直不放，想的就是一旦案发，官方要捉拿张白虎，他就让刘兴发做替死鬼。因为官方每次来"按窝子"（端老巢）都要捉到土匪，或献上人头才好向上级交差的。

这么耸人听闻，这么惊心动魄。当晚，刘兴发和杨大山睡在雅安城外一家鸡毛小店，辗转难眠，这种劫后余生的感觉，使他的心里五味杂陈，连自己也不知道是啥滋味。杨大山只说了一句"你的命好悬哟！"就啥也不说，一会儿就呼呼入睡了。刘兴发却感慨万千，一会儿又摸一下自己的脑袋，甚至怀疑它还是不是仍然在自己的颈项上。性命啊，多么脆弱，遭遇多么难以想象！

终于知道了张白虎当年为啥将他关在土牢一直不放的原因。但是，后来王胡骑马急奔杀场、刀口夺命，关键时候救了他的性命，只知道是丁总督派王胡去的，那么丁总督又是咋个知道刘兴发已被押上刑场的？详细情况就无从知晓了。

沿途在雅安、百丈、邛崃住宿了三晚，他俩在第四天就回到唐桥豆腐乳厂了。

母亲看到儿子的第一眼就说你瘦了。丈夫看到妻子的第一眼就说你也瘦了，显得更秀气了。妻子看到丈夫的第一眼就说你辛苦了，你太辛苦了。作为儿子和丈夫，刘兴发有很多话要向她们说，但他觉得心里想到的不一定要说出来，还是多干实事好。他最为迫切的是要看宝贝娃娃究竟是个啥模样。妻子告诉他是个长茶壶嘴嘴的，他高兴得跳起来，抱着褓褓中的儿子就亲吻起来。

这间卧室是刘兴发和王兰花完婚时的洞房，虽已经历了一年多的时光，但那种喜气的韵味仍未散尽。玻璃窗上贴的大红剪纸"鸳鸯戏水"还是那么栩栩如生，门方上的一副喜联还在述说着爱情的价值与真谛，雕花床、红花被、梳妆台、高衣柜……那么温馨，那么情深。

经历了难舍难分，又经历了风风雨雨，然后安然回程。刘兴发在这间屋子里紧紧地搂抱着爱妻王兰花，有千言万语要向她倾吐，欲忍不能，诉苦也罢，分享快乐也罢，闷在心里很不是滋味。

刘兴发用手把王兰花鬓角的一绺秀发撩拨了一下，王兰花娇嗔地用食指尖在刘兴发的双眉间点了点，微笑着把脸伸向刘兴发，两张脸贴得很紧很紧……

"咚咚……"一阵轻轻的敲门声响起。

是谁这么冒昧恰恰在此时打扰？刘兴发连忙去开门。

刘王氏站在门前。

"妈妈，你……"刘兴发用诧异的目光盯着刘王氏。

"晓得你已经回家了，那么多人在堂屋里等你。"刘王氏说。

"哦，晓得了。"刘兴发说。

刘兴发跟随母亲到堂屋时，堂屋里的人们都站起来了。刘兴发向大家问好，要大家坐下。

大家都让师爷王安清首先讲话，还说王先生的话就完全代表他们的心意。

王安清最关心的就是这次刘兴发到炉城推销豆腐乳有多大的收获。刘兴发便把与杨大山一起在炉城的遭遇绘声绘色地详细说了一遍，把大家的耳朵都吹得竖起来了。刘家宗说像是在听评书，大家都哄堂大笑。竟然有这么好的事！万万想不到的是，遇到了扎西曲措土司，就像遇到了天菩萨，这就使刘兴发打开了通向茶马古道的财路，迈向了纵深的藏区。铁头和尚说得好，是刘兴发人好、心好，爱做好事，虽然受尽煎熬，但是到头来还是得来了好报。大家都拍响了巴掌。

接下来，鸡公车运输队队长何承祖向刘兴发谈起了豆腐乳的事。上次运到四川机器厂食堂的豆腐乳，司务长发觉豆腐乳的味道不如前几次的好。老板娘王兰花分析、判断是鸡公车运输队当晚在双流"广都客栈"住宿时，被坏人调了包。因此，老板娘王兰花派师爷王安清假意到太平钱庄去找庄主钱洪泰请大朴刀手为下次运输队保驾护航，钱洪泰婉言拒绝，但是已经暗示他，知道是他在从中捣鬼。第二次运豆腐乳到成都，是由铁头和尚全程护送，结果运到四川机器厂食堂后，司务长一尝，笑得脸上乐开了花。

中午，刘兴发叫豆腐乳厂食堂准备了三桌酒宴，与大家一起喝得酩酊大醉，何等快乐。

听得卧室里的奶娃儿在"哇哇"啼哭，刘兴发和王兰花都赶快下席，喂奶娃儿去了。

王兰花把奶娃儿抱在怀里，轻轻拍着他的背部，哼着喂哄娃儿的小调："娃儿乖乖，哭声哀哀。若是不哭，就吃奶奶。"说着，便把自己胸襟的布纽解开，把樱桃般的乳头塞进娃儿的小嘴，娃儿的小嘴立即含着一只乳头，用娇嫩的小手抓住另一个乳头，"啵儿啵儿"地吮着奶头，吞着奶水，再也没有哭声了。

刘兴发看着看着，心里像有一颗甜蜜的糖果在慢慢融化。

王兰花低头默默地看着这奶娃儿粉嘟嘟的脸庞，又抬头瞥一眼面前的夫君刘兴发，禁不住笑出了声。"笑啥嘞？"刘兴发问她。"笑你呢。"王兰花说。"我有啥可笑的呢？"刘兴发问。"笑你做个好娃娃与你一模一样。"刘兴发也笑了说："真的吗？"王兰花说："还不相信吗？你到梳妆台前去照一照，看你是个啥模样，再来看这娃儿与你一样不一样。"

刘兴发没有到梳妆台去照镜子，他看着奶娃儿圆圆的脸庞，黑黝黝的眼睛，好乖，好可爱。"给娃儿取个名字吧。"王兰花说。"我早就想好了，就叫他刘虎。"刘兴发随口说。"咋叫这名字咧，老虎多吓人的。"王兰花嗔怪地盯了一眼刘兴发说。

刘兴发说："通过我这半生的遭遇，几次死里逃生，如果没有一点虎性，早就成为阴界的野鬼！"

王兰花很有灵性，听刘兴发这一解释，就明白了个中的道理，只是"哦"了一声就点头同意。

刘虎，多么好听的名字，就这样定下来了。

3

唐桥豆腐乳厂的大门两侧贴了一副用"万年红"红纸写的对联："生意兴隆通四海，财源茂盛达三江"。这是师爷王安清的手书，虽然是传统内容，但笔触苍劲有力，刚柔相济，颇具开拓奋进、享誉天下的气势和神韵，得到唐场文人雅士们和众多客商的普遍赞许。

师爷王安清煞费苦心，新编了12副对联都被自己否定。刘兴发非常理解他的良苦用心，只有这副传统对联的内容才能准确表达眼前唐桥豆腐乳厂欣欣向荣的发展态势。

师爷王安清也是这个厂的管账先生。他有时会对着账面发呆，连自己也不太相信自己的眼睛：这段时间竟有这么大的进款？眼看豆腐乳厂的发展蒸蒸日上、财源滚滚而来，他十分兴奋，即兴挥毫写就了这副对联。

厂里的豆腐乳生产热气腾腾，已经扩大成40部鸡公车的运输队，每天都在鸡叫头遍启程。只听得"叽里咕噜—叽里咕噜"的鸡公车声音，像一只弦乐器乐队一路鸣奏，从唐桥豆腐乳厂一直向成都推进。

"炉城帮"大兴号的马大兴老板也按合约文书的规定，按时将一批又一批豆腐乳运到炉城的大商号"炉城商埠"。"炉城商埠"又将这些豆腐乳发散给茶马古道的纵深地区，连西藏和中印边境的人们也品尝到了唐桥豆腐乳的美味。

马大兴的马帮和挑帮也扩充了三倍的队伍，不然，没按合同文书的规定上货给炉城商埠，造成损失是要巨额赔偿的。当然，指定专人运输豆腐乳供应土司官寨，更是不能有一丝懈怠。

时光荏苒，一晃又是一年一度的春分节。

唐场春分节与其他地方的过节方式迥然不同。在这里，春分节是仅次于春节的第二大节日，是一个接连三天的盛大会期。这三天里，唐场镇热闹非凡，附近州县和十里八乡远远近近的人们都到这里来过春分节。这是一个购物节，从街街巷巷到街尾的河坝，都摆满了农具和日常生活用品。因此，这也是一个商品展销会和促销会。还有春台会，两拨川剧班子打对台。每天都有狮子灯沿街欢腾，每晚都有花炮焰火和烧龙灯的精彩表演。

师爷王安清建议在这年的春分会期间，邀请远近客商—当然包括炉城及西藏客商，到唐场来参加"唐桥豆腐乳食品订货会"，刘兴发说这个点子很好，当即拍板采纳。因此，立即组织班底，做好召开唐桥豆腐乳食品订货会的一切准备。

由刘兴发任主任，统揽全局；王兰花任副主任，负责豆腐乳生产和质量把关；刘家宗负责运销系统的各个关节；王安清负责草拟合约文书及签订事宜的全套程序；铁头和尚负责各路商家到唐场地面后的全部安全问题。

最让刘兴发担心的就是铁头和尚这一块。他再三叮嘱千万不能在安全问题上出现点滴闪失，铁头和尚拍胸口保证，如果出了命案，以自己的人头担保。虽然刘兴发知道他的武功了得，但是，世事难料，假如有人专门作对将任何客商伤害，一则我们的良心过意不去，二则会严重影响唐桥豆腐乳的发展进程。

还有，就是客商们来了后，在哪个客栈住宿呢？咋个才能保证他们的安全？

刘兴发说，不要提一连串问题，说这也难，那也难，别被吓住了。父亲在世时经常说"没有跨不过去的坎"。认定的东西就要坚决干，上了再说，见子打子，遇到问题解决问题就是了。

在离春分节还有 12 天的日子里，唐桥豆腐乳厂里就在紧锣密鼓地做着召开豆腐乳订货会的一切准备。师爷王安清忙了一天，写好了 58 封请柬，安排人马兵分八路将这些请柬向各位商家送去。炉城和西藏都是山高路远，怎么能按时把请柬送去，是一个比较困难的问题。刘兴发的脑子很灵醒，他立即拿着 18 封请柬气喘吁吁地跑到河坝街的"炉城帮"大兴号院子里，找到了老板马大兴。马大兴正在指挥 15 匹骡马和 38 个挑夫，将一篓笼一篓笼的豆腐乳进行装载，准备运到炉城的"炉城商埠"。

马大兴眯着小眼睛，偏着头，微笑着盯住刘兴发。

"啥急事？看你跑得那么急。"马大兴说。

"能不急吗？再隔 20 天就要过春分节。"刘兴发用蓝色手巾揩了一下额头上的汗说。

"呵呵，春分节你就急成这个样子？"马大兴仍然笑着说。

"马幺爸，别开玩笑。我要在春分节期间召开唐桥豆腐乳食品订货会，你这次到炉城，烦劳你将这些请柬带去，亲自送到这些商家手里。拜托了，老辈子。"刘兴发说着，连忙给对方作了一个揖。

"这个很重要，你放心，我绝对不会误你大事的。"马大兴收敛了笑容，将这叠请柬很小心地放进一个布囊里。

一切工作都准备就绪，"唐桥豆腐乳订货会"如期在唐场春分会的第一天召开，连开三天，各路客商如期而至，共56人，除了炉城商埠老板戴明星，还有西藏、昌都和青海的商家，扎西曲措土司特派尼玛登巴管家也骑着高头大马而来。四川机器厂厂长王兆伦、痣胡子主任赵文生和保镖王胡还提前一天到达唐场。还有就是四川各地来的新旧客商，当然属于成都地盘的客商最多，因为唐桥豆腐乳是为四川机器厂的食堂定点定量生产，四川机器厂是已发展成为有上万人的兵工企业，一是每天对于豆腐乳的需求量大，二是对于味道和卫生标准要求甚严。唐场豆腐乳单凭这点就赢得了好声誉，所以采购者蜂拥而来。这次的订货会肯定热闹非凡，旗开得胜。

唐场春分会的第一天上午，刘兴发就带领全部客商58人来到春分会现场。他们先在会场里浏览了一周，走马观花地看了这个川西平原上独树一帜地展示春分民俗的盛况。

骑街戏台上正在演唱川戏《铁公鸡》，众家店戏台上正在演唱川戏《龚老二打长年》。唐场还有川王庙、湖广馆、江西馆、药王阁等五个戏台。骑街台子可以两面唱戏，可以算两个戏台。因此，唐场共有七个戏台，为川中独有。

头天晚上，师爷王安清就告诉客商们：唐场有"四馆七台八庙子，大地菩萨戴瓜皮子"的说法，商客们对此很感兴趣，要一睹为快，看个究竟。

这是坝坝会，演唱川戏的现场人山人海，只见人头攒动，人如潮涌，十分拥挤，一会儿就把这群斯文谦恭的客商冲散了。刘兴发挤出人群后，站在离骑街台子很远的一个乱石堆上，望着人海中波来涌去的浪潮，十分担忧和着急：天啦，这些客商的安全问题出了岔子咋个办？他们对于唐场这块地盘，人生地不熟，现在人已经挤散了，咋个收得拢呢？只有望"潮"兴叹了。

这阵子太平钱庄的密室里正在紧急筹划一桩暗杀行动。

"我们不敢直接惹刘兴发，但是，我们不能成为缩头乌龟，一动也不动了。"钱洪泰坐在一把上下摇动的逍遥椅子上，皱紧眉头说。

"庄主的意思是……"钱二侠伸长脖子偏着头说。

"你还看不出来吗？自从刘兴发修建了唐桥豆腐乳厂，有省上硬后台给他撑腰，我在唐场插了这么多年独霸一方的乌蚌旗子，就显得非常逊色，甚至暗淡无光了。"钱洪泰站了起来，把双手背在身后，非常气愤地走动着说。

"我与庄主想到一块了，我们不动刘兴发，但是我们可以拉他客商的毛子哇！"钱二侠说。

这川西坝子说的"拉毛子"就是绑票，就是把人质拉来关起，然后要对方拿钱取人。

他们最感到棘手的是那个武功高手王胡，一直背着大朴刀跟随这一群客商，不离左右，还有那个铁头和尚也混在这群客商中进行暗中保护。这是钱二侠获悉的最准确的情报。

"我有办法了！"钱洪泰在桌上拍了一下说。

钱二侠傻乎乎地盯着钱洪泰。

钱洪泰用手捂住半边嘴角对钱二侠附耳悄声说了好一阵。他眉飞色舞的，钱二侠则不住点头。一场绑票和暗杀的秘密行动就这样定下来了。

王胡在人潮中荡来荡去，他急中生智举起了大朴刀，人们望而生畏，慌忙闪开为他让路。陷在人潮中的一些客商，有的抬头看到了他举得高高的大朴刀，但无法挤出重围，身不由己。

王胡好不容易才冲出了人潮，站在乱石堆上的刘兴发一眼就盯到了他。

"王大哥——我在这里——快过来！"刘兴发高声喊道。

王胡手执大朴刀走过来。他满头大汗，背上也沁出了汗水。

"好心焦啊，客商们都在戏堂子里挤散了！若是出了问题，咋个了得？"刘兴发心急火燎地说。

"别急，戏堂子里很挤，他们又很分散，坏人是无法对他们下手的！"王胡用袖子揩了一下额头上的汗水说。

"跟我来！"刘兴发拉了一把王胡说。

"你要干啥？"王胡不解地问。

刘兴发没有回答他，他只好默默地跟着刘兴发走。

刘兴发带着王胡来到古戏台的后台。正在化妆和马上就要出马门唱戏的花脸、小生和小旦们看到刘兴发带着个大朴刀手冲上了舞台，都被吓得惊慌失措。一位白发老头拉住了刘兴发，王胡的大朴刀在他的面前晃了晃，他只好放手了。

刘兴发与王胡站在后台，看前台上演的川戏《龚老二打长年》刚刚谢幕，锣鼓声也停止了，就立即走到前台。

台下的观众都十分惊诧，议论纷纷：咋个整的？两个穿便衣的，其中一个还手执大朴刀，这是一折啥子戏？

"请参加唐桥豆腐乳订货会的各位客商，马上到台子底下的茶馆集中，有要事相商，千万不可耽误！！"

人们这才晓得是咋回事，客商们也先后来到台子底下的茶馆里。刘兴发这才找到刚才拉住他不放的白发老头赔礼道歉。

"老人家，晚辈刚才做事莽撞，多有得罪，请老人家多多包涵。"刘兴发十分恭敬，抱拳谢罪。

原来这位白发老汉就是这个戏班子的班主，也抱拳回礼，非常和蔼可亲。

全部客商一个不少地在台子底下的茶馆会合后，刘兴发叮嘱大家一定要一路走，千万别分散。大家当然理会他话中的含义，都纷纷点头。

走到正街时，只见得一拨狮灯在"壮弄壮弄壮壮弄，壮弄壮弄丑壮弄"的锣鼓声中摇头摆尾，进进退退，踏着节拍欢腾、跃舞。

一个戴着大头和尚面具的男子，手执芭蕉扇，用夸张的动作扇着，做出一些憨厚、笨拙的动作，逗得人们哈哈大笑。还有一位身材瘦小、戴着孙猴子面具的男子，用一些俏皮的动作逗得"狮子"团团转，逗得"和尚"出洋相，使得观众们禁不住发出一阵吆喝声和娃儿们的尖叫声。

客商们还没看够，舍不得离开，一拨龙灯又从正街的那头滚滚而来，人潮也随着龙灯一波又一波地涌动。刘兴发请客商们赶快站到街边观看，只见一条长长的巨龙像在大海里翻腾，昂首翘尾，活灵活现，气势恢宏，真是让人叹为观止！

4

商家们一方面是来参加"唐桥豆腐乳订货会"，另一方面是来寻找多方面的商机。他们对于这里的四个会馆很感兴趣：江西会馆里经营各种干鲜食材和粮油瓜果；贵州会馆里摆满各种名贵药材，散发出爽心的芳香；陕西会馆里各种花色纱布和绫罗绸缎，五彩缤纷，惹人注目；湖广会馆的一排又一排绛色橱柜中摆满各型各色的珠宝玉器和文房四宝，古色古香，琳琅满目。

尼玛登巴管家在湖广会馆里看上了一尊坐式玉佛。

戴着一顶黑色毡帽的张老板笑眯眯地走过来。

"你看这是真资格的新疆和田软玉，这尊佛像出自当今著名雕刻家林清卿之手。你看这刀法好精细，一点不留斧凿痕迹，佛像神态自如，慈眉善目，栩栩如生，真是难得，难得。"张老板对佛像赞不绝口。

"哦，这么珍贵。"尼玛登巴管家说。

尼玛登巴管家将佛像轻轻放在橱柜面上，紧紧盯着，细细品鉴。一位身穿黑衣、戴着墨镜的小个头男子不知从何处突然冒了出来。

手执大朴刀的王胡接连三个箭步，飞也似的站到尼玛登巴管家面前，黑衣人像鬼魂的影子似的刹那间就不见了。王胡要去追杀，张老板轻轻摆了摆手，王胡就退了回来。

尼玛登巴管家为了讨得扎西曲措土司的欢心，买这尊玉佛是要送给他的夫人赵小姣的。他买礼物送给土司也不是第一次。

他将这尊玉佛买了下来。

主任赵文生用食指和拇指捻着颏下的几根痣胡子，盯着一块砚台入了神。这砚台造型别致，初看像一只山野卧虎，细观如一只家舍俯猫，越看越觉得形象生动活泼，既刚且柔，很是可爱。张老板抬手摸了摸头上戴着的毡帽，又摸了摸面前的砚台说：“这砚台摸起来觉得细嫩如绸，非常入手。这造型独具一格，今天你见了它，算你的运气好。如果你迟来一步，可能就不是你的了。”

赵文生还在捻着痣胡子，偏着头仔细观看这个砚台。

“这位先生，你看清楚没有？这是资格的河南赣州特产澄泥砚哟！”张老板说。

“这我倒看出来了。”赵文生说。

“算你的眼力好，一看就知道你是个内行，识货！嘿嘿！”张老板说着，不免笑了，竖起了大拇指。

“不是我张某人夸口，这砚台坚硬耐磨，易发墨而不耗墨，是陶瓷砚中之精品，完全可以与石砚媲美。”张老板眼见赵文生只看不行动，又进一步讲这砚台的好处。

“这砚台，我买了。”赵文生终于说。

赵文生买下了这个砚台，他说这是他此行的最大收获。

炉城商埠的老板戴明星看上了品种较多的花色纱布，他立即爽快地与卖方老板签订了长期供货的合同文书。

还有些客商也先后与一些会馆里的坐商签订了一些商品的供销合同文书。

看完了四个会馆，他们又走进了唐场的街市。

街上到处都是逛会场的人，人挨人，人挤人，一不小心就人踩人。有的农民肩上扛着犁头，有的肩上扛着晒簟，有的手里拿着镰刀……都在为春耕和秋收购买农具。

还有卖风筝的、捏面人的、倒糖儿关刀的、卖红灯笼的、卖风车的……各种吆喝声，把整个唐场的民俗风情演绎得淋漓尽致，热闹非凡。

"噼里啪啦咚—噼里啪啦咚咚咚咚—"一会儿这里又响起鞭炮声，一会儿那里又响起了鞭炮声，好像每个角落都在散发着喜气。

刘兴发陪同着这一群贵客来到了关帝庙。师爷王安清说，这座庙宇与唐场的"龙"形街道有关，也与每年的唐场春分会要烧龙灯有关，所以，要好好欣赏这关帝庙的神工斧凿的建筑。这就引起了客商们莫大的兴趣。

这座骑街雄居的关帝庙，坐东向西，庙前是正街，庙后是横街，左南为烟巷子，右北为水巷子。进庙左边为"桓侯殿"，右边为"顺平侯殿"，正中凹后为"壮缪"神像，周仓捉刀、关平捧印，左右侍立。庙门外右侧矗立着一根灯杆。"壮缪"神殿后有皇经楼一座，桓侯、平顺侯两殿的顶上各有一座八角琉璃亭，每角都悬挂着铁铎，每当夜阑人静时，几乎整个场镇都可听到叮当之声，非常悦耳动听。

人们常说，唐场街道是"龙"形，就是以关帝庙为"龙头"，皇经楼为"龙冠"，八角琉璃亭为"龙角"。其两亭下，贴庙墙各有半边字库，一为水巷子口，一为烟巷子口，即为"龙耳"。烟巷子、水巷子中段各有水井一眼，即为"龙眼"，这两只"龙眼"是相通的，据老人说"这面汲水那面动，那面放鸭这面出"。庙后横街为"龙颈项"，去黄沙堰、甘蔗市两条街为"龙须"，老鸡市街为"龙链"，黄沙堰下首、风景砖塔为"锁龙桩"，骑街台子为"镇龙台"，川兴店为龙的"左前爪"，高巷子为龙的"右前爪"，收荒巷为龙的"左后爪"，柴市坝为龙的"右后爪"。众家店庙宇外的照壁墙为"压龙墙"，说是压着龙尾，龙就不会下斜江河了。桥楼子为"龙鼻"，三河场为"龙珠"，斜江河为"龙嘴"。

师爷王安清说，每年唐场春分会都要烧龙灯，就是因为唐场的街道是"龙"形，如果不烧龙灯，唐场就会被冲走。今晚大家都看他们怎样烧龙灯吧。

客商们非常高兴，急迫地想要看到真正的唐场丰富的民俗风情。

太平钱庄里今天特别清静，庄主钱洪泰的心情显得很烦躁，独自枯坐在天井里的花台前，望着一丛只留下一些残枝败叶的三角梅，非常失意地叹了一口气。

钱二侠提着个纸糊灯笼急急忙忙地走进来。

"正等着你的消息呢，你提个灯笼干啥？"钱洪泰那忧郁的目光扫了对方一眼。

"还不是为了那事呀，这灯笼……"钱二侠说。

"别扯远了，我要听你直截了当谈那件事。快说，快说。"钱洪泰说。

钱二侠吞了一下口水，喉结上下滑动了几下，很难为情的样子。

"这个问题，比较复杂，我派了三个杀手跟随了刘兴发带的那个商帮整整一天，都下不了手……"钱二侠说。

"瘟牲，真是瘟牲！我不给你说那么多，今晚是焰火、花炮和龙灯，如果还拉不了肥猪就放倒两个肥猪在现场，也为我出了一口恶气，也灭了他刘兴发的威风！不管你咋个干，我要的是结果！"钱洪泰咬牙切齿地说。

钱二侠木讷地站着，心里忐忑不安，张了几下嘴唇，不知说啥好。

"去吧，还站着干啥子，是木桩？"钱洪泰说。

钱二侠转身要走，钱洪泰叫住了他。

"你提个灯是咋个一回事？"钱洪泰问。

钱二侠在钱洪泰耳边叽里咕噜一阵后，就面带微笑地走了。

"龟儿子就是诡，还真有那么几刷子。"钱洪泰望着钱二侠跨出门槛的背影，自言自语地说。

一晃已近黄昏，万家灯火照得整个场镇一片通明，如同白昼。街上人如潮涌，都在等待这春分会的重头看点：大放焰火、花炮和烧龙灯。

刘兴发当然要带领那个商帮观赏这场非同寻常的灯火盛会。他再次提醒他们千万不要走散，而且千万不要走进街道，一定要站在阶沿上观看，如果看到有花炮射来，一定要立即蹲下，谨防有人故意伤害他们。

客商们都懂得刘兴发老板说的是啥子意思，也看出他做事很小心谨慎，是个非常称职的经营管理人才。

他们上了阶沿，挤进了等待观看烟花火炮和龙灯的人群。这群客商一会儿就被挤散了。刘兴发很是担心他们，唯恐发生意外。

先是各种各样烟花火炮在街上爆响，腾起各种造型的火花和火丝，让人眼花缭乱，浮想联翩，将人带进一个虚幻而又充满奇思妙想的童话世界。

随着一阵节奏感很强的"铿锵"锣鼓声，一条巨龙从街的那端滚滚而来。这是一条纸糊的龙灯，挥舞龙灯的8条好汉都是赤膊上阵，全身只穿一条短裤。

街道的两端冲过来不少手执竹筒的人们。这些竹筒里都装满火药，他们点燃火药的引子，就会喷出"唬唬唬唬"的火花声，这些火花喷在人的身上是会烫得人钻心的疼痛，很难受的。也就是这些花炮，会将这条龙灯烧成一堆灰烬。

烧龙灯开始了！

无数只花炮喷出闪着金星的火花，将不断翻滚、腾跃的龙灯困在一片火海之中，只见舞龙好汉们在火海中挣扎得好生痛苦……

大约过了一个多时辰，这场烟花火炮和烧龙灯的晚会终于结束了。

人们在充满硝烟味的街道上，慢慢散去了。

刘兴发事前就与客商们约好了的，如果走散了，最终就在骑街台子下面会合。

刘兴发和王胡先到，先先后后等到了客商们来会合，只有尼玛登巴管家与铁头和尚迟迟未归，刘兴发和赵文生都非常着急。王胡要去找他俩，刘兴发不让他离开这里，说只要有铁头和尚保护尼玛登巴管家，会万无一失的。

尼玛登巴和铁头和尚终于过来了，有两个提着黑色灯笼的人也走了过来。两个灯笼都没有点燃，其中一个提灯笼的跛子走到尼玛登巴管家身边说：

"先生，借个火，我把灯笼点燃。"

"我给你！"铁头和尚说着，用手掌在跛子头上拍了一下。

跛子"哎哟"一声，刚抽出腰间的匕首，铁头和尚飞起一脚踢在跛子的胯下，跛子用手捂住痛处转身便跑。

两个人都甩了灯笼狼狈逃窜。那个"跛子"也溜得像兔子一般快，因为他本来就不是跛子。

原来，钱二侠那天提个灯笼去见钱洪泰，是在给钱洪泰出这个馊主意，想借此花招去谋杀尼玛登巴管家。哪知，阴谋未成功，还差点掉了自己的项上人头！

第十四章

尾 声

光绪十二年（1886），丁宝桢去世，享年66岁。

丁宝桢（1820—1886），字稚璜，贵州平远（今贵州省毕节市织金县）牛场镇人，晚清名臣。咸丰三年（1853），33岁的丁宝桢考中进士，此后历任翰林院庶吉士、编修、岳州知府、长沙知府、山东巡抚、四川总督。

丁宝桢为官生涯中，勇于担当、清廉刚正，一生致力于报国爱民。任山东巡抚期间，两治黄河水患、创办山东首家官办工业企业山东机器制造局、成立尚志书院和山东首家官书局；任四川总督十年间，改革盐政、整饬吏治、修理都江堰水利工程、创建四川机器厂、兴办洋务抵御外侮，政绩卓著，造福桑梓，深得民心。

四川机器厂为他设了祭坛，举行了隆重的祭奠仪式。刘兴发也赶到现场为他披麻戴孝，痣胡子主任赵文生告诉他："当年是丁总督派王胡将你从杀场上刀口夺人。他在世时不让我们告诉你，这个秘密保守了几年，我现在可以告诉你了！"

刘兴发是个很有灵性的人，当初虽然没有谁告诉他是丁总督救了他，但王胡快马加鞭赶到杀场刀口夺人，他自然明白是丁总督派他来的。此时赵文生提起此事，再次触动了他的感情，犹如晴天霹雳，天啦！救命恩人就这样一命归西了！他哭得天旋地转，草木悲伤。

朝廷追赠丁宝桢为"太子太保"，谥号"文诚"，入祀贤良祠，并在山东、四川、贵州建祠纪念。

光绪二十八年01902），也就是壬寅年，川西平原上发生了历史上罕见的"壬寅年大天旱"，万里断炊，哀鸿遍野，到处呈现一派凄凉惨状。

唐场街上来了一群又一群"吃大户"的人们。"吃大户"就是灾民到富人家里吃饭，这是中国历史上流传下来很多年形成的乡俗规矩。

这一天早晨，刘桂兰拿着扫帚刚开了唐桥豆腐乳厂的大门，就进来一大群人。刘桂兰要扫大门外坝子的地面，被一个麻子老头拦住，要她给大家煮饭。刘桂兰说自己只是一个打扫卫生的杂工，你们去找刘老板吧。

刘兴发在厂里听到外面的吵声，立即走出来。

有好些人都认识刘兴发，争着与他打招呼，刘兴发热情接待了他们，请他们到厂里去坐。

麻子老头提醒刘兴发，说他们是来这厂里吃饭的。刘兴发说，懂得起，马上就给大家煮饭。

刘兴发点了一下人数，安排煮五桌人的饭菜。哪知约莫隔了一个时辰，又叽里呱啦来了一群人，刘兴发点了一下人数，又是五桌人。隔了一会儿，又来了六桌人。

来了几拨人这就不好办了，刘兴发找妻子王兰花和师爷王安清商量一阵后，决定打开粮仓，将粮食分配给他们，让他们拿回家自己煮食。这当然得到灾民们的拍手拥护。

这样一来，每天刚麻拂拂亮，唐桥豆腐乳厂的大门外就排起了男女老少灾民组成的长龙。第一天，这长龙有一里路长；第二天，就变成了两里路长；第三天，变成了三里路长……

每天给排队的每个灾民一升米，拿回家煮饭给全家人吃。一升米相当于现在的四斤米，足以供家里四口之家食用，如果家里有五口以上的人口，那就只有大家少吃点了。

刘兴发想，只要保住大家，少饿死点人，他舍得捐出一切东西，因为他当初也是从忍饥耐寒中熬过来的啊！

不到一个月，刘兴发的粮仓里已经空空如也，他看到人们吃树皮、草根，连众家店里的几棵芭蕉树也被人们砍倒，将根头挖来煮着吃了。

太平钱庄的大门外架着铁铳，周围还有 20 把大朴刀手凶神恶煞地走来走去，镇守着庄里的粮仓、金银财宝和万贯家财，谁也不敢动一根毫毛。

麻柳湾的赵团练官邸，更是壁垒森严，谁也不敢越雷池一步。

刘兴发在唐场内外走了一圈，处处听到啼饥号寒，看见饿殍载道的人间惨境，心里十分悲凉。想到自己半辈子几次死里逃生的苦难遭遇，他欲哭无泪。

就在如此暗淡的日子里，他的老母亲刘王氏身染重病，很快就归阴了。

刚处理完母亲的后事，唐桥豆腐乳厂就关门倒闭了，他的人生又一次跌到了最低谷。

唐桥豆腐乳厂的产业就这样断送在自己手里吗？刘兴发心有不甘，觉得如此愧对祖宗、愧对已逝的父母，是不肖子孙，难过万分，甚而悲痛欲绝！

不幸之中的大幸是，当他面临绝境已无回天之力时，有相依为命的贤内助王兰花和患难与共的师爷王安清，不离不弃、出谋划策，终于迎来云开雾散、红日东升的良辰美景。

四川机器厂的胖子厂长王兆伦和痣胡子主任赵文生，由大朴刀手王胡当保镖，各自骑着高头大马，"笃笃笃笃"风尘仆仆地赶至唐桥豆腐乳厂。

哪知他们迟来了一步，钱洪泰已亲自出马来到厂里。他是带着钱二侠来的，还有两个身背大朴刀的壮汉，还是摆出一副救苦救难观世音菩萨的模样，钱洪泰亲自出马，可见何等重视这次行动。他刚跨进厂门，刘兴发第一眼看到他和几个跟班，就知来意。钱洪泰刚一落座，就开门见山地说要借钱给刘兴发，让他尽快恢复豆腐乳厂的正常生产，挽回这场天灾造成的巨大损失……

那利滚利的阎王债，曾逼得刘家倾家荡产、家破人亡，这烫手山芋刘兴发还敢接吗？

见胖子厂长王兆伦和痣胡子主任赵文生突然而至，尤其是身背大朴刀的王胡紧跟其后，钱洪泰不觉一怔，眉头一皱，又故作镇静，站身迎候。而后见大事不妙，便拱手告辞。钱二侠和保镖也尾随其后。

喜从天降，四川机器厂与唐桥豆腐乳厂这次签订了五年的购销合约文书，并一次性无条件地预付唐桥豆腐乳厂共五年的豆腐乳产品的货款。

刘兴发刚刚在合约文书上画了押，就激动得紧紧地抱住胖子厂长王兆伦，禁不住号啕大哭……

第二天和第三天，成都又来了几个厂家。四川丝绸厂、成都南洋纱厂和川西造纸厂等厂家的食堂都纷纷赶来，与唐桥豆腐乳厂签了3—5年不等的购销合约文书，并一次性付足几年购买唐桥豆腐乳的全部款项。

金钱就是企业的润滑剂，有了雄厚的资本垫底，唐桥豆腐乳厂的磨盘又转动起来了，重新呈现出一派欣欣向荣的景象。

购销两旺，唐桥豆腐乳厂完全恢复到"壬寅年大天旱"前的生产规模和发展水平，有了几年好光景。

转眼已是宣统三年农历四月，也就是1911年5月。唐场赵南山响应"同志会暴动"，带领80多人在新津县三合场与清兵作战，壮烈牺牲。这则消息最先是由打更匠夏老幺受赵云堂团练指使传播的。

"匪首赵南山已经在新津县三合场被清兵砍下人头！大清王朝是铁统江山，唐场民众千万不可轻举妄动，不然掉了人头就全家遭殃了！"

夏老幺一边敲锣一边喊叫，在街上慢慢走着，还不时用袖口揩拭额头上的汗水。

"同志会暴动是咋个一回事呢？"刘兴发问了见多识广的师爷王安清。

"就是保路风潮嘛！"王安清说。

这场保路风潮的原委是这样的：

宣统三年四月（1911年5月），清政府宣布"铁路干线国有政策"，政策规定：宣统三年（1911）前所有集股商办的干线，必须由国家收回。新上任的邮传部尚书盛宣怀起用了前不久因照相问题被免职的端方为督办大臣，并强收川汉、粤汉铁路为"国有"，旋与美、英、法、德四国银行团订立借款合同，总额为 600 万英镑，公开出卖川汉、粤汉铁路修筑权，激起湘、鄂、粤、川人民的反对，保路风潮随之兴起，尤以四川最为激烈。清廷劫夺商办铁路的"上谕"传到成都时，身居四川省咨议局和川汉铁路公司要职的立宪派绅商立即写文章，发通电，开会演说，指责铁路国有政策未经咨政院议决，违背法律程序，痛陈取消商办铁路是"务国有之虚名，坐引狼入室之实祸"，强烈要求清政府"俯顺民情"，收回成命，维持商办原案。还恳请护理四川总督王人文代奏，乞求清政府暂缓接收川汉铁路，并用现金如数退还川路股款。清政府对四川绅商的要求置若罔闻，声称对川汉铁路公司已用之款和现存之款一律换发国家铁路股票，概不退还现款，如川人定要筹还现款，朝廷必借外债，并以川省财政收入做抵押。6 月 13 日，清政府与四国银行团签订的"借款合同"寄达成都，清政府夺路、夺款、卖路、卖国的原形毕露。

6 月 17 日，由立宪派绅商发起，由成都岳府街铁路公司召开保路同志会成立大会，成立"四川保路同志会"，号召全川人民拼死"破约保路"。推举立宪派人士蒲殿俊、罗纶为正副会长，提出了"破约保路"的宗旨，发布《保路同志会宣言书》等文告，出版《四川保路同志会报告》，四处张贴，宣传保路。并派会员分路讲演，举代表赴京请愿。全川各地闻风响应，纷纷成立保路分会和协会，四川女子保路同志会、重庆保路同志协会和各州、县、乡、镇、街、各团体保路同志分会相继成立，会员众至数十万。从而形成以成都为中枢的全川反帝爱国联合阵线，把保路斗争推向有组织、有领导的新阶段。8 月 5 日，在成都召开川汉铁路股东特别大会，斗争日趋激烈，逐渐冲破立宪派"文明争路"的束缚。8 月 24 日，成都开始罢市罢课，声势波及全川。

四川保路运动进入罢市罢课、抗粮抗捐阶段后，同盟会会员朱国琛、杨允公、刘长述（刘光第长子）等编印了题名为《川人自保商権书》的传单，于 9 月 5 日川汉铁路公司照例举行特别股东大会时，散发给入场的会议代表。《商榷书》以巧妙而隐晦的言辞，一方面要川人"竭尽赤诚，协助政府""厝皇基于万世之安"，另一方面，又揭露清政府"日以卖国为事""夺路劫款转送外人，激动我七千万同胞幡然醒悟"，号召川人"一心一力，共图自保"。

接着，《商榷书》提出保护官长、维持治安、一律开市开课开工以及制造枪炮、编练国民军、设立炮兵工厂、修筑铁路等现在自保的条件，将来自保条件。《商榷书》还说："凡自保条件中，既经川人多数议决认可，如有卖国官绅从中阻挠，即应以义侠赴之，誓不两立于天地。"《商榷书》中虽然没有"暴动""革命"等激烈言词，但实际上是以"商榷"地方自治为名，鼓吹四川独立。《川人自保商榷书》的出现，既为革命党人发动武装起义制造了舆论基础，也为急于寻找机会镇压保路斗争的川督赵尔丰等人提供了口实。

赵尔丰一口咬定《商榷书》是保路同志会的宣传品，所提条件"隐含独立"，"俨然共和政府之势"，于是，把"背叛朝廷""图谋不轨"等罪名扣在立宪派的头上，并加紧调兵遣将，于9月7日诱捕蒲殿俊、罗纶、邓孝可、张澜等保路斗争的领导人，制造屠杀成都保路民众的大血案。

1911年9月7日上午，赵尔丰诡称北京来电有好消息，将四川保路同志会、四川省咨议局、川汉铁路公司股东会的首脑蒲殿俊、罗纶、邓孝可、张澜、颜楷、胡嵘、江三乘、叶秉成、王铭新等人骗到督署看电报，随即加以逮捕，企图造成群龙无首的局面，以此扑杀保路斗争。

蒲殿俊、罗纶等人被捕的消息迅速传开，各街坊传告各铺家坐户，无论老幼男女，每户各出一人，有的头顶光绪神位纸条，有的手举一炷香，潮水般地涌进督署请愿，有的人还跪地磕头哭泣，要求释放蒲、罗等人。面对手无寸铁的请愿群众，赵尔丰早就发出"拥挤上院，格杀勿论"的指令。他一面指使警务公所提调路广钟在督署附近联升巷放火烧房子，意在制造诬陷群众暴动的口实；一面命令卫队向群众开枪射击，当场打死 32 人，受伤者不计其数。赵尔丰又派巡防军分站各街口，开枪乱击行人及学生小孩。

第二天，大雨如注，城外居民得悉城内凶耗，人人头裹白布，冒雨奔赴城下，示哀请愿。赵尔丰又下令官兵开枪，击毙群众数十人。对督署内外被枪杀的群众，赵尔丰竟下令三日内不准收尸。

血案发生后，赵尔丰发布戒严令，紧闭城门，各街加兵防守，兵逼商人开市，封锁邮电交通，继续逮捕同志会骨干和青年学生，砸抄铁路公司和铁道学堂，查封所有宣传保路斗争的报刊。然而，血腥的屠杀不可能遏止人民的反抗，就在成都血案发生的第二天，各地同志军便纷纷揭竿而起，猛扑成都。保路风潮遂由同志会的文明争路演变成全川同志军的武装大起义。

成都血案发生后，同盟会会员用木片制成"水电报"，投入锦江，传警各地。成都附近十余州县以农民为主体的同志军，在同盟会会员和哥老会首领秦载赓、龙鸣剑、侯宝斋、张捷先、张达三等人率领下，四面围攻省城，在城郊红牌楼、犀浦等地与清军激战。仅在十余天内，成都附近州县的同志军"皆呼号而起""每县数起，每起数千或至数万"，从四面八方把成都围住。这些起义队伍总数不下 20 万，统称为保路同志军或国民军。他们砍断电杆，阻截交通，扼守要道，与清军战斗不下数百次，多次重创清军。赵尔丰一面派兵分头镇压，一面向清政府通电求援。清廷急调 6 省派兵赴川镇压，又催促端方迅速启程西上"查办"。同志军围攻成都，表明四川保路运动已由立宪派领导的文明争路发展为同盟会领导的武装革命。鉴于成都一时难以攻下，同志军决定改变战略，除留下部分兵力继续围城外，其余同志军分兵进攻各府州县，把反清烈火引向全川。最终全川同志军大起义加速了全国革命高潮的到来，从而成为辛亥革命的导火线。

四川各族人民、各阶层人士也纷纷加入保路斗争的行列。教师学生、农夫苦力、商人士兵、回族同胞、羌族土司、基督教徒、僧尼道士以各种形式集会演说，呼号奔走，掀起群众性的反帝爱国热潮，揭露帝国主义掠夺中国铁路、清政府卖国卖路的罪恶行径。

声势浩大、规模壮阔的四川保路运动，也沉重地打击了帝国主义及其走狗清王朝在中国的统治，极大地鼓舞了资产阶级革命党人的斗志，直接导致了辛亥革命的总爆发，为中国资产阶级民主革命立下了不朽的功绩。

赵南山就是在这样的历史大背景下，率众与清兵交战牺牲的。师爷王安清要刘兴发捐资在唐场南栅门场口刘氏棺材铺买了一副上等柏木棺材，安葬了赵南山，并赠送白米 1 石（120 斤）给赵家。

钱二侠知道这个消息后，立即到了太平钱庄。他与庄主钱洪泰在密室里商量了好一阵，钱洪泰叹了一口长长的气后说：

"丁宝桢不在的光景就大不一样，这下刘兴发成了没娘没老子的孤儿了！"

"其实，丁宝桢后，又来了刘秉璋、锡良当总督，这下又是赵尔丰当总督。虽然，丁宝桢不在了，但是，当地的赵团练还一直站在刘兴发这边，当他的保护神呀！"钱二侠说。

"这好办，我们要借刀杀人，非把这口闭在心里很多年的恶气出了不可！"钱洪泰说。

这下，刘家又将大乱临头了！

钱洪泰带着钱二侠到了麻柳湾的赵氏府邸，要团练赵云堂立即逮捕刘兴发。

"刘兴发又没杀人放火，不能逮捕。"赵团练抱着苏白铜烟袋正在吸烟，停顿一会儿说。

"团练，赵南山是率众推翻大清政权的匪首，刘兴发为他又是捐棺材，又是送大米 1 石，这不是与赵匪同罪吗？"钱洪泰质问道。

"别把问题说得那么凶嘛，乡里乡亲的，做点好事是可以的。天下乱了，我们唐场绝对不可乱！"赵团练说。

钱洪泰霍地站到赵云堂面前，赵云堂惊得后退了两步。

"当初你怕刘兴发的后面有个丁总督,现在丁总督已经变成鬼了,总督都换了两个了,你还怕他个球呀!"钱洪泰声色俱厉地说。

"冷静点,冷静点嘛!"赵云堂紧皱眉头说。

"我明确告诉你,赵云堂,如果你不逮捕刘兴发,我就向县府控告你犯有通匪之罪!"钱洪泰咬牙切齿地说。

"这……"赵团练吓得鼓大了眼睛。

"听清楚了吗?我再重复一遍:如果你不立即逮捕刘兴发,我就到县府控告你包庇推翻大清王朝大匪首之罪!#钱洪泰说。

"刘兴发不是大匪首嘛。"赵团练说。

"他支持大匪首赵南山,就与赵南山同罪!"钱洪泰说。

"他只是安葬了赵南山嘛!"赵团练说。

"安葬赵南山就是支持赵南山!"钱洪泰说。

现在世乱纷纷,省县两级政权机构已处于半瘫痪状态。赵团练所掌握的几十名团丁,大半以上已倒向"同志会"一边,跟随赵南山冲冲杀杀。赵南山牺牲后,他们的团队仍然没有散伙。所以,赵团练现在手里已经没有一点力量可与钱洪泰抗衡。他只好无可奈何地说:"你们是知道的,我已经失去了往日的威望,你们要咋个整就咋个整嘛!"

赵团练这一松口,钱洪泰就肆无忌惮地为所欲为了。事不宜迟,他赶快调动20名大朴刀手,立即扑向唐桥豆腐乳厂,抓走了刘兴发。

恰逢这一天铁头和尚清晨就赶赴新津老君山寺参加道教仪式去了。如果他在,钱洪泰一伙就抓不走刘兴发。

他们将刘兴发抓去关在太平钱庄的一间暗室里,要刘兴发写一张字条给妻子王兰花,谎称为支援"同志会"保路运动,甘愿捐资1000块大洋。

第二天,铁头和尚回来听到这个消息,立即率领唐桥豆腐乳厂里的职工到太平钱庄去要人,参加"同志会"暴动的几十号人也赶到了。黑压压一大群人冲进了太平钱庄,钱洪泰吓得面如死灰，说话时舌头也打不转调，只好立即放人，方才平息了这场熊熊烈火。

"同志会"暴动如火如荼，四川总督赵尔丰本应上奏朝廷为民请命，但清廷却急电赵尔丰镇压保路运动，遂将湖北新军调来四川，从而导致了湖北兵力空虚，爆发了武昌起义。赵尔丰对保路民众进行了血腥镇压。1911年10月，赵尔丰暗中策划兵变，被大汉军政府都督尹昌衡杀了。

钱洪泰兴致勃勃地率领他的20个大朴刀手赶到成都，妄图火中取栗，在混乱中抢劫财物。他们扑向四川省总督府时，有很多手执刀标棍棒的人向大门里冲去，钱洪泰及其同伙全部死于这场十分残酷的血战中。

第二天，钱二侠带领三个家丁到现场去收尸，但是在遍地血尸中翻来覆去地找了半天，最终也没有找到钱洪泰的尸体。他回到钱庄时，那位打扮得像妖狐的小妾问他要钱洪泰的尸体，他说：

"钱庄主已经头首分离，我们没有找到他的脑壳呀。"

"没有找到他的脑壳，也应该把他的身子抬回来入殓嘛。"小妾说。

"没有脑壳的身子，我们咋个分得清哪个是钱庄主的身子呢？"钱二侠说。

"他死了，你们就认不得他的脑壳吗？"小妾说。

"那些脸面没有砍烂的尸体，我们都反复查看了好几遍，都不是钱庄主；那些脸面都砍烂的，我们就无法辨认他是不是钱庄主了。"钱二侠说。

小妾想了一阵后，叫钱二侠随便抬个无头尸回来，请雕匠雕刻了一个木脑壳安在尸体上，穿上黑色长衫，然后请了几个道士来做了三天道场，入殓安葬在城北的东山上。

1911年10月10日，辛亥革命爆发。1912年2月12日，也就是宣统三年，隆裕太后带着年仅6岁的皇帝爱新觉罗·溥仪，在养心殿里，"挥泪对宫娥"，举行了最后一次朝见礼仪。

大清帝国最后一位皇帝爱新觉罗·溥仪颁布《清帝逊位诏书》的退位诏书。由此，在中国历史上延续了两千多年的封建君主专制制度被彻底推翻了。

中华民国成立后，几经政权博弈，终于形成南京临时政府、北洋政府、南京民国政府三个统治时期。唐桥豆腐乳厂在民国时期又逐渐恢复了元气，兴旺发达起来，还带动了唐场几家豆腐乳业的发展。

民国十六年（1927），刘文辉、刘文彩、刘元琮在原第二十三军军长刘成勋所修大（邑）新（津）公路的基础上，扩建这条通衢大道。"大新公路重修工程统筹部"部长周子军私下要刘兴发捐款，而且数额巨大。刘兴发乐意捐款，再三乞求周子军降点数额，但周子军愤然训斥，拍案威胁，要他在三日内如数缴纳，否则要彻底砸烂唐桥豆腐乳厂。刘文辉知道此事后十分恼怒，要立即撤销周子军，刘兴发向刘文辉苦苦请求，才保住了周子军的部长职务。刘兴发要捐款，刘文辉一口拒绝，他认为刘兴发经营豆腐乳厂经过几起几落，举步维艰，十分不易。结果，刘兴发向周子军捐了款，周子军不敢私吞，连忙将此事告知刘文辉，刘文辉为刘兴发送了一副亲笔书写的"唐桥豆腐乳"金字招牌。

民国十九年（1930），唐场籍川军十一师师长张成孝出资修建唐场斜江渡口三座木桥，唱三天川剧庆祝。刘兴发捐款，被张师长婉言谢绝，刘兴发说捐款后他的豆腐乳要打上"唐桥豆腐乳"招牌，张师长说没有捐款也可打上这个以"唐桥"命名的豆腐乳招牌。刘兴发感恩不尽，送建桥工程处100蔑篼豆腐乳，建桥工人们非常高兴，也得到张师长的称赞。师爷王安清对刘兴发说：早在道光十五年（1835），唐场武举人陈国栋、李绍白等20余人，募款千金买了30余亩良田，修船、请船夫，在唐场设渡口。每年以30余亩良田出租的租金做渡口开支。

民国廿三年（1934），"二刘之战"刘文辉失败后退到西康。刘文辉大办筵席，款待各界宾朋，康定、雅安、昌都等地的喇嘛和头人也应邀赴宴；唐场、安仁的大小官员和社会名流也大多莅临。刘兴发与康定藏族头人尼玛登巴相见甚欢。尼玛登巴原是土司扎西曲措的管家，扎西曲措于三年前病故后，他成为康定的藏族头人。

刘兴发以100篾篼豆腐乳为礼物献给刘文辉，刘文辉再次盛赞唐桥豆腐乳，宴席上的贵宾们也纷纷对唐桥豆腐乳赞不绝口。当场就有少数民族地区的商人向刘兴发订购唐桥豆腐乳。

民国廿四年（1935），为阻击红军北上抗日，国民党政府强迫农民修碉堡，唐场镇团总陈道武指挥在四个场口建碉堡4座，不给民工工钱，还指令其自带口粮，限定在一月内完工。刘兴发送去大米和唐桥豆腐乳，以解决民工们的吃饭问题。当刘兴发知道修碉堡是为了阻击红军北上抗日后，就不再支持了。

刚过正月，"金堂帮"张大鹏率领300多人强驻唐场进行抢劫，多家商铺、作坊无一幸免，尽被洗劫一空，刘兴发苦心经营的唐桥豆腐乳再次遭受灭顶之灾。

8月，二十一军刘湘属部饶国华旅胡仕杰营到唐场进行大清乡，"金堂帮"众匪黉夜潜逃。次日，负责地方治安的张纪勋因严重失职，被枪决于高大路。

社会又恢复了平静，唐桥豆腐乳厂又恢复了生产和销售。

1937年，刘湘率军出川抗日，刘兴发捐献的唐桥豆腐乳载了九辆汽车。

崇庆县舵把子李元亨与新津县舵把子袁树江在唐场大械斗，从河坝街打到正街，人们仓皇逃窜，风声鹤唳，全镇一片混乱。李元亨带领的一股打手四处追杀袁树江，当他们冲进众家店查找无人后，又杀到唐桥豆腐乳厂，一阵打杀抢掠，要不是铁头和尚相救，刘兴发差点死于非命。

1945 年抗日战争结束，刘兴发在抗战胜利的鞭炮声中含笑去世，弥留之际叮嘱儿子刘虎要忠诚守业，将唐桥豆腐乳产业发扬光大。

而今，位于原唐场众家店旧址的唐桥豆腐乳厂，规模更加庞大，所生产的"唐桥豆腐乳"和"唐场豆腐乳"两种食品声名远播，产销两旺。

百年老店凤凰涅槃，创业维艰终成大业。

2016/5/18 初稿

2018/6/16 修改